蔓衍集

一个人的观读记

张芬 著

江西教育出版社
JIANGXI EDUCATION PUBLISHING HOUSE

·南昌·

赣版权登字-02-2024-724
版权所有 侵权必究

图书在版编目（CIP）数据

蔓衍集：一个人的观读记 / 张芬著. — 南昌：江西教育出版社，2025.2. — ISBN 978-7-5705-4539-1

Ⅰ.I206.7-53

中国国家版本馆CIP数据核字第2024V80T66号

蔓衍集：一个人的观读记
MANYAN JI: YI GE REN DE GUAN DU JI

张　芬　著

江西教育出版社出版
（南昌市学府大道299号　邮编：330038）

出 品 人：熊　炽
责任编辑：卢丽婷
封面设计：卢　乐
版式设计：光亚平工作室

各地新华书店经销
江西雅致印务有限公司印刷
889毫米×1194毫米　32开　11.125印张　187千字
2025年2月第1版　　2025年2月第1次印刷

ISBN 978-7-5705-4539-1
定价：68.00元

赣教版图书如有印装质量问题，请向我社调换　电话：0791-86710427
总编室电话：0791-86705643　　编辑部电话：0791-86705903
投稿邮箱：JXJYCBS@163.com　　网址：http://www.jxeph.com

我精神的眼睛是纯净的,心中毫无怨尤。

——列斯科夫 1892 年 12 月 9 日致托尔斯泰信

序

某种程度上，张芬的批评风格有点像乔治·斯坦纳，带有一种萨义德所说的"人文气息"。与来自英国新批评传统的对于文本的信任和素养的强调多少有些不同，张芬的文字更多是一个写作者对另一个写作者创作甘苦的心领神会，以及经由阅读和观看体验而来的第一感受。这种依赖某种天启色彩的感悟式批评，在中国有李健吾为其先导。可惜的是，同样以个人化的审美和创作经验为出发的张芬似乎对李氏没来得及有阅读的兴趣，尽管她也像李那样对戏剧抱有独特的热情——对未出版的只在友朋间流传的鲁迅作品的戏剧改编、某个因缘巧合的传记电影剧本以及青年先锋导演及其剧团演出的持续关注与评议，就是明证。

作为一个伪学院分科体制下的"闲人"，她常常自嘲自诩为"没有出版作品的小说家""半吊子的摄影爱好者"和"偶尔挥刀切片生活的诗人",张芬有着这个时代所匮乏的,同时自然也跟不上时代的视野的开放性和兴趣的跳跃性。这本小集子尽管为文艺论集,但实际它的内容既包括杰夫·戴尔这样创作主题繁复到无法归类的作家,也包括那个被莫名其妙颁发了诺贝尔文学奖的鲍勃·迪伦,同时还有神神叨叨,把哲学的意象化玩出花儿来的中东欧人,如彼得·汉德克、伯恩哈德(以及导演陆帕)、拉斯洛(以及导演贝拉·塔尔)。尽管曾经像个小资青年一样跨越半个北京城跑去看杰夫·戴尔的演讲,在电影博物馆看戏剧版的《谁害怕弗吉尼亚·伍尔夫》,坐大巴跑到天津去看德国人排演的充满朋克色彩的《理查三世》……但给张芬带来最大感动的仍然是俄罗斯文学,或者更准确地说,是俄罗斯文学所表征的俄罗斯大地的忧郁气质和广阔诗意。她尤其热爱契诃夫"平心静气、轻盈诙谐而又危机四伏"的鸽灰色笔调,对其所塑造的那些总是露出恬静、愁苦神情,直面苦难而又善良坚韧的生活者如数家珍。

作为中国现代文学专业中人,张芬在汉语写作上所尊崇的是鲁迅。《故事新编》是她博士论文的选题。鲁迅那种融通古今、跨越东西的阅读兴趣深刻地影响着她的文学选择。可以说，如果想在她庞杂的阅读与写作中找到一个源点的话，那源点可能就是鲁迅及其周边。体现在这小集子里，是她在《大先生》热闹到歇斯底里的形式外壳下发现了其骨子里的空洞与僵硬。对文人鲁迅在写作和生活上的内在活力的挖掘也自然顺延到对"江南"这一文化地理的行走与感悟之中。这点首先体现在张芬对鲁迅挚友郁达夫的创作历程的分析上。在对《登杭州南高峰》这样的旧体诗和《迟桂花》这样的现代小说名篇的对读中，她发现了郁达夫充满江南烟火气的旧体诗与其小说创作的内在关联；而当代电影《春江水暖》则呈现了江南小城富阳的时代处境，它表面上承继了黄公望到郁达夫的那种东方审美格调，但也毫不犹豫地将城市化所带来的普通人日常生活的"去江南化"呈现了出来。

　　对作家创作过程的还原兴趣贯穿于张芬批评的始终。对她而言，作家的传记、日记、书信、翻译和跨媒介写作，共同构成了一个完整的创作序列。这让她总能跳出单一作家、单一文本的拘囿，通过对特定文本的复述与细读，以评论对象为辐射点，在一种多少带有考据癖的热情驱动下，不断向外如涟漪般发散出去。集子里对列斯科夫"俄罗斯精神世界"的漫游式跟读最能体现此点，这是一个重感悟的读者所生发的对于列斯科夫生平和创作的细绎。她既能在本雅明那里，寻到一种在弥赛亚时间观照下，对"讲故事的人"列斯科夫叙事风格的细部体悟，也能在高尔基那里，发现一种超越个人主义和神秘主义的僵硬批判，并走向对列斯科夫笔下俄罗斯国民性的深描，以及对基于"爱"的素净语言的准确把握。这种对于文本语言质地的感悟与呈现同样也体现在张芬对诸如"石黑一雄式的忧伤""保罗·奥斯特的形式游戏"之类流行作家风格和心态的准确概括之中。

集名"蔓衍"，似无深意。"因缘染习，蔓衍滋多"，倒是有自我批评之意。又"蔓衍"同"漫衍"，在心境上，则指向本雅明所说的都市边缘行走者的"wander"感。此"wander"多被译为汉语"漫游"，因为过于典雅（decent）以至于失却了源语内涵的闲逛、跑题、走神甚至是迷路之意。而后者才是集名所指。当然，于文本的蜿蜒曲折之中，文集也多少沾染了中国式文人"饱游沃看"的审美情怀，至于能不能做到"澄怀观道"，反倒有种"无可无不可"的潇洒。

说到底，这是一本读书人写给读书人的小集子。当你"像一个成年人那样用尽全力去做那些明知没有意义的事情"(罗伯特·穆齐尔语)时,捧起它,这些自阅读和观看交错而成的内在生活所流淌出的多声部文字,虽然没什么用,但也许能给你带来些许心灵层面的慰藉。那就得了。

尹捷

目 录

文艺思想

002　批评及其谦卑
　　　——论乔治·斯坦纳的文艺思想

小说评论

030　俄罗斯精神世界的漫游者
　　　——列斯科夫及其语言
048　行者杰克·凯鲁亚克
059　"我们不是医生,我们是痛苦"
　　　——读特里丰诺夫《滨河街公寓》
065　"我就是相机"
　　　——读杰夫·戴尔《一怒之下:与 D.H. 劳伦斯搏斗》

078　彼得·汉德克：经验的反刍或考古

091　"我给你留下了一座空房子"
　　　——契诃夫与晚年托尔斯泰

102　石黑一雄式的忧伤
　　　——读《小夜曲——音乐与黄昏五故事集》

110　犹疑于轻重之间
　　　——关于石黑一雄的记忆书写

122　"那样的话，我不如用等待来错过它"
　　　——读克拉斯诺霍尔卡伊·拉斯洛小说《撒旦探戈》

132　保罗·奥斯特的形式游戏
　　　——《4321》及其源流

剧评

148　这条疯汉终于准确地表达了自己
　　　——评李建军《飞向天空的人》

156　陈旧的痛苦及其无效的形式
　　　——从《大先生》谈戏剧中的鲁迅形象问题

165　"可怜的尚未成年的奥地利人民"
　　　——伯恩哈德《英雄广场》及其他

177　经典话剧重排的尴尬
　　　——评2016人艺版《樱桃园》

187　达里奥·福：醒世的丑角

198　孤独者的呓语与游荡
　　　——陆帕《酗酒者莫非》的象征与诗性

208　伯格曼的"婚姻场景"在中国
　　　——观过士行导演《婚姻情境》

218 "世界灵魂"的混响
——观立陶宛OKT剧团契诃夫《海鸥》

诗评

224 鲍勃·迪伦：容器未满

240 "无心之人知物哀"
——日本西行法师的夏日之歌

245 从《登杭州南高峰》到《迟桂花》
——郁达夫旧体诗与小说创作关系一例

270 "她感到光从里面，从心思中升起……"
——西渡《奔月》读札

影评

280 江南小城的失落与重述
——《春江水暖》的影像困境与当代表达

304 《天云山传奇》的沉重意味

其他

312 寻找劳伦斯：或与劳伦斯几乎无关的一天旅程

后记

文艺思想

批评及其谦卑
——论乔治·斯坦纳的文艺思想

乔治·斯坦纳（George Steiner, 1929—2020）是当代著名的文学批评家、语言学家、翻译家、作家。他成长于多语言环境的犹太家庭，经历过第二次世界大战中的大屠杀。斯坦纳童年时期在这种惨绝人寰又隐秘残酷的环境中得以逃生，成为后来他口中的"幸存者"。本着儿时的文艺经验以及敏感、聪慧的天性，他辗转于欧洲、美洲求学并崭露头角，最终在文学研究领域取得辉煌成就。他是一个富有强烈人文气息的文学批评家，我们常常能够从他的文字中读到充满焦灼感的道德追问。他广博的文学视野、对文学语言异常原始而充满热情的敏感与警觉、纵横捭阖的言说方式、飘逸而深邃的文风以及富于人文关怀的文学思想，都给读者带来极大的阅读挑战和快感，同时也令惯于探根究底的学者感到一丝不明就里的惶惑。作为学院内看起来自由不羁的写作者，斯坦纳的文字也颇受同行诟病。但不可否认的是，斯坦纳文学批评的独特性是无法被取代的。

斯坦纳被中国读者广泛关注，主要还是他那著名的"四步骤"翻译思想。①《巴别塔之后》(*After Babel*, 1975)最为中国研究者所熟识。近些年来，他的早期文学批评逐渐被翻译引进，例如《托尔斯泰或陀思妥耶夫斯基》(*Tolstoy or Dostoevsky: An essay in the Old Criticism*, 1959)、《悲剧之死》(*The Death of Tragedy*, 1961)，以及表现他文学和文化批评思想的《语言与沉默》(*Language and Silence*, 1967)，乃至借助于风靡的哲学主题而被较早引进中国的《海德格尔》(*Heidegger*, 1978)等。二十世纪八十年代之后，斯坦纳较为专注于文化批评，不少作品尚未被翻译到国内，只有一部半自传性质的《斯坦纳回忆录：审视后的生命》(*Errata: An Examined Life*, 1997)被翻译引进。目前，相对

---

① 斯坦纳提出了著名的翻译四步骤：信赖（Trust）、侵入（Aggression）、吸收（Import）、补偿（Compensation）。George Steiner, *After Babel: Aspects of Language and Translation*, Shanghai: Shanghai Foreign Language Education Press, 2001.

于其他同时代我们花费了较多精力介绍的欧美批评家[1]，有关斯坦纳整体文艺思想的介绍除了《语言与沉默》的翻译者李小均的《札记》之外[2]，所见不多，似乎还有大量翻译、研究的余地。也就是说，作为一个"整体"的斯坦纳，还没有在国内完全露出水面。

一、批评及其"谦卑"

正如萨义德所说，斯坦纳的文学批评带有某种"遗老遗少的人文主义气味"[3]。斯坦纳有对经典文艺谙熟的童年记忆。他从小就在多语言（英、法、德）的环境中长大，六岁之后，父亲就带他朗读荷马史诗、古希腊戏剧、莎士比亚戏剧等十九世纪以前的丰碑式作品，他在这些多语言

---

[1] 如二十世纪六十年代盛行的"新批评"的代表人物韦勒克、布斯、巴赫金、卢卡奇、威廉斯等。见[美]乔治·斯坦纳：《语言与沉默——论语言、文学与非人道》总序（一），李小均译，上海人民出版社，2013，第7页。

[2]《札记》，即《来自废墟的信使：乔治·斯坦纳文艺思想札记》，其主要对引进到大陆的斯坦纳的作品进行综述，在整体性和深度上还有继续丰富和深入挖掘的余地。

[3] 见李小均：《来自废墟的信使：乔治·斯坦纳文艺思想札记》，漓江出版社，2015，第10页。

的精彩片段的涵泳中长大。[①]这使得他后来的文学批评尤其尊重由原作生发的情感和信念。这些"经典"记忆也使他更愿意作为一个普通的读者来理解文学。因此，他似乎并不信仰什么理论，他说："在人文学科、历史研究及社会研究或是品评文学及艺术，要从'理论'入手，我觉得是虚伪不实的。"[②]他相信每一次的文学阅读和研究经验都是独立、独特的。他的博士论文《悲剧之死》出版后，他就以致谢父亲的方式，表达出了自己迥异于当时学院主流文学批评的一面："最重要的是，父亲用亲身经历教导我，伟大的艺术并不专属于行家和学者，毋宁说，它会被那些对生活充满热情的人所领会和深爱。"[③]既然文学属于每一个"对生活充满热情的人"，那么，这种阅读必然要求阅读者和作品（作者）跳过任何"中介"性元素，尽可能地实现"身心统一"。在这之中，他毫不隐讳地谈到了文学批评和文学创作的不对等：

[①] [美]乔治·斯坦纳:《斯坦纳回忆录：审视后的生命》，李根芳译，浙江大学出版社，2012，第9—33页。

[②] [美]乔治·斯坦纳:《斯坦纳回忆录：审视后的生命》，李根芳译，浙江大学出版社，2012，第6页。

[③] [美]乔治·斯坦纳:《悲剧之死》，陈军、昀侠译，浙江工商大学出版社，2018，致谢。

当批评家回望,他看见的是太监的身影。如果能当作家,谁会做批评家?如果能焊接一寸《卡拉玛佐夫兄弟》,谁会对着陀思妥耶夫斯基反复敲打最敏锐的洞见?如果能塑造《虹》(*Rainbow*)中迸发的自由生命,谁会跑去议论劳伦斯的心智平衡?[①]

这种看似刻薄的语言,正是源于作者对经典体悟的"心向往之"而"不能至"。基于这种对创作者的尊重乃至敬仰,他建议批评者保持一种"谦卑"的姿态。斯坦纳对当时学院环境中存在的文学批评家傲慢而自成体系的姿态保持警惕:

> 批评家相互吹捧。聪明的年轻人不再视批评为挫败,不再视批评为与自己有限的才华的灰沙逐渐忧郁地妥协;他们认为批评是声名显赫的志业。这不仅好笑,结果也有害。[②]

[①] [美]乔治·斯坦纳:《人文素养》(1963),见《语言与沉默——论语言、文学与非人道》,李小均译,上海人民出版社,2013,第9页。

[②] [美]乔治·斯坦纳:《人文素养》(1963),见《语言与沉默——论语言、文学与非人道》,李小均译,上海人民出版社,2013,第10页。

他甚至认为，再好的文学阐释或文学批评，都是派生性质的"次级"活动。① 他说，"文学批评必须以谦卑之心，带着经过不断更新的生命感，回归这些传统"②。基于这种"谦卑"，斯坦纳要求读者给予文本足够的尊重，并希望在一种整体性中来观察文学。他反对那种一厢情愿的决定性的阐释。他认为好的文学永远是开放的，永远没有标准答案。③ 然而，这并不意味着，在斯坦纳看来，文学批评家对文学作品而言理应处于一种奴仆关系。读者或文学批评家应发动身心去阅读，给出足够的反应和回响，从"谦卑"中获得自尊。他经常在文字中引用D.H.劳伦斯书信中的一句话：

> 我常常觉得，自己赤身裸体地站在那里，让

---

① ［美］乔治·斯坦纳：《托尔斯泰或陀思妥耶夫斯基》，严忠志译，浙江大学出版社，2011，第二版序（1996），第5页。

② ［美］乔治·斯坦纳：《托尔斯泰或陀思妥耶夫斯基》，严忠志译，浙江大学出版社，2011，第3页。

③ "读者反应一直处于不断更新的未完状态，正是这一点决定了伟大艺术具有的地位，决定了伟大艺术具有的'超越时间的奇迹'。"见［美］乔治·斯坦纳：《托尔斯泰或陀思妥耶夫斯基》，严忠志译，浙江大学出版社，2011，第二版序（1996），第5页。

万能的神的火焰穿过自己的身躯。那是一种相当美妙的感觉。①

如果说，创作者必须怀着这种虔诚之心，那么作为批评家的读者，也应该怀着这种谦卑的虔诚。"当艺术作品进入我们的意识、存在于我们心底的某种东西被点燃，我们接着作出的响应是提炼最初的认知飞跃，将它表达出来。"②

基于此，斯坦纳指出，处于"谦卑"位置的批评具有"重要"的三个功能：第一，"批评向我们表明什么需要重读，如何重读……批评要发现并维系那些用特别直接或精确的话语与现实对话的作品"。第二，"沟通"。"在技术交流迅速地掩盖了顽固的意识形态和政治障碍的时代里，批评家可以充当中间人和监护人"。第三，"关注于对同时代文学的判断"。③针对第三个对接同时代文学的批评任务或

---

① D.H.劳伦斯1913年2月24日致欧内斯托·柯林斯信。见［美］乔治·斯坦纳：《托尔斯泰或陀思妥耶夫斯基》，严忠志译，浙江大学出版社，2011，第4页。

② ［美］乔治·斯坦纳：《托尔斯泰或陀思妥耶夫斯基》，严忠志译，浙江大学出版社，2011，第39页。

③ ［美］乔治·斯坦纳：《人文素养》（1963），见《语言与沉默——论语言、文学与非人道》，李小均译，上海人民出版社，2013，第14—16页。

功能,他说:

> ……显然,批评家对于同时代的艺术有特殊的责任。他不但必须追问,是否代表了技巧的进步或升华,是否使风格更加繁复,是否巧妙地搔到了时代的痛处;他还需要追问,对于日益枯竭的道德智慧,同时代艺术的贡献在哪里,或者它带来的耗损在哪里。作品主张怎样用什么尺度来衡量人?这不是一个容易系统阐述的问题,也不是一个能够用万能的策略对付的问题。①

因此,批评家不仅要和作品对话,还要具备一种对接当下的能力。他既要回答审美范畴内的具体问题,又要带有对所在时代的审视,正如他界定文学体裁之一的小说,"是历史最重要的远亲"②。

我们在阅读斯坦纳的文学批评时,能够被其深厚的文

---

① [美]乔治·斯坦纳:《人文素养》(1963),见《语言与沉默——论语言、文学与非人道》,李小均译,上海人民出版社,2013,第16页。
② [美]乔治·斯坦纳:《托尔斯泰或陀思妥耶夫斯基》,严忠志译,浙江大学出版社,2011,第1页。

艺素养所震撼,又被其充沛饱满的表达热情所吸引,他的很多论述带有对艺术作品的普遍的整体性的精密、准确的把握,令人读起来感到正是对原作"生命感"的重新诠释。例如谈论契诃夫戏剧:

> 契诃夫的戏剧总是趋向音乐。契诃夫剧作首先并不瞄准冲突或争论的表现,而是试图将某些内心生活的危机具体化,让感觉变得可见。人物在一种可感受语调最轻微转变的氛围中行动。他们就像在磁场中穿行,每一句话、每一个手势都能引发精神力量的混乱和重组……一场契诃夫式的对话就是为富于感情的嗓音而谱写的一份乐谱。它时而加速,时而减速。音调和音色往往与明确的意思一样富有意义。此外,情节的结构是复调的。数个明确的行动和多种层面的意念在同一个时刻展开。[①]

斯坦纳似乎善用譬喻以"回报"作品带给他的感官体

---

① [美] 乔治·斯坦纳:《悲剧之死》,陈军、昀侠译,浙江工商大学出版社,2018,第217页。

验，在文艺作品面前，他绝不害羞、矜持，而是打开自己，以一种竭诚的姿态，让"作品的火焰，穿过自己的身躯"，希望能够以等量齐观的"虔诚""补偿"作品，以免令其"陷入沉默"①。

就这样，一方面，他自己用一种近乎"再创造"的方式解读他所感兴趣的文学作品，另一方面，他似乎又对自己的这种文风表现出了某种警惕和反省。他曾经在《F.R.利维斯》(1962)一文中提到专业的批评家应富于"对话""批判"等人文主义特质。他说，利维斯并不执着于文学史或批评理论而是个案：

> 他的目标在于遭遇文本的时候，作出完全的反应，保持意识的镇定和敏感。他前进的时候总是小心翼翼，注意力格外集中，但也随时修订立场，重新进行价值判断。判断来源于反应，判断并不引起反应。②

---

① [美] 乔治·斯坦纳：《人文素养》(1963)，见《语言与沉默——论语言、文学与非人道》，李小均译，上海人民出版社，2013，第18页。
② [美] 乔治·斯坦纳：《F.R.利维斯》(1962)，见《语言与沉默——论语言、文学与非人道》，李小均译，上海人民出版社，2013，第258页。

他认为利维斯有一种"高贵的丑陋",因为他拒绝华丽的辞藻,拒绝将批评代替创作。基于这样的"专注",斯坦纳甚至坦率地说,"在大多数伟大的批评家身上,都有个缺席的作家"[①],他们将"创造性写作"置入文学批评,而利维斯不在此列。

也曾尝试过文学创作[②]的斯坦纳,是否属于这个"大多数"之列呢?他的文学批评的"判断"是否引起了太多的"反应"?也有评论者认为,斯坦纳的小说创作和批评形成了鲜明的"对照"关系:当他的批评越来越走向"封闭"和"正统化"之时,小说增补了他的这种"开放"和"谦卑"。[③]

斯坦纳的翻译思想也是建立在这种"谦卑"之上的。他认为,好的读者是"翻译家",好的翻译家也是好读者,解释和翻译始终如一地贯穿在语言的历时(diachronic)

---

① [美]乔治·斯坦纳:《F.R.利维斯》(1962),见《语言与沉默——论语言、文学与非人道》,李小均译,上海人民出版社,2013,第261页。

② 斯坦纳创作有小说集《三故事》(1964)、《希特勒的圣克里斯托堡之途》(1981)、《证据与寓言》(1993)等。其中《希特勒的圣克里斯托堡之途》被改编为戏剧搬上舞台,引起很大的争议。见李小均:《来自废墟的信使:乔治·斯坦纳文艺思想札记》,漓江出版社,2015,第5页。

③ Maya Jaggi, "George and his dragons", *The Guardian*, March 27, 2008.

和共时（synchronic）现象中[1]，翻译要经过"信赖、侵入、吸收、补偿"，正是以另一种语言的"阅读"过程。"补偿"是为达到解释的平衡。在《两种翻译》（1961）中，他比较了洛威尔翻译拉辛和菲茨杰拉德翻译《奥德赛》，认为翻译应当"适度"，"适度是翻译的本质。越伟大的诗人，他对原文的服务态度越忠诚"[2]。他甚至不吝笔墨支持菲茨杰拉德在译文中"补偿"一些文字，只要"增加的东西与原文的内在情感和语调严格保持一致"[3]。可见，他对译者作为"阅读者"的"解释"能力有较高要求。这也就是后来不断被斯坦纳的翻译思想研究者所津津乐道的"翻译主体性"。那么，问题是，当一个译者不能"全情投入"理解另一语言文本时，退而求其次的亦步亦趋的"硬译"，是否就是一种较差的翻译呢？

基于此，我们正可以把斯坦纳的文学批评和翻译思想

---

[1] George Steiner, *After Babel:Aspects of Language and Translation*, Shanghai: Shanghai Foreign Language Education Press, 2001.

[2] [美]乔治·斯坦纳：《两种翻译》（1961），见《语言与沉默——论语言、文学与非人道》，李小均译，上海人民出版社，2013，第249页。

[3] [美]乔治·斯坦纳：《两种翻译》（1961），见《语言与沉默——论语言、文学与非人道》，李小均译，上海人民出版社，2013，第253页。

结合在一起，当进入文本之后，最重要的是语言背后能够引起共通思想的部分。不管是同一种语言体系中的阅读、不同语言之间的转换，还是从文学到文化、从文化到哲学，他都抱以一种开放、谦卑而自信的态度。

很显然，如果硬要说斯坦纳有一种文学批评"理论"的话，那么，它不是一种直接有效的用来"入手"的"理论"。毋宁说，这是一种方法、态度或思想。这种方法（或思想）背后有强大的人文素养和并不因前者的深广而被破坏的主体的直觉天分、表达欲求。因为这种方式带有强烈的"主体性"，所以它所呈现出来的样貌是变动不居的。在斯坦纳看来，每一次阅读，哪怕面对的是同一个作品，都会遭到"经典"的同样追问："你负责任地重新想象了吗？"[1]

二、文艺与道德

作为在大屠杀中班级里逃脱的两个犹太儿童之一[2]，斯坦纳时时在这种劫后余生中体会到一种"幸存者"的重

---

[1] [美]乔治·斯坦纳：《斯坦纳回忆录：审视后的生命》，李根芳译，浙江大学出版社，2012，第23页。

[2] Maya Jaggi, "George and his dragons", *The Guardian*, March 27, 2008.

负。他总结犹太人的"离散"的宿命,不在特定的"空间"而在"时间"的"六千年的自我意识"中。[①]他常在文中为沉埋在历史废墟中的犹太人及其他不幸亡魂进行带有强烈的人道主义色彩的批判性反思。作为一个"幸存者",他有多么幸运,他就有多么自觉地担负此责。

他的思考主题常常是,人类文明精髓以及包含文学在内的人文遗产本身的现世(人文主义)价值。斯坦纳在三十岁之前就开始研究十九世纪俄罗斯小说和早期的戏剧经典(一为古雅典和柏拉图时期的戏剧,一为莎士比亚时代的戏剧),在他看来,这些是人类文学的"三大辉煌阶段"[②],它们都共同思考着在上帝面前人的尊严。他的第一本专著《托尔斯泰或陀思妥耶夫斯基》就深入地思考了托尔斯泰文学整体的内部的道德力量的一致性。《悲剧之死》中,他说,真正的高悲剧(high tragedy)就是命运本身,不是"深谙暴力、悲伤和天灾人祸"的东方艺术,也不是"充

---

① [美]乔治·斯坦纳:《一种幸存者》(1965),见《语言与沉默——论语言、文学与非人道》,李小均译,上海人民出版社,2013,第173页。

② [美]乔治·斯坦纳:《托尔斯泰或陀思妥耶夫斯基》,严忠志译,浙江大学出版社,2011,第6页。

满暴行和仪式性的死亡"的日本戏剧[1]，它不需要基督教和犹太教的"救赎""补偿"，它体现的是人类在毁灭面前存在的尊严：

> 这是对人生可怕的、严峻的洞察。然而，正是在人类遭受的过度的苦难中存在着人类对尊严的诉求。一个被逐出城邦的盲乞丐，无能为力、落魄潦倒，却被赋予了一种新的庄严感。[2]

和犹太文化的探讨相应，斯坦纳甚至从古典悲剧中看到了人类的负重所带来的决绝、庄重与尊严感。人类（观众或读者）只有在这种悲剧面前才能恢复反省。二十世纪七十年代，针对给新批评带来重大影响的艾略特的文化研究《有关文化再定义的札记》(Notes Towards the Definition of Culture, 1948)，斯坦纳写了《蓝屋子城堡：有关文化再定义的讨论》(In Bluebeard's Castle: Some Notes Towards

---

[1] ［美］乔治·斯坦纳:《悲剧之死》，陈军、昀侠译，浙江工商大学出版社，2018，第2页。

[2] ［美］乔治·斯坦纳:《悲剧之死》，陈军、昀侠译，浙江工商大学出版社，2018，第6页。

the Redefinition of Culture，1978）探索欧洲反犹思想的根源，认为所谓"纳粹"思想是欧洲人对犹太人的"复仇"，他呼吁在新的文化主题下清理纳粹文化。①

就这样，清除了"宗教幽灵"，他将这种"重负"放在体现整个欧洲人文成果的语言、文学、文化、哲学当中。在经历了大屠杀时代之后，斯坦纳对封闭、一元的东西充满了警惕，正如他自己所说，应该克服那种"自由"必然性中的"强迫"。② 所以，阻隔人类触及"上帝秘密"的"巴别塔"崩塌之后，人类的尊严还体现在多语言的阐释、翻译的交流的有效性之中（他甚至以亲身经验，指出儿童在多种语言环境下成长的益处）。只有保持永远的乐观、自信的开放态度，人类才可能避免集权的屠戮。

因此，他强调文学阅读、研究、批评中比较的重要性

---

① George Steiner. *In Bluebeard's Castle: Some Notes Towards the Redefinition of Culture*, London: Farber&Faber, 1978.

② "这是经典作品的最重要特质和矛盾，它的戒律就是解放。回应和反应的核心，就是强迫的自由"。见 [美] 乔治·斯坦纳：《斯坦纳回忆录：审视后的生命》，李根芳译，浙江大学出版社，2012，第31—32页。

和必然性。[1]面对庞大的多语境下的世界文学遗产,他对在同一种语言文学环境下的文学批评持谨慎和不满足态度。在《F.R.利维斯》中,除了对利维斯文学批评中的冷峻而简洁的风格给予赞许之外,他还对其囿于纯粹的英国文学研究表现出了不满。[2]他认为一个好的人文学者或文学批评家应眼界开阔。他觉得英国文学批评的视野应该扩大到英语国家的文学,望向传统和现代,同时看到其他民族国家,例如汉语这门"重要的外部语言"。他说汉语文化是"最古老的文化之一,这种文化由地球上最大民族的能量孕育,许多特性表明它将主宰下一个历史时代"[3]。斯坦纳反对"狭隘地方主义和逃避现实","因为文化中的沙文主义和孤立主义,与政治中一样,都是自杀性的选择"。[4]

---

[1] [美]乔治·斯坦纳:《人文素养》(1963),见《语言与沉默——论语言、文学与非人道》,李小均译,上海人民出版社,2013,第15页。

[2] [美]乔治·斯坦纳:《F.R.利维斯》(1962),见《语言与沉默——论语言、文学与非人道》,李小均译,上海人民出版社,2013,第275页。

[3] [美]乔治·斯坦纳:《教化我们的绅士》(1965),见《语言与沉默——论语言、文学与非人道》,李小均译,上海人民出版社,2013,第74页。

[4] [美]乔治·斯坦纳:《教化我们的绅士》(1965),见《语言与沉默——论语言、文学与非人道》,李小均译,上海人民出版社,2013,第75页。

从文学批评转向文化批判，是斯坦纳文艺批评的必然路径。作为一个被文学浸透了灵魂的犹太人，一个二十世纪灾难的"幸存者"，斯坦纳多次发出这样的反思和警觉：阅读中体会到的文学中的痛苦，也许比邻人的痛苦更真实。[1]文艺给欧洲精英人士带来的在灾难面前的麻木感也许比带有行动力的责任感更为强烈。由此出发，他开始思考涵盖了文学、哲学、艺术的欧洲文明和集中营、纳粹之间的关系（就像在任何时代动荡和变革面前，罹难者开始清理自己的文化一样）。这种追问和反诘，是当时欧洲知识分子，尤其是更多的犹太"幸存者"，如汉娜·阿伦特等人的共同特质。于是，斯坦纳写了一系列反思文章，在西方文化的"除魅"方面做出了不少思考。[2]饱含着这种痛苦和纠结，斯坦纳开始关注大屠杀背景下的文学，并写出带有悲悼文性质的评论文字，甚至有时显得喋喋不

---

[1] ［美］乔治·斯坦纳：《人文素养》（1963），见《语言与沉默——论语言、文学与非人道》，李小均译，上海人民出版社，2013，第11页。

[2] 参见单世联：《纳粹大屠杀与西方文化的"除魅"——乔治·斯坦纳的文化反思》，《文学评论》2016年第1期。

休(他自己还尝试过创作有关希特勒的戏剧[①])。我们能够在对美国女诗人西尔维亚·普拉斯的神经质的、封闭性的作品评论中看到斯坦纳的有关大屠杀的联想与引申。[②] 基于此,他的文学批评渐渐包含了从语言到文化、哲学思考,并且带有强烈的伦理色彩。他曾在自己的哲学思考背后认识到所有的哲学亦是一种文学表达。[③] 海德格尔"存在"观念的启示,让他能够重新回到文学表象,确认人的尊严在于对"存在"的肯定。对"存在"的肯定又意味着对文学的敬畏和思考。

当然,这并不意味着他在处理文学背后的哲学或道德命题时放弃了对文学质素及其记忆的把握。正如他评论托尔斯泰,当道德诉求在艺术创造之上,作为相对失败的艺

---

① 《希勒特的圣克里斯托堡之途》(Portage to San Cristobal, 1981)虚构了犹太的纳粹捕猎者发现了第二次世界大战后潜藏在亚马孙丛林达30年之久的希勒特的情节。

② [美]乔治·斯坦纳:《"死亡是一门艺术"》(1965),见《语言与沉默——论语言、文学与非人道》,李小均译,上海人民出版社,2013,第346—347页。

③ 见李小均:《来自废墟的信使:乔治·斯坦纳文艺思想札记》,漓江出版社,2015,第5页。

术品如《复活》中的道德因素,有如从天而降的"陨石"①,发挥更多的是教育功能。同样带有道德色彩的,有关对文学和现实的思考中,最为严正的莫过于一时盛行的马克思主义文学批评。斯坦纳对此依然保持着开放的心态,他曾撰文对以本雅明、卢卡奇、托洛茨基等为代表的不同向度的马克思主义者及其文艺理论进行深刻反思。

> 马克思主义批评为传统的历史主义批评带来了重要升华:卢卡奇区分了现实主义和自然主义;本雅明洞察到技术和大众化再生产对个体艺术的影响;异化和非人化的概念应用于20世纪文学和绘画。但最重要的是,马克思主义为美学贡献了一种规范的历史意识和一种普遍彻底的乐观主义(托尔斯泰的《文学与革命》可为证②),而不只是逻辑连贯的认识论。③

---

① [美] 乔治·斯坦纳:《托尔斯泰或陀思妥耶夫斯基》,严忠志译,浙江大学出版社,2011,第222—223页。

② 此处应为译者笔误,托洛茨基《文学与革命》。

③ [美] 乔治·斯坦纳:《美学宣言》(1964),见《语言与沉默》,李小均译,上海人民出版社,2013,第389页。

我们知道，斯坦纳一开始所致力的批评，迥异于当时盛行的"新批评"，但又从"新批评"中吸收养料，他很早就在《托尔斯泰或陀思妥耶夫斯基》中表达了这一愿望，"全面恢复意识形态语境和历史语境具有的权威，恢复文学创作的实际经济因素和社会因素的权威"[①]，这些论调很容易让斯坦纳从马克思主义文艺批评中找到对这种宏大视野和内在有机结构分析的某种认同，但同时斯坦纳也通过分析马克思主义文艺批评将自己区别于此。例如，他从卢卡奇文学批评思想中看到了某种缺陷，那就是，卢卡奇在处理那些看起来带有"神秘主义"和"超验色彩"的迥异于屠格涅夫或托尔斯泰的"现实主义"作品的另一种"现实主义"（例如陀思妥耶夫斯基）时会感到棘手。[②]

三、"沉默"与未来

斯坦纳这位人文主义者，这位"老派"的文学批评家，像他早期带有追忆和悲情色彩地宣布"悲剧已死"一样，

[①] [美]乔治·斯坦纳：《托尔斯泰或陀思妥耶夫斯基》严忠志译，浙江大学出版社，2011，第二版序（1996），第3页。

[②] [美]乔治·斯坦纳：《托尔斯泰或陀思妥耶夫斯基》，严忠志译，浙江大学出版社，2011，第309页。

他多次谈到了"沉默"的重要性。这种"沉默"不仅表现为文学或语言在暴行面前的反应，还表现为一种古老的来自东方的带有神秘哲学气息的语言学——"大音希声"。斯坦纳还说，既然语言与行动必然要发生关联，那么"沉默"则是另一种带有决绝意味的"行动"。他还举出另外两个更古老的"沉默"先驱：30岁以后的荷尔德林和兰波。这种"沉默"还表现为一种文学风格或质地，斯坦纳在世纪之交乃至现代的文艺中，看到了一种"静默"的典范，例如契诃夫、贝克特、梅特林克，都是对时代的回应。更重要的是，在新的时代，对这位深谙十九至二十世纪每座文学丰碑的批评家来说，寻找经典的任务变得越来越困难。斯坦纳带着美好的文学记忆和历史记忆的创伤，流露出对新时代语言环境的不适和对文学语言未来的一种悲观。他认为，真正的文学，尤其是小说，无可置疑地在新的时代面前变得无力，且正以加速度消亡。讲故事的人和现代小说家也没有了那种讲述的安静氛围：

> 每日的新闻，从四面八方砸向我们，将即时传递的震惊影像强加给我们，让我们沉浸于戏剧性的原始感情；这样的效果，任何经典故事都不

敢奢望。只有耸人的黄色小说或科幻小说才能够在促销刺激的市场上竞争。想象力已经落后于花哨的极端现实。①

斯坦纳认为,过去的"悲剧""超越任何其他体裁,成为形而上学与文学的交汇点"②逐渐离我们远去。而小说这种世界文学史上曾经辉煌的体裁,"面对动荡廉价的情感"也开始"向内转","力求高难度的技巧吸引我们的注意"。这时候小说作为文学的独立性和悲剧一样,逐渐陷入一种似是而非的模糊地带。而在他看来,可视化的艺术正在崛起,这种崛起的典型是"当代戏剧",当代戏剧可能容纳了多种文艺样式,更顺应时代的是,它身上所具有的"大众色彩"。尽管这一判断可能受到二十世纪六七十年代的实验戏剧热潮的影响,但"可视化"的判断似乎较为准确,而且在半个世纪后的今天愈演愈烈。在这种悲观心境下,斯坦纳试图重新寻找打破沉默的突破口,将其文

---

① [美] 乔治·斯坦纳:《梅里美》(1963),见《语言与沉默——论语言、文学与非人道》,李小均译,上海人民出版社,2013,第308页。

② [美] 乔治·斯坦纳:《重新思考"悲剧"》("'Tragedy', Reconsidered", 2004),彭发胜译,《文化艺术研究》2010年第3期。

学批评趋向新时代。他预言新的小说将不仅仅陷在相对封闭的自恋般的语言之中,它还应包含音乐、数学、自然科学等未被"污染"的领域①。他甚至带着这种乐观的预设,对新的小说样式尝试进行积极的批评。布洛赫的小说就是这类文体实验的代表。斯坦纳认为,它"打破了德语文体习惯性的重负和凝滞"②。但显然,正如"小说的衰落"一样,他的这些批评成果并未能像他早期对自己熟稔的文学丰碑饱含热情的回应那样有力和成功。

作为一个人文主义者,斯坦纳在新时代面前的总体的悲观和疑惑,在新世纪仍然没有改变。文学的基础上,他延伸出"文化"(literacy)新解释,他说,未来的科学与艺术的不断结合,让将来的人文教育必然包含"数学、音乐和建筑艺术"。而人文遗产尽管在历史灾难面前没有承担足够的责任,但这种人类的"乐趣""将与体育、与最为残暴、危言耸听的大众娱乐在共同的尊荣尺度上竞

---

① [美] 乔治·斯坦纳:《空洞的奇迹》(1959),见《语言与沉默——论语言、文学与非人道》,李小均译,上海人民出版社,2013,第124页。

② [美] 乔治·斯坦纳:《毕达哥拉斯文体》(1965),见《语言与沉默——论语言、文学与非人道》,李小均,上海人民出版社,2013,第106页。

争"①。2015年,斯坦纳出版了《一种欧洲观》,继续思考着新时代下欧洲文化的去向。也就是说,斯坦纳从未保持沉默。

斯坦纳从语言到文学,再到语言,然后到哲学,再回到文学,实际上都是书写人为对抗"存在"的"苦恼"而进行的尝试,是一种基于"存在"回应的"可能性"。从这个角度上说,他仍然是一个"谦卑"的读者,一个"谦卑"的写作者。斯坦纳的这种人文主义视野下的文艺批评,恰恰给了新时期批评高度专业性和碎片化的今天,一种回到作品本身的整体观。在这种整体观照下,每一个读者都能够通过阅读直接获得"反应"。而且,这"反应"的指挥棒不是来自作为批评家或者学者的知识分子,而是来自对生活、对文学、对人道及其关系,保持着高度敏感、警觉和深沉思考的个人。基于此,这种带有高度"尊严"的"谦卑",不仅仅属于批评家,还属于任何一个普通读者。

平心而论,斯坦纳对作家及独立知识分子的影响可能大过广泛的学院派学者。例如英国作家杰夫·戴尔(Geoff

---

① [美]乔治·斯坦纳:《文化新解》("A New Literacy", 2007),徐传治译,《文化艺术研究》2010年第4期。

Dyer）的《一怒之下：与劳伦斯搏斗》(*Out of Sheer Rage: in the shadow of D.H. Lawrence,* 1997) 就是这样一部践行斯坦纳文艺思想之作。他以谦卑平等的姿态建立自己的"文学批评"，同时它们又是小说或散文，因而能够重新回馈给作为艺术创造者的劳伦斯。杰夫·戴尔在《然而，很美：爵士乐之书》(*But Beautiful: A Book about Jazz,* 1991) 中曾引用乔治·斯坦纳《真实存在》(*Real Presences,* 1989) 中的一句话："对艺术的最好解读是艺术。"① 于是，我们看到了他建立在这些文学、音乐、电影、摄影领域的巨擘基础上的文学创作和回馈。斯坦纳的这种敞开的态度，尤其给艺术创造者以启示。这不仅在于斯坦纳对创造者给予一种尊敬和共情的态度，还在于斯坦纳的文字中激荡着一种很强的艺术表现力，足以唤起敏感的艺术家新的感动和创造力。

文学批评作为一种对待"记忆"的方式，引起一种"回忆"的动力，而且这种动力来自当代。斯坦纳反思道，文学研究不应该是一种"温文尔雅的职业"，不应该是一种"保持中立的人文主义"，他引用克尔恺郭尔的话说，"不能变

---

① ［英］杰夫·戴尔：《然而，很美：爵士乐之书》，孔亚雷译，浙江文艺出版社，2013，第216页。

成礼物的过去,不值得记忆"①。在斯坦纳看来,即便是细部研究,也应该在每一个案背后看到一幅广阔的文学甚至文化、历史、哲学幕布。他说,文学给我们的回馈永远是敞开的"自由"。这使得我们不会被蒙蔽双眼,以至于忙于摆设学术的刀俎,让作品除了被碾碎成"粉末"之外,一无所获。

---

① [美]乔治·斯坦纳:《教化我们的绅士》(1965),见《语言与沉默——论语言、文学与非人道》,李小均译,上海人民出版社,2013,第78页。

小说评论

俄罗斯精神世界的漫游者
——列斯科夫及其语言

> 我精神的眼睛是纯净的，心中毫无怨尤。
> ——列斯科夫 1892 年 12 月 9 日致托尔斯泰信

像许多哲学家和作家一样，尼古拉·谢苗诺维奇·列斯科夫（1831—1895）少年丧父，之后不得不从中学辍学，十六岁便走进广袤的俄罗斯，这让他深入到真正的民间去观察和体验。直到三十岁左右，他才开始写作。在此后三十多年的创作生涯中，列斯科夫不断地在题材和表现手法上进行探索，其中，最为著名的是他那些充满民间色彩的流畅自然的中短篇小说。历来的读者们显然都不自觉地被其中对俄罗斯人民的精神世界的呈现所触动。

早在 1934 年，他的中篇《姆岑斯克县的麦克白夫人》就被肖斯塔科维奇改编成同名歌剧在莫斯科音乐剧院上演。1981年，为纪念其150周年诞辰，此剧又被搬上了银幕。二十世纪九十年代，他那含着津津有味的叙述口吻的《着魔的流浪人》也被改编成电影。列斯科夫作品的大量翻译，也是随着他逐渐在俄国受到广泛而全面的关注而来。在中国，他的作品虽然自二十世纪二十年代起就被耿济之、茅盾等人零星译介，但更多的关注，也是在八十年代之后，李鹤龄、陈馥、周敏显等在这一时期陆续参与了列斯科夫的中短长篇小说的译介。2007年，上海文艺出版社又出版了非琴生前所译列斯科夫中篇小说集《奇人录》。但是，相较与其大致处于同一时期的果戈理、陀思妥耶夫斯基、托尔斯泰等人，假如像高尔基所说的那样，在语言层面上，列斯科夫甚至是超越这些作家的，那么，这种不温不火的译介对他来说是不公平的，这背后，蕴含着俄罗斯和中国的特定时期意识形态方面的接受语境。

而作为读者，我们知道列斯科夫这个名字，多半要归因于本雅明那篇天才式的文学批评《讲故事的人》。这是一篇证明了阐释者能从一种确定不移的历史叙述之外发现作家作品内质的典范之作。这一阅读方式，根源于他对历史的独特理解："时间的分分秒秒都可能是弥赛亚

（Messiah）侧身步入的门洞。"① 正是缘于他对截然确定的时间和历史观念的线性特征采取了带有某种宗教色彩的怀疑态度，才使得他在博大的俄罗斯文学谱系中发现列斯科夫。同时，文章也证实了本雅明思考与写作中的一大悖论性特质：在表面上的清晰叙述之下暗流涌动，看似明朗而又着实暧昧。本雅明以他那甚至超越了内容本身的诗一般灵动的语言，展开了他对一个"过时"的作家作品的重新阐释与想象。

在《俄国文学史》中，高尔基曾对果戈理、屠格涅夫、陀思妥耶夫斯基，托尔斯泰乃至列斯科夫都进行了不无细致的批判。高尔基的文学批评，尤其注重文学和他所理解的现实之间的关系，他认为，这些作家没能最终走向"现实主义"，也就很自然地陷入了"个人主义"与"神秘主义"的泥沼。

然而，可以深思的问题是，如果我们能深刻认识到文学——任何称得上是文学作品的东西都是现实的，因其内在的真实无法逃逸它所处的时空——那么，无论是果戈理的"个人的浪漫主义"，还是陀思妥耶夫斯基的"歇斯底

---

① ［德］本雅明：《历史哲学论纲》，转引自［德］汉娜·阿伦特编《启迪：本雅明文选》，张旭东、王斑译，生活·读书·新知三联书店，2008，第276页。

里的眼泪"(高尔基语),都展示了一个世界之中不同人的不同境遇与经验。

对于列斯科夫,高尔基推崇与强调的是他的作品的民族性。在这里,他不再纠缠于丈量列斯科夫作品与真正的"现实主义"的距离,而是不无动情地指出:"他描写的不是农民,不是虚无主义者,不是地主,而始终是俄罗斯人,俄罗斯国家的人。"① 相对于果戈理的"个人的浪漫主义"、陀思妥耶夫斯基的"使人痛苦"的"黑暗作品",高尔基对列斯科夫作品中的"人民性"给予了高度的评价。他用感性而精细的理解方式肯定了列斯科夫驾驭语言的能力:

> 列斯科夫也是一位语言的魔术师,不过他不用雕琢的手法,而是采取讲故事的方式。若论这种技巧,那么没有人可以与他匹敌。他的故事是慷慨激昂的歌曲,朴素、纯净的大俄罗斯语汇一个一个巧妙地联结成行,时而沉思默想,时而嘻嘻哈哈,却无时无刻不表现出对人的热爱,一种含蓄的、几乎是女性的爱,一种纯洁的、有些羞

---

① [苏]高尔基:《俄国文学史》,缪灵珠译,上海译文出版社,1979,第469—470页。

于向自己承认的爱。①

这是一种需要打破现实主义批评准则才能加以理解的作品。显然，列斯科夫作品的"语言"是这种丈量理论的首要"障碍"。

正如上面所说，如果"现实"的过分介入使文学批评者一方面倾向于寻求对其无聊的坐实，同时也让更多的批评家陷入对文学内在世界的必要审视的懈怠，那么，既然文学和现实之间关系的前提需要反思，批评家应该如何去把握文本的文学性，就成了一个并非自明的问题。在丰富的可能性中去讨论文学，这空间的无限广博也许会让那些使用了一贯伎俩解剖作品的批评家手足无措，尤其是列斯科夫的这样貌似简单而实际上生动无限的作品。

这时候我们首先应该关注的大概就是文学语言。从广泛意义上说，在文学作品中，语言总是先于内容而生，并在事实上独立于内容。而列斯科夫的语言就是他作品的内容本身。他津津乐道于他所展开的故事，乃至故事中的每一个对话和描写都构成了他延伸故事的动力。当阅读到那

---

① 转引自［俄］列斯科夫：《大堂神父》，陈馥译，外国文学出版社，1984，译后记，第440页。

些似乎保存着《一千零一夜》特质的鲜活故事时，你才真正意识到他的语言是多么恬然轻快，它鲜活到其至看起来有悖于忧郁而深沉的俄罗斯文学传统。

而在十九世纪的俄罗斯文学史上，列斯科夫显然并不是唯一的历史故事和民间神话的借用者，在这方面，他的前辈普希金与果戈理也有过很成功的尝试。然而，与以大团圆结尾（"自古以来／还没有见过这样的盛宴／我也在场／喝过啤酒、蜜酒／但只是把胡髭沾湿了一点"）的《普希金童话诗》以及果戈理充满笑谑、喧闹和忧郁的《狄康卡近乡夜话》相比，列斯科夫所具备的特点，附着在这些故事上，以一种语言上的轻快感自然流淌出来。他打动读者的地方与其说是赋予故事以新鲜的内容和意义，毋宁说是他特有的讲故事的方式。他的小说，尤其是那些看上去毫无沉重之感的中短篇小说，在"民族性"的追求上往往是不着痕迹的。这种不着痕迹一方面来自作家从没有给自己强加任何对于写作小人物的优越感，同时他也并不以小人物代言人自居。用高尔基的话说："他们为了某些真理或事业而牺牲自己，并不是为了甚么思想上的自由，而是出于自觉而牺牲的。"[1]

列斯科夫的优秀小说中几乎都有一个如此"自觉"的"自然人",从《大堂神父》里的阿希拉,到《麦克白夫人》里面的随情欲流转的男仆谢尔盖,到《着魔的流浪汉》中的那个漂泊四海视沧桑为欢乐的大头修士,以及《左撇子》中的秃头工匠,《巧妙的理发师》中的讲述者柳博芙·奥尼西莫夫娜和她的理发师爱人,等等。几乎每个小说的故事都不是作者讲述,而是"讲故事的人"在故事中讲述,他在告诉别人如何不经过任何一种刻意渲染而进入记忆的真相,有如自发的梦寐,但又没有沾染上那种白日梦通常带有的因其怀旧色调而散发的虚伪气息。正如他本人说的那样:

> 我的精神状态很好:我知道,我什么也不了解,在任何事情上我都不会固执己见,但是我能看到一些美好的、有益的东西。[2]

---

[1] [苏]高尔基:《俄国文学史》,缪灵珠译,上海译文出版社,1979,第469页。

[2] 列斯科夫1891年8月15日致托尔斯泰信,见《托尔斯泰文学书简》,章其译,湖南人民出版社,1984,第828页。

托尔斯泰曾经这样评价列斯科夫写的中篇小说《实现上帝旨意的时刻》的创作风格：

> 我一开始读就非常喜欢小说的情调和语言技巧的奇崛。但……后来便发现您独有的缺点——在形象、润色、性格化的言辞方面的 exubérance（法语：过多，过分）。看来，这一点可以轻而易举地加以纠正，而且单独看它本身是某种特征，并非缺点。可是它使您陶醉、入迷。许多地方画蛇添足，很不匀称。但 verve（法语：热情，欣喜）和情调不同凡响。神话故事仍不失为一篇佳作。遗憾的是，才华过分溢露，否则更加出色。[1]

托尔斯泰显然对列斯科夫的沉溺于描述和讲述，忽视写作中的庄严与节制怀有不满。有人因此告诫说，除了后期的批判和讽刺作品，他的作品在思想内容上显然过于单一地依赖了某种伦理——譬如"正直的人"，来完成他的

---

[1] 《列夫·托尔斯泰文集》第16卷，周圣、单继达等译，人民文学出版社，1992，第247页。

内容。然而，这些"训诫者"似乎忽视了作品中随处可见的诸如这样的情境：

"这个老小孩，"萨韦利笑嘻嘻地说。

"嘿，总是这么爱玩爱闹的。"

"别骂他，不管孩子玩什么，只要他不哭就好。在他一个人身上有一千个人的生命在燃烧，叫他昏昏沉沉过日子等于给他一副重担。"①

狗熊心情沮丧，模样难看。倒不是因为皮肉受苦，而显然是因为精神遭到剧烈的震撼，它看上去酷似李尔王。它皱着眉头，两只充血的眼睛射出愤怒的光芒。它象李尔王一样蓬着毛发，有的地方烧焦了，有的地方沾着麦秸。②

那时，虽然人们很少去研究历史，但是他们

---

① [俄] 列斯科夫：《大堂神父》，陈馥译，外国文学出版社，1984，第369页。
② [俄] 列斯科夫《野兽》，陈馥译，见《列斯科夫中短篇小说选》，外国文学出版社，1985，第342页。

相信历史,尤其愿意厕身于创造历史的事业里。①

在僵化的伦理小说里面,"正直的人"正是依赖这种伦理上的感召力来"统治"所有的角色,而在列斯科夫的这类叙述当中,我们看到的却是对一个个真实而鲜活的"自然人"内在的描写,哪怕是动物,也令人爱怜。

列斯科夫生活的时代,正是新旧交替的时代,是一个"贵族的子女由法国家庭女教师教育,首先学习法语,作为他们的母语,然后捡起只够管理仆人用的少量俄语"②的时代,也是一种启蒙的心灵和民间真相之间较量的时代。列斯科夫虽然在作品中展现了这些纠结和痛苦,但是他用他恬淡的语言冲淡甚至回答了如上命题。列斯科夫小说中每一个"自然人"所具备的特质显然是未被城市文明、工业社会、阶级革命等各种"现代"要素所破坏的一种人的完整性。

就列斯科夫本身而言,同时代人或者后人对他和他的

---

① [俄] 列斯科夫《岗哨》,陈焘宇译,见《列斯科夫中短篇小说选》,外国文学出版社,1985,第396页。

② [美] 斯塔夫里阿诺斯:《全球通史——1500年以后的世界》,吴象婴、梁赤民译,上海社会科学院出版社,1999,第378页。

小说所给予的"落后""保守"之类的头衔,正如"先进""超越性"一样被划分到无效的名词之中。从列斯科夫的整个三十年创作生涯上看,列斯科夫的创作显然有从自然到说教甚至到怀疑与讽刺的轨迹。然而,他对讲故事以及对故事中人物的喜爱,仍旧无意间敞开了文学所惯有的不确定的欢喜与忧郁的世界。以《大堂神父》为例,它原本是要表达一个严肃的主题,那就是萨韦利神父作为神职人员的正直和忠诚。但小说却穿插了生动而轻松的细节,比如小侏儒织袜子,阿希拉养了一条会笑的叫作"贵姓"(卡克瓦斯)的狗,等等。如此多的细节,渐渐冲淡了这一有关"正直的故事"的内在旋律,正如冲淡了作品中那些面目并不狰狞的"坏人"的恶劣一样。在写单纯的坏人方面,助祭阿希拉跟果戈理笔下的好人一样,显然不容易让人称赞——他们习惯于描述那些鲜活的生活中的真实而虚无的人群。小说中的阿希拉在萨韦利神父死了之后陷入了因追怀而导致的忧郁和痛苦,这种忧郁和痛苦深埋在阿希拉助祭借以绝食和禁闭的阴暗的房间里,但又像透入其中的光线一样可爱和轻快。相较于普希金读后据说因感叹俄罗斯命运而号啕大哭的《死魂灵》,列斯科夫给人的眼泪显然来自单纯的关于人的感动。作为同样深刻吸取民间素材的绝妙艺术作品，这种流畅而单纯的叙事线条较之果戈理表现出来的闹市般的喧哗与笑谑同样是有力的。于是，这一形式上，而非内容上的差异，足堪解释为何巴赫金要较多地用果戈理的作品修缮他的"狂欢"理论建筑，而对列斯科夫的一砖一瓦很少搬弄。

与果戈理、陀思妥耶夫斯基、托尔斯泰等相比，列斯托夫似乎更长于用一种自然而天真的笔触沾沾自喜地为他的"自然人"开道，他几乎不露痕迹到让我们每读到他的作品就想象到纪录片的镜头推到每个"自然人"面前，他们大多"无所作为"地展示他们的喜怒哀乐。但列斯科夫不像托尔斯泰和陀思妥耶夫斯基那样源于对"大问题"的思考而充满了纠结和愤懑，或可以说，他依靠自己惊人的语言才华来融化了这些思考。正如本雅明所说的那样，"正直的人在这里只遇见了他自己"。巴赫金似乎在十九世纪的俄国文学中认识到了这种珍贵的成分：

> 十九世纪的无神论（朴素而单调的无神论）对宗教没有提出任何责难。人们当时可以按照"老习惯"去信仰。如今再一次要克服幼稚性。正是这种幼稚性决定着我们的思维和文化的基础和前

提。面对一切都须产生新一轮的惊讶哲学。一切本来都可能是另一个样子。应当像回忆自己童年一样去想世界，应该像爱某种幼稚事物（孩子、妇女、往昔）那样去爱世界。①

当自然与人都被赋予了天然的生命力，你无法区分二者，只能看到上帝或者什么别的神秘性的存在将垂怜和喜爱的光泽笼罩在他们的头上。在这个意义上，列斯科夫的作品有如童话。因童话关乎垂怜。本雅明在《讲故事的人》中敏锐地感觉到了列斯科夫与童话之间"深厚的因缘"。他认为：

> 童话所具备和施展的解救魔力并不是使自然以神话的方式演变，而是指向自然与获得自由的人类的同谋。成熟练达的人只能偶尔感到这种共谋，即在他幸福之时，但儿童则在童话中遇见这

---

① ［苏］巴赫金：《演讲体以其某种虚假性》（1943），转引自《巴赫金全集》第4卷，白春仁、晓河等译，河北教育出版社，2009，第83页。

个同谋，这使他欢喜。①

显然，"面向过去而背对未来"的本雅明在列斯科夫的这些作品中看到了某种共鸣，他通过阅读的方式衔接了思想与文学的世界，在语言的陶冶中他找到了列斯科夫想要诉说的某种最本质也是最珍贵的东西。从这个意义上说，本雅明的整个阅读过程是"天使与天使的相遇"。他们都在努力恢复丰富而庞大的世界表面，并因抓住了某些永恒的记忆而不致因为世界的变幻莫测而过分震惊或者趋之若鹜。

然而，列斯科夫的作品并非不带有现代社会的印记，只能说，他的那种独特的语言方式强化了这种现代性中的民族性，如此，在相互作用中形成了坚韧和独具特色的文学个性。列斯科夫小说最为成熟的现代质素不仅仅在于他在题材上表现了俄罗斯现代步伐的步履蹒跚，而且更加体现在他的小说中的人物上，无论是主要人物还是次要人物，都有自足性。他虽然很少像福楼拜那样用大段的描写来表述独立的景色或者物，但他赋予人物以独立性，又似

---

① 转引自 [德] 汉娜·阿伦特编《启迪：本雅明文选》，张旭东、王斑译，生活·读书·新知三联书店，2008，第113页。

乎不是为了情节展开。他耽溺于讲述的过程,以及这一过程中每个相关或不相关的人物的错综复杂的不同而生动的表现,这大概也是列斯科夫可以与很多现代小说家相媲美的地方。

当巴赫金欣喜地从俄国文学的丰富宝库里发现了现代文学的先驱,并自信地宣告"未来是属于陀思妥耶夫斯基的"[1]之时,柄谷行人几乎同时期以他那颠倒性的思维方式指出了现代文学的必然的终结。格非也在《文学的邀约》一书的导言中对柄谷行人的观点表示了认同。在格非看来,现代文学是如此让人感到悲观,以致无论是从其生产的方法还是提出的问题上,都已经到了"老调子都已经唱完了"的地步。[2] 这种感觉,内含着的与其说是对现代文学这种历史现象的绝望,毋宁说是对文学可能性本身的不抱期望。当一些批评家们还沉醉在话语游戏中,而那些严肃作家们自觉蛰伏于这个对他们来说缺氧的时代时,我们的文学已经自顾走进了一个莫名尴尬的境地。它深刻地具备几乎所有西方现代主义的质素,同时又以一种嘲讽的方式超越了

---

[1] [苏] 巴赫金:《在长远时间里》(1971),转引自《巴赫金全集》第4卷,白春仁、晓河等译,河北教育出版社,2009年,第414页。

[2] 格非:《文学的邀约》,清华大学出版社,2010,导言。

它所处的时代，充满了某种"还未生长就已经开始腐烂"的早熟与畸形的味道。或可说，我们又看到这样一个时代的魅力，似乎现代主义质素和后现代的质素同时在我们的历史文化乃至文学舞台上上演。

然而，正如斯塔夫里阿诺斯在评价列斯科夫所处时代的俄国那样，向工业化转型的过程中，十九世纪的俄国人民付出了沉重的代价。这种代价不仅仅是在物质上，更是在精神上。当代中国同样遭受了类似的工业化过程中的相似图景，作为一种精神生产方式，文学亦随之而继续遭受撼动。它们为媒体和新技术所积压，只有很少一部分迎合这种双重压迫的粗糙写作能够突围，宣称自己的大众色彩及由之而生的近乎一种道德高度的"人民性"。与之相伴的，"轻浮"似乎成为时代标准，并获得某种事实上非常虚妄的优越感，也许，列斯科夫及其作品能够给我们以提醒和安慰：一方面，它补充了或者说平衡了他所处时代那些"重"的写作；另一方面，它们跨越了自己的时代，以其独特的方式，嘲弄了我们这个时代"轻浮"、乡愿和犬儒式的写作。

列斯科夫曾在一封信中告诉托尔斯泰，他理解和感受对方作品的方式是通过养女的朗诵：

我们有时聚集在海岸边的松树下，读着您的书，就象与您和其他朋友们在交流思想一样。朗读得最多的是我的小孤女。她有一付好嗓子，非常可爱的童音。她全都理解。听小孩朗读您的话语，我们感到十分惬意。①

这段话不仅显示出了列斯科夫作为一个读者的阅读习惯，还透露了他作为一个作家的写作秘密：一种建立在自觉追求"惬意"基础上的安宁写作。而这可能正是一向致力于减少写作沉重感的当代作家卡尔维诺在《未来千年文学备忘录》里所期许的：

如果让我为新世纪选择一个吉利的形象的话，那么，我要选择的就是：超脱了世界之沉重的哲学家那机敏的骤然跳跃，这表明尽管他有体重却仍然具有轻逸的秘密，表明许多人认定的时代活力——喧嚣、攻击、纠缠不休和大喊大叫——

---

① 列斯科夫1891年8月1日致托尔斯泰信，《托尔斯泰文学书简》，章其译，湖南人民出版社，1984，第827页。

都属于死亡的王国,恰如一个堆满锈迹斑斑破旧汽车的坟场。①

---

① [意]卡尔维诺:《未来千年文学备忘录》,杨德友译,辽宁教育出版社,1997,第8页。

行者杰克·凯鲁亚克

2010年,盲诗人、歌手周云蓬在《独唱团》第一期上发表了《绿皮火车》。在其伤感而自嘲的流浪抒情中,读者似乎能找到艾伦·金斯堡的《绿色的汽车》和杰克·凯鲁亚克《在路上》的影子。与此同时,中国有数以万计的背包客和流浪者仍在路上,那些文艺青年、流浪歌手的聚集或居住之地,也开始装饰得如《达摩流浪者》(The Dharma Bums)中贾菲在森林里的小屋那样:诗歌、佛教、乐器,还有茶具等简单粗糙的生活用品,甚至还挂上西藏、尼泊尔、印度等神秘之地弄来的画片图腾。五六十年前的那场运动从开始起,似乎就没有全然结束,人们在世界的各个角落沐浴着这一潮流下的余晖,无论是出于藐视中产的生活方式还是对现实的厌倦或者反抗。

一

自"垮掉的一代"这一词语产生之日起,便有许多研究者关注这一看起来惊世骇俗的文学和社会现象。直到现在,我们还能从马尔科姆·考利(Malcolm Cowley)的《流放者归来》(Exile's Return: A Literary Odyssey of the 1920s)到莫里斯·迪克斯坦(Morris Dickstein)的《伊甸园之门——六十年代美国文化》(Gates of Eden: American Culture in the Sixties)等作品中隐约找寻到"垮掉的一代"的发展脉络及与其精神内核相关的解读。在国内,以"垮掉的一代"为专题研究的有新出版的《本真之路——凯鲁亚克的"在路上"小说研究》(陈杰,2010年)及《"垮掉的一代"与中国当代文学》(张国庆,2006年)等。目前为止,尽管"垮掉的一代"作品尚未全部引进,我们仍能从现有译介过来的作品中看到这"代"人的轮廓。

很显然,"在路上"是"垮掉的一代"最为显著的灵魂,前有"迷惘的一代",后有"嬉皮士"运动,其中夹杂着战争的伤痕和经济大发展时期人们的生存压力和精神荒芜。从时代性来看,凯鲁亚克被冠以"垮掉的一代"的文学之父,其依靠《在路上》"一夜之间摆脱默默无闻"

的状态是必然的。

凯鲁亚克出生于二十世纪二十年代的社会底层，而后进入纽约哥伦比亚大学就读，结识后来的"垮掉的一代"作家如艾伦·金斯堡、威廉·巴勒斯、尼尔·卡萨迪等。成长于美国社会急剧变革的时期，经历过二战时代的凯鲁亚克体验到纪律对自己来说尤其难以忍受，很快他就从大学退学，并爱上了写作。他似乎有一种介乎文化精英和底层人之间的分裂感，这种分裂感让他在这两种生活中都不能得到安宁。他深受惠特曼作品的影响，又敏感地体会到了当时学院青年、知识分子群体内部有关文艺方向的某种微妙变革，他期待能够在这样的生活和艺术经验之中突围，创造一种全新的表达方式，来应对自己的生存状态，最后，他从"在路上"的精神中获得了自我救赎和解放。

《本真之路》将凯鲁亚克的《在路上》《达摩流浪者》归结为"在路上"小说，且它们皆是"旅行小说"。而实际上，在我看来，"在路上"展现的是一种精神状态。除了上述两部作品外，讲述在荒凉峰顶守夜的《荒凉天使》，游走在巴黎寻找祖先踪迹的《巴黎之悟》，乃至充满了神秘主义色彩的《金色永恒经文》，都可说是一种"在"的精神的阐发。

与此相关，关于"垮掉"的含义，说法纷繁。这里似乎不能简单地理解为疲劳、颓废或垮掉。实际上，1957年《在路上》在出版之前曾命名为"垮掉的一代"（Beat Generation）（经马尔科姆·考利建议才修改为"在路上"）。纪录片《凯鲁亚克怎么了》（what happened to Kerouac, 1986）中有一段凯鲁亚克1959年的采访录像，当被问及垮掉（Beat）的含义时，他回答说是"恻隐之心"。在其看起来无情的反叛性之外，凯鲁亚克的确在作品中植入了别样的柔情与悲悯：

> 我想象着自己就像一个天使回到了地面上，用悲伤的眼睛观察实际的情形，我就是以这样的态度来写我所写的所有的东西的。①

金斯堡说，凯鲁亚克一生都是一个佛教徒。他的作品多少与佛教尤其是禅宗思想相关联。当时流传到美国的禅宗思想，以用温存而节制的文风探讨佛教的日本学者铃木大拙为代表，加上流传自日本的中国唐朝诗僧寒山。铃木

---

① ［美］杰克·凯鲁亚克：《垮掉的一代》，金绍禹译，上海译文出版社，2007，序。

标榜禅学要人直面本心。他说,"禅的问题只有人生的活泼的事实,因此它是根本的和创造性的"。[①]这是凯鲁亚克用以修炼内心,为自己寻找的精神出路的通道(虽然他未必是一个合格的佛教徒)。在创作中,他也是以一颗赤子之心,创造性地书写活泼的人生事实。在《金色永恒经文》中,他将自己的精神世界与存在主义之虚无以及天主教中仁爱与忍耐之心深深地交融,他说,"岁月的进程像一条河流过你的石背","东方式的镇静,是金色永恒","不要为无物担心",等等。

二

而时刻书写"虚无"正是凯鲁亚克难以抛弃自我的绝对体现。这也促使他进行语言的变革。他热爱写作,浸淫于古往今来的文艺作品,并在日记中以这些写作的先驱者为榜样:

> 除了属于自己的疯狂的自我,没有人能够帮助我,我想与远在天国的陀思妥耶夫斯基联系,

---

① [日]铃木大拙:《禅学入门》,谢思炜译,生活·读书·新知三联书店,1988,第36页。

还想问问老麦尔维尔,他是不是仍然那么沮丧,还有沃尔夫,我要问问他为什么38岁就死去。我不想放弃,我发誓决不放弃,我将在叫喊和大笑中死去。①(1949年8月)

"在紫罗兰色的黑暗中游荡无依"是凯鲁亚克一生写作与思索的底色。

他始终有一种介于神性和世俗之间的痛苦和哀伤。与作品中所呈现的典型人物一样,他与艾伦·金斯堡等的文艺野心并不是在俗世取得成就,他在日记中写道,"真正的桂冠惟有在写作之时才能戴上",他们有着另外一种文学的梦想,即创造一种能够拓展语言、想象力和文学疆域的说话方式。实际上,凯鲁亚克的卓越之处,不仅在于他的作品展现了那些典型人物——如我们今日到处所见的资本主义社会之中游弋的孤独而颓废的灵魂——还在于他在语言上所开拓的空间。正如《垮掉的行路者:回忆杰克·克鲁亚克》(*Jack's Book : An Oral Biography of Jack Kerouac*)序言中所说,凯鲁亚克的作品行文有一种"令人心碎的优

---

① [美]杰克·凯鲁亚克:《说吧,记忆》,《中华读书报》,1998年10月21日。

美"。①《小镇和都市》《在路上》《达摩流浪者》《大瑟尔》《荒凉天使》等作品基本都是以超凡的记忆力和敏感的笔触,真实地根据当下生活和记忆的再现式书写。正因为出于这样一个敏感而诗性的作者之手,那些司空见惯的场合,便写得"美得让人窒息"。金斯堡认为这些不仅仅是小说,还是介于散文和诗歌之间的文体。这其中,《在路上》风靡一时,凯鲁亚克在书中说,"总而言之,你是一个疯疯癫癫的狗娘养的","它(车辆)在路上行驶就像船在水上航行那样顺溜,在弧度拐弯缓和的地方让人心旷神怡"。②凯鲁亚克赋予了他自己在路上所见到的各种景象以极端的虚无美,还有那些日常瞬间中充满赤子之心的比喻。例如迪安因为和妻子吵架,把手指弄感染,后面这个手指在小说中一再出现:

他那伤痛的手指被绷带缠得又粗又大,仿佛

---

① [美]巴里·吉福德、[美]劳伦斯·李:《垮掉的行路者:回忆杰克·克鲁亚克》,华明、韩曦、周晓阳译,译林出版社,2000,序言。
② [美]杰克·凯鲁亚克:《在路上》,王永年译,上海译文出版社,2006,第293页。

是屹立在惊涛骇浪中的灯塔。①

或可说,这些体现敏感、焦虑乃至酣畅情绪的文字,从另一种意义上延续了梭罗的隐逸文学之"静谧的绝望"(quiet desperation)。

三

与《在路上》相比,《达摩流浪者》不再是奔驰在公路上的快速描写,而是将镜头对准一群相对温和的背包客。他们远离都市中产的生活并以此为耻,希望从东方神秘的哲学、宗教甚至生活方式中获取解构的力量。这是一群需要温暖的人,他们采取自以为可以解决众生痛苦的人生状态——参禅。雷蒙以蔑视美国中产生活的贾菲为榜样,经常与他一起生活。但在一个人的背包流浪中他常常会有孤独和恐惧感,所以他要尽可能使自己归于大化,珍惜每个"不二"瞬间。在圣诞节从城市回到家乡短暂停留时,他仍然选择在睡袋中睡觉,到旷野中打坐,仿佛这样才能令他感到安心:

---

① [美] 杰克·凯鲁亚克:《在路上》,王永年译,上海译文出版社,2006,第240页。

家人都希望我睡在客厅的沙发上，挨着暖烘烘的烧煤油的火炉，可我坚持要按自己的方式睡在门廊尾（和以前一样），那里有六扇窗户，可以看见冬天赤裸的棉花地和那后面的松树林，我把窗户全部打开，在那边的沙发上铺开我可爱的睡袋，把头埋进光滑而暖和的尼龙鸭绒里，冬夜里睡觉就该是这个样子。等他们都上床睡觉之后，我穿上外套，戴上护耳帽、铁路职工手套，再罩上我的尼龙斗篷出了门，我大步走在月光下的棉花地里，就像一个披着袈裟的僧人。月光照亮了地上结满的白霜。路边那片老墓地在霜中微微发光。①

家人不解他的状态，但也给予了必要的宽容。节日之后，雷蒙就又踏上"在路上"的征程。他经常风餐露宿，身无分文，但依然靠自己强大的精神力量让自己处在流浪状态。我们在其中并没有看到至高的禅宗思想，而是智性、真实，进而是所有的悲悯与祈福之心。雷蒙，也就是凯鲁

---

① [美] 杰克·凯鲁亚克：《达摩流浪记》（凯鲁亚克诞辰100周年纪念版），远子译，当代世界出版社，2022，第163页。

亚克,他曾和贾菲讨论过,上帝或如来创造了有情众生和他们的愚昧,这让世间充满了痛苦,除了纯粹的心性之外他们无需有再多的执着。

而迈克尔·麦克卢尔在回忆凯鲁亚克和他唯一愿意照顾的人——他的母亲时这样描述:

> 我从来没有见过杰克的母亲,但是我看过一张美得出奇的照片,是杰克和她一起照的。美得不可思议。我看过主揽大权的猴子妈妈带着她的雄性后代的照片,那种时候后者被叫做"王子们"。这张照片则像是主揽大权的雌性类人猿带着她的王子。他们的脸非常相像。这是那种很专业化的灵长目生物课本里的照片。①

自惠特曼以来的美国文化的稚拙、朴实和翻天覆地的创造活力就在这里显示。凯鲁亚克作为其中一员,承继了美国文学传统的同时,又在作品中灌注了他作为一个青年的勇敢、怯懦、悲悯、伤感、宁静等特质。与"垮掉的一

---

① 见[美]巴里·吉福德、[美]劳伦斯·李:《垮掉的行路者:回忆杰克·克鲁亚克》,华明、韩曦、周晓阳译,译林出版社,2000,第282页。

代"其他成员不太相同的是,凯鲁亚克一直是一个孤独者。正如金斯堡说,他必将是一个在院子里抽烟终老的人。他与正统制度、正统文化不相和谐,对反文化、反制度的组织也不感兴趣。

而中国当代文学中虚无色彩浓厚的王朔似乎与"垮掉的一代"有着微妙的关系。王朔早期的《动物凶猛》如《在路上》一样召唤出了青春的热血和活力,以及暗示了潜在的生的迷茫。到了后期,他们的创作也很容易让人建立一组组对比:如《梦想照进现实》之于《垮掉的一代》;《我的千岁寒》之于《金色永恒经文》;等等。它们均是起于自我与现实的绚烂而虚无的叩问,终于自我的参悟的牢笼,这似乎是双方共同的以"紫罗兰色的黑暗"为人生底色的写作宿命。

"我们不是医生,我们是痛苦"
——读特里丰诺夫《滨河街公寓》

2013年冬日,我偶然间得到上海译文出版社蓝英年先生翻译的《滨河街公寓》的签名本,并有幸到东直门拜访了他。到他家时,蓝先生书房的电脑还开着。我们在客厅坐下,阳光落在沙发上,散发出一种柔和的美。我第一次见到俄语文学翻译家,加之读过他翻译的果戈理等人的著作,所以感到很亲切。蓝先生问我最喜欢谁的文字。我码出果戈理、列斯科夫、陀思妥耶夫斯基、托尔斯泰、阿尔志跋绥夫等。他说,你说的这些,都不是最好的,俄语文字最漂亮的,要算是冈察洛夫。"你看《悬崖》,多美"。

那一段时间我正在修改关于鲁迅翻译《毁灭》的论文,于是我们从俄国文学说到了苏联文学,又说到法捷耶夫。蓝先生笑着说,法捷耶夫嗜酒,经常喝得烂醉,让人给他身上泼凉水才能醒过来。这让我想到了电影《西伯利亚的理发师》里面那个被雪橇拉到冰河上醒酒的老将军。关于法捷耶夫的死，蓝先生还记得自己二十年前写的《作家村里的枪声》(《读书》1996年6期)。应和着法捷耶夫悲怆的文学生命，我插嘴，《毁灭》的故事很惨烈。他点点头："还有更惨烈的：整个游击队，在火上被白军烧死了。"

囿于对二十世纪二三十年代苏联革命小说的阅读经验，《滨河街公寓》给我的印象是震惊：这还是苏联小说吗？没有革命，也没有劳动，没有波澜壮阔的人性美。提及特里丰诺夫，蓝先生说最初组织翻译是用来批判苏修的，所以算是"禁书"。过去是合译，现在重新拿来译，不用那么多羁绊。

蓝先生为何在三十年之后以近九十岁的高龄重新翻译这本书？除了翻译家的职业热情，是什么力量推动他逐字逐句地重新翻译呢？他似乎一直对知识分子的心理挖掘和命运探索有着浓厚的兴趣。

作为"80后"读者，对于塞林格《麦田里的守望者》、凯鲁亚克的《在路上》、爱伦堡的《人·岁月·生活》、索尔仁尼琴的《伊凡·杰尼索维奇的一天》等，在阅读时并没有感觉其附着太多的意识形态色彩。殊不知，在二十世纪六十年代，这些书最早成为当时备受批判的资产阶级修正主义"黄皮书"。"文革"之后，知识分子也将之作为自己青春期的国家想象破裂的缺口。同样，《滨河街公寓》也有着它特别的接受史。

特里丰诺夫生于 1925 年，父亲为红军将领，后在大清洗时被捕。作者少年时期即被寄养，而后辗转求生活，卫国战争期间成为莫斯科飞机制造厂工人。二十世纪五十年代,他在高尔基文学院就读时写的《大学生》轰动一时，并获斯大林文学奖，其中天真自然的气息与人物性格的阳光很是鲜明。这恰恰让人想起法捷耶夫 20 岁左右写的《毁灭》，笔法也是自然纯净。总之,《大学生》这部小说已开始显露出特里丰诺夫的题材旨趣和描摹才能。后来,他擅长以敏锐的观察力,甚至带有精神洁癖的解剖刀,细密地揭开人性的浅陋和庸俗。而谈及早期的创作,特里丰诺夫似乎对《大学生》颇不满意。这大概因为他在小说中发现某种后来让他自觉厌恶的思想倾向。不过很快,这部五十年代翻译介绍过来的小说风靡中国。蓝英年先生也曾撰文说,当时的青年学生无不知晓《大学生》。从《大学生》到作者于二十世纪七十年代创作的更多作品,逐渐形成了文学界特里丰诺夫的"莫斯科小说"系列,其中以《滨河街公寓》最为人称道。

小说以第三人称回忆为线索，其中又共时性地穿插着别的个体的回忆。这种结构像是福克纳的《喧哗与骚动》，但却并非福克纳式的自我和充满冥想，而是写实的，日常的。作品一开头就写了格列勃夫人到中年，成为艺术理论方面的大学教授。然而，他的过去不堪回首。"这一切并没有给他带来喜悦，因为它们消耗了他如此大量的精力和被称之为生命的那种无法补偿的东西"，"如今变得面目全非，象条毛毛虫"。[①] 在一个偶然的机会，他在家具店碰到儿时玩伴廖夫卡，而后者恰恰是自己儿时羡慕嫉妒的对象。特里丰诺夫将这样一个街区少年的天然性格描绘得十分具感染力。电影院、漂亮的夹克、小男孩对虚荣的天然追求，还有蠢蠢欲动的情欲。他们一边向往着革命的偶像和未来的远景，另一边又陷入平凡的青春迷惘，纠结于各种冲动和忧愁。主人公"圆面包"格列勃夫的心理实属特别，心理学家阿德勒在《自卑与超越》中说，人生来就是自卑，这种自卑属性让个体在社会之中不断自我调整，寻求超越。格列勃夫恰恰是以深深的不动声色的自卑超越了他童年时高高在上的玩伴，跻身于上流社会之中。他为了在事业上

[①] [苏] 特里丰诺夫：《滨河街公寓》，王燎、蓝英年译，外国文学出版社，1983，第10页。

获得更多的好处，还不惜出卖自己的导师兼准岳父；在情感上，他明明不爱却硬是占有着，明明爱着的，却选择背叛。这种腾挪闪躲恰是市侩者的"绝技"。

作者在体面的知识者内部挖掘阴暗的影子，将之委婉地暴晒，这种文风看似平淡悠然，如契诃夫，实则犀利异常。它冲破了苏联文学中从二十世纪二三十年代就已经形成的无论是革命还是后来的带有强大行动特质的"建设"体系的文学描述，而转向人的内部。因此，经历过苏联现实主义文学洗礼的特里丰诺夫，他承继着苏联文化中对于新的社会中新人的诉求，同时又在理想破灭之外认识到人的进取的复杂性。他弃绝父辈们的骤然出现"新人"的理想主义特点，真诚地描写社会，描写那些已经发生的，或正在发生的。特里丰诺夫本人称其受陀思妥耶夫斯基影响很深，苏联文学和俄罗斯文学传统的结合，使得他小说的文学性异常丰富。

我们知道，那是在理想主义的环境中成长的一代人。除了市侩世界的呈现，这部作品还从侧面表现了知识分子内心蕴含的幽暗和精神创伤。因此，特里丰诺夫的贡献，似乎又不仅仅是揭露苏联社会反市侩的主题，还是其现实主义的写作方法（甚至是心理现实主义的），这种呈现方式让他的作品更直接介入社会,深入到人性深处。正如特里丰诺夫常引用赫尔岑的话说:"我们不是医生,我们是痛苦。"所以,重要的是描述现实。蓝先生的重译,也因此有了特别的意义。

"我就是相机"
——读杰夫·戴尔《一怒之下：与D.H.劳伦斯搏斗》

杰夫·戴尔（Geoff Dyer），1954年生，牛津大学英语文学专业，后来顺理成章地成了作家，目前写了十几本书，有两本是"小说"，其余的虽然主题明确（有关旅行、摄影、世界大战等），形式却颇为"古怪"，被称为"无法归类的文体"，于是国内有媒体称其为"先锋作家"（所有看起来离经叛道的艺术都称之为"先锋"，目前看来的确是一个省事的办法）。

《一怒之下：与D.H.劳伦斯搏斗》（*Out of Sheer Rage : Wrestling with D.H. Lawrence,* 1997）这本看起来一路纠缠着英国作家D.H.劳伦斯的"无法归类"的书，却曾获"美国国家文学批评奖"。这至少给了我们一条线索：这本书看起来是"文学批评"。杰夫在《然而，很美：爵士乐之书》（*But Beautiful : A Book about Jazz,* 1991）结尾处有一篇酣畅淋漓的有关爵士乐的评论文章，他借用乔治·斯坦纳《真实存在》(Real Presence)表达了自己的艺术批评观："对艺术的最好解读是艺术。"他认为，爵士乐充满了即兴创作，对它的批评史并不就能构成人们理解它的"臭氧层"，因此，他的这部可谓爵士乐批评的《然而，很美：爵士乐之书》并没有按照通行的音乐评论那样条分缕析，而是通过捕捉七个爵士乐大师的生活和音乐碎片，写出了带有诗性特征的艺术"片段"，这些"片段"尝试深入地挖掘他们不为人知的内在隐秘的一面，正如他在作品开头引用的阿多诺说的那样："伟大艺术的制造者并非神灵，而是容易出错的凡人，并常常显得神经质和人格破损。"[1]

那么，音乐"批评"如此，面对语言的艺术，杰夫是否用同样的方式展开他的文学批评？为何要"一怒之下"，为何又要"搏斗"？书中两条摘引似乎回答了这个问题。一条摘自 D.H. 劳伦斯 1914 年 9 月 5 日的书信："一怒之下，我开始写关于托马斯·哈代的书。这本书将无所不谈，但恐怕唯独不提哈代——一本怪书，但很不错。"另一条则是福楼拜对雨果《悲惨世界》的一句评价："对无关紧要

---

[1] ［英］杰夫·戴尔：《然而,很美:爵士乐之书》,孔亚雷译,浙江文艺出版社,2013, 第4页。

的细节进行无休无止的说明，长篇大论却毫不切题。"①

《一怒之下》一开头，作者就多次提及要写一部有关劳伦斯的学术著作，他信誓旦旦，絮絮叨叨，但却被当下的旅行状态所"牵绊"：巴黎太贵，罗马太热，希腊景色太好……他常常会忘记劳伦斯，同妻子从巴黎到罗马，再到希腊，后来又出了车祸，惊魂未定，日渐康复后，又念及尼采、里尔克、罗丹……他说："里尔克也写过'漫长的康复期是我的生命'。我们四个人——尼采、里尔克、劳伦斯和我——因共同拥有康复期而联系到了一起。"②他甚至借用里尔克的话："我经常问自己那些我们被迫懒散的日子是否正是我们进行最深奥的活动的时候？"③这是一种拖延症患者看似散漫而实则紧张的独特体验。就这样，作品中的"我"几乎游遍了欧美所有劳伦斯留下的足迹，也没有完成这部"学术著作"，只是留给读者一部带有"创作谈"性质的作品（还是"未完成"），里面充斥着似有还

---

① ［英］杰夫·戴尔：《一怒之下：与D.H.劳伦斯搏斗》，叶芽译，浙江文艺出版社，2016，第2页。
② ［英］杰夫·戴尔：《一怒之下：与D.H.劳伦斯搏斗》，叶芽译，浙江文艺出版社，2016，第38页。
③ ［英］杰夫·戴尔：《一怒之下：与D.H.劳伦斯搏斗》，叶芽译，浙江文艺出版社，2016，第24页。

无的与劳伦斯有关的漫游和思考，好比是一部"等待戈多"版的"等待劳伦斯"。很显然,标题中那个"wrestling"用得十分贴切。这些会让我想到鲁迅在晚年写的一篇文章《"这也是生活"……》,大致意思是，也许应该关注一下伟人生活的"渣滓"，例如拿破仑和李白如何睡觉，战士如何吃西瓜，最后他总结说，"删夷枝叶的人，决定得不到花果"。杰夫在与劳伦斯的"枝叶""斗争"，也是在同自己的生活"枝叶""斗争"。

为什么杰夫一反常态，走到意义背面那些琐细的部分？其实,在他的大多数作品中,例如《寻找马洛里》(The Search, 1993)、《懒人瑜伽》(Yoga For People Who Can't Be Bothered to Do It, 2003)、《然而，很美：爵士乐之书》、《杰夫在巴黎，死亡在瓦拉纳西》(Jeff in Venice, Death in Varanasi, 2009)等，都能找到这些慵懒的"漫游"的符号：旅行、公路、汽车、酒吧、艳遇、印度或者亚洲的某些带有神秘宗教意味的存在斑点，还有劳伦斯、尼采、鲍勃·迪伦、凡·高、高更、金斯堡等文艺家以及埃兹拉·庞德、布洛茨基、萨特、加缪等以直觉和现象见长的知识符号，他总是善于用一种近乎迷幻的方式将这些符号背后的精致和颓废描述出来。例如《寻找马洛里》一开头，主人公作为私人侦探,答应了为一个叫蕾切尔的女人寻找她失踪的丈夫,他开着车,又貌似毫无目的地狂飙在路上,经过那些小镇、旅馆、酒吧,一切说不上名字的灰色调的角落。那些擦肩而过的家伙,多半也是在庸常的生活中厌倦着,就像他说的,好比一个截肢或得了慢性病的人,生活无数年却仍然"恬不知耻"地活在这个世界上,甚至有些怡然自得。最后,主人公没有找到要找的人,但又似乎已经完成了什么似的。如果说《然而,很美:爵士乐之书》展示了七个爵士乐大师的"神经质和人格破损",《寻找马洛里》中的人物低调而软绵绵地在苦雨和旅途之中忍受着这个世界,那么,《一怒之下》同样表达了这种因逃避而带来的绝望,正如他在本书的结尾处说的,"绝望是自我最后的避难所"。因为绝望而没有终极意义,他太喜欢抓住稍纵即逝的现象和感觉,这些东西构成了他的文学本质,看起来不真实而又充满了永恒的可能性。这些细节异彩纷呈,又各自给人一种带有惊艳感的独立:

然后去我们街区的小酒吧圣卡利斯图,法布里齐奥,那儿的酒保,已经拉长着那副洞悉世态炎凉的脸。他始终紧皱眉头,粗暴地对待一切他所触碰的东西，狠狠地拉开盛冰激凌的盖子，凶猛地挖出冰激凌，把他们扔进玻璃杯里，再把玻璃杯放到柜台上，震得砰砰作响。用如此粗暴的方式做这些简单的举动并没有多么了不起，不过了不起的是他做这些时所流露出的铁汉柔情。①

渐渐地，故事从之前的被动拖延，到以自己的旅行为主，到似乎要忘记劳伦斯，但又偶尔间歇性地因为周遭的风物经验贴合自己所熟知的劳伦斯部分——旅行、住宅、语言、写作、故居，童年生活，孩子——而感到熟悉、亲切，甚至关照到自己的生活。他立足于当下，从现象的光芒中去把握那个和他共呼吸的人。整个故事虽然看起来已经"离题"，但却有着美学上的诗意和感伤。例如，他写去看劳伦斯故居，谈到自己童年生活的许多细节，让人想起《儿子与情人》中几乎自传式的家庭生活。和劳伦斯一样，杰夫·戴尔的童年时光也是出自工人阶级的封闭而艰难、看起来暗无天日但又那样容易满足的。劳伦斯认为十九世纪工业化的真正的罪行是"将工人置于丑陋、丑陋又丑陋的

---

① ［英］杰夫·戴尔：《一怒之下：与D.H.劳伦斯搏斗》，叶芽译，浙江文艺出版社，2016，第34页。

境地",因此,这不仅是他的乡愁,还是他的思想质地和文学生命的出发点。很显然,这实际上也是一条漫长的没有止境的不卑不亢的自我寻找之路。

杰夫·戴尔观察劳伦斯的方式也是看起来"离经叛道"的,写作之前,也许是因为他害怕破坏最初的印象和感受,破坏那些蕴藏在过去的阅读记忆灰烬下的澎湃火山,于是他小心翼翼地从那些看起来细枝末节的边缘部分进入劳伦斯。如前面所说,他对那些弥散在作家周围的存在碎片更感兴趣。例如,他着迷于搜集劳伦斯的照片(包括那张他十七岁的时候感到深深被吸引的企鹅出版社出版的《凤凰》中的照片)、书信、日记、游记、期刊、简短笔记,以及一些小说最初的草稿和片段,他认为这些要比那些成型的作品更接近于劳伦斯。在他看来,这些碎片的原始与真实,更具备本质上的启示意味。他赞同劳伦斯说的"永远不要相信艺术家,而要相信他笔下的故事。批评家的作用在于从创作故事的艺术家手中拯救这故事"。[1]于是,他依靠这种方式企图"拯救"劳伦斯。

实际上,当他谈到城市、旅行、街道、物品,你似乎

---

[1] [英]D.H.劳伦斯:《地之灵》,见《劳伦斯论美国名著》,黑马译,上海三联书店,2013,第3页。

能够看到作为漫游者存在的本雅明；当他表达出异常粗暴的焦躁，以及对于整个英国传统和文明毫不留情的攻击乃至愤懑时，你又会不自觉想到那个愤世嫉俗的尼采和对祖国爱恨悲切的劳伦斯；而那些转瞬即逝但又流光溢彩的人世群相书写，又仿佛能在美国"垮掉的一派"凯鲁亚克或者比他更早的菲兹杰拉德身上找到；到了沉溺于那些诗情和有关艺术和生活的论证时，就有了里尔克、奥登、布罗茨基；甚至还有一批画家：席勒、高更，包括劳伦斯在内。他沉溺在这些寻找劳伦斯或者说寻找自我的细节之中，但是在面临现实生活的时候，他却是一个失去精锐判断能力的暴躁狂：无能、脆弱、悲观、沮丧，甚至顽皮、可爱、愤愤不平。但这就是他，所有的生活构成了这一切。所以在这些兄弟般的文体谱系下，他更加能够深切地将写作对应到这个是偶像也是同伴的劳伦斯身上：

> 他（劳伦斯）在自己的行为及存在中找到了家。里尔克崇拜罗丹也正是由于这一点……因为"他的内心深处就承载着一所房子的黑暗，平安与庇护，他自己就成了房子上的天，房子旁的树

和远处流向过往的河流"。①

一方面,漂泊与寻找的双重变奏构成了杰夫·戴尔文学创作的主要部分。从作家背景上看,哈代、劳伦斯、杰夫·戴尔皆出身底层,好不容易获得良好的教育,而最终又与他们接触的上流或中产阶级背离,正如劳伦斯说的那样:"背叛中产阶级/背叛金钱与工业/还有受过教育的蠢驴。②"这种自我放逐,在劳伦斯那里表现为情欲,一如《查泰莱夫人的情人》中,呈现了两个背对现代文明的亚当、夏娃。而在杰夫·戴尔那里,借助于欧美文学及其批评的叛逆式语言,他视写作为己任,不放弃经过自己命运的每个惊艳的瞬间,即便它们看起来是无用的碎片。另一方面,在批评上,杰夫·戴尔也不是在"研究",而是将对方的生命穿过自己,或者相反。这两个方面同时存在且别无二致,又都构成了他的半学院、半嬉皮,但又带有某种鲜明的中产阶级符号。很显然,那些通过奋斗就唾手可

---

① [英]杰夫·戴尔:《一怒之下:与D.H.劳伦斯搏斗》,叶芽译,浙江文艺出版社,2016,第107页。

② [英]D.H.劳伦斯:《我嘛,是个爱国者》,见《劳伦斯诗选》,吴笛译,漓江出版社,1988,第153页。

得的光明世界，他不愿意去。从《懒人瑜伽》到《杰夫在威尼斯，死亡在瓦拉纳西》，从《然而，很美：爵士乐之书》到《一怒之下》，它们暴露的不过是一个英国式的嬉皮绅士，一个中产阶级日常生活之下的一颗颓废而被好奇胀满的心灵。与美国"垮掉的一代"相比，他的语言同样绝望，但更为精致。他几乎用一种美式的嬉皮精神肢解了英伦传统中沉闷的文风，华丽紧张、慵懒澎湃，我们从这些译本中，甚至能够看到它如何掀开了汉语表达的丰富纹理。

他所不愿意去的，还有那些常常紧紧地依附在绚烂的文学世界上的灰色理论地带。据书中说，"我"在大学的最后一年，正赶上一场"煞有其事的课程改革"，不再是"从《贝奥武夫》苦读到贝克特"，学者们如特里·伊格尔顿推行以某种"理论"作为代替，它在"全英国的文学系取得了主导地位"。[①] 于是，那些美好而有趣的文学被死死地钳制在理论的框架里。在杰夫看来，这些人应该得到诅咒："研究！研究！这个词如同丧钟敲响，无论哪个被研究的可怜

[①] ［英］杰夫·戴尔：《一怒之下：与D.H.劳伦斯搏斗》，叶芽译，浙江文艺出版社，2016，第111页。

人都即将迈入坟墓。饶了我吧。"[1]所以，他不像其他的学者那样，要将有关劳伦斯的作品搜罗殆尽，一本正经地将他的作品纳入自己的研究框架，他说："一旦我对某个主题了解得够多开始写它时，我便立刻对其失去了兴趣。"[2]他相信自己能从尼采、龚古尔兄弟、巴尔泰斯、费尔南多·佩索阿、雷沙德·卡普钦斯基、托马斯·伯恩哈德等看起来不是小说家的"小说家"身上寻找到新的语言突破的可能，他的那些除了小说外的"怪书"实际上都属于同一种文体，那就是一种意识流杂感，一种相对不需要砍斫和节制的直觉书写。

一切现象在他漂泊的笔下都生动起来，同时带有不可思议的世俗性和神秘性。他是一个不强迫自己苦苦写作的作家，所以他一直说自己总在写一些"不见得能够发表"的小说。他深深赞同劳伦斯认为的小说是"一本辉煌的生命之书"，是"目前所能达到的表达人类情感的最高形

---

[1] [英] 杰夫·戴尔：《一怒之下：与D.H.劳伦斯搏斗》，叶芽译，浙江文艺出版社，2016，第115页。
[2] [英] 杰夫·戴尔：《一怒之下：与D.H.劳伦斯搏斗》，叶芽译，浙江文艺出版社，2016，第117页。

式"。[1]而他读劳伦斯小说的兴奋部分来源于"我们在感受着这种文学形式的潜力如何被扩张、前进"。《一怒之下》正是杰夫·戴尔用另外一种充满文学形式的扩张方式来评论劳伦斯，混杂着作为创造者（创作者）的急切愿望，或者，以艺术的灵药来解救艺术。

《一怒之下》乃至杰夫的其他作品中表现出来的对现象一瞬的欣喜把握和随即摒弃，在我们的文学或者哲学思维中也能找到源头，只是我们在现代文学的批评语境中，常常太习惯于仰赖杰夫在这里所厌弃的欧美文学理论，而变得逐渐迷失、僵化罢了。

在《一怒之下》中有一个细节：当"我们"准备去意大利的陶米尔纳寻找劳伦斯1920年至1923年居住的老喷泉别墅时，妻子劳拉坚持要带上她那笨重而可爱的相机：

"没有相机我们怎么拍劳伦斯的照片？"
"我就是相机。"我说。[2]

---

[1] [英]杰夫·戴尔:《一怒之下：与D.H.劳伦斯搏斗》，叶芽译，浙江文艺出版社，2016，第134页。

[2] [英]杰夫·戴尔:《一怒之下：与D.H.劳伦斯搏斗》，叶芽译，浙江文艺出版社，2016，第46页。

读完这部汇集着绝望、欣喜、脆弱、强大、深沉、可爱、顽固、焦躁的"英国流浪汉"的作品后,这则对话显得更加意味深长起来。

彼得·汉德克：经验的反刍或考古

2016年10月，奥地利著名先锋作家彼得·汉德克终于来到中国，分别在上海和北京停留了数日，这位被2004年的诺贝尔文学奖获得者耶利内克认为比她更有资格获奖的作家，一度引起中国文学与戏剧圈对他作品的热议。中国读者最熟知的还是他的那些具有鲜明的先锋符号的戏剧作品。二十世纪九十年代初，孟京辉曾在美国看到《骂观众》之后，深深震撼于他的从戏剧内容到形式上的"反叛精神"，并在随后的1994年排演了《我爱XXX》，他说："中间有一段台词基本上完全抄袭《骂观众》。说是抄袭，其实更重要的是致敬，是把字里行间那种叠加的效果借鉴过来。"[1]而后，随着德语文学研究者的研究和介绍，世纪

---

[1] 张婷：《没被骂到，不甘心——听孟京辉聊彼得·汉德克》，《中国艺术报》2013年9月2日。

文景陆续出版了他的九卷本的作品集。而这些作品恰恰印证了汉德克本人所说的，《骂观众》(1966)是在他20来岁时花了6天时间写成的作品——"感觉你们在谈论这部作品时，是在谈我的小手指的指甲，而实际上它在我的创作中只占很小的一部分"。

遍览九卷本，主题涉及家庭、爱情、战争、音乐、诗歌、电影、风物等等，但都打上了作者鲜明的经验烙印。汉德克成长于二战前后的奥地利，战争带来的童年阴影始终伴随他的写作。大学时期他在当时颇负盛名的"格拉茨文学社"中十分活跃。这个看起来松散的团体，渐渐存在着两种文学观的对峙：一种是以开拓新的语言形式和叙述方式为己任；另一种则坚持严正的现实主义之路。[1]很显然，叛逆的青年汉德克服膺前者。在大学毕业前后，他就以石破惊天的小说处女作《大黄蜂》(1966)和戏剧作品《骂观众》、《自我控诉》(1966)、《卡斯帕》(1968)而名声大噪。这种富于生命力的语言革新的兴趣伴随他的创作始终。

---

[1] 韩瑞祥、马文韬：《20世纪奥地利、瑞士德语文学史》，青岛出版社，1998，第108—111页。

童年与母亲：经验的反刍

在艺术观上，汉德克反对传统文学封闭的叙述模式，并且认为文艺作品并不能承担人类的普遍经验，要"逐渐脱离不必要的虚构形式……那些杜撰的故事也成为无用的东西。而更重要的是表达感受，借用语言，或者不借用语言"。[①] 所以，他不赞成传统的宏大叙事，而赞成通过个人经验的书写来反映存在的普遍性。被他自称获得拯救，并摆脱了童年的阴影和恐惧的作品《大黄蜂》就具有这种鲜明特点。他用"断片式、马赛克式写作方法"，通过多层次感受与丰富的意象描述童年的现实处境，给人一种身临其境的感觉。作品中的"失明"是一个象征，意味着知觉的全部打开，缺陷世界的另一种意义上的丰满，意味着记忆的模糊然而其气息上的逼真。这种潜在而又多重，隐秘而又真实的体验，体现了暗藏在这些语言背后的不安、痛苦、焦虑、模糊等难以言说的复杂情绪。

他著名的《骂观众》《卡斯帕》《自我控诉》三部"说话剧"，动作几乎为零，只是在背景上用爵士乐以及各种

[①] ［奥地利］彼得·汉德克：《我是象牙塔居民》，病书译，《外国文学报道》，1998年第2期。

声响来配合这些"台词"。很显然,从形式上说,他受到了当时笼罩在欧洲上空的音乐艺术(尤其是英伦摇滚"披头士")的广泛影响(我们甚至能够从他二十世纪六十年代那张带有标志性头帘的半长发型中看出端倪);他的剧作将布莱希特的表演者和表演对象之间的"间离理论"发挥到了极致,二者不再是相互补充的关系,而是相互决裂,通过这种激烈的对抗,实现另一种意义上的亲密关系。如果说《骂观众》是作者对外的质疑和反诘,那么《自我控诉》则是自我的反思。剧作从"我"的逐渐成长,到成为习俗、国家、惯例中的一部分,然后到质疑,愈来愈哲理化并揭露人性本质中的黑暗部分。《卡斯帕》的原型是十九世纪纽伦堡一个被私藏起来成年后学习语言的私生子。汉德克借用这种原型,将其哲理化,或也合于他特殊的身世和当时的叛逆精神。

紧随笼罩着战争和艰难的乡村生活经验之后,书写以母亲为原型的作品成为他反刍母亲死亡带来的疼痛的重要出口。1971年,母亲自杀后,他的之前看起来"飞扬跋扈"的巧妙而先锋的含混不清的文体走向隐忍着的宁静和悲伤。他仿佛时刻地觉察到作品中人物的疼痛和寂寞。他不再执着于表面的文字革命,而是在这种静谧之中,默默反刍人生的痛苦和荒诞。最典型的，要算以他的母亲为原型的"姊妹篇"：《无欲的悲歌》(1972)、《左撇子女人》(1976)。前者以一种纪实的、自语的、冷静却不无温暖的笔调将记忆复活，近乎生物性地还原了过去的生活和由记忆带来的恐惧和痛苦；而后者则通过晦涩的、间离的、静谧的意识流式的语言，阻断了叙述，揭示人的精神临界状态——生活的边缘、语言的无效等状态下的孤独和诗意。每个人都在规则、秩序与普通的生活之外生发出自己的知觉与触角，抵达了没有特性的物理意义上的冷冰冰的真实。丈夫布鲁诺在自己吟诗："痛苦就像螺旋桨／却不能把人带向任何地方／只有螺旋桨在空转。"[1] 在汉德克的笔下，这些女性角色，带有神秘的独立气质（包括他担任编剧的那部文德斯导演的经典电影《柏林苍穹下》，1987），仿佛也催生于自己的母亲——她们饱受苦难，却保持异常的自尊与高贵。

经验的独自反刍，使得汉德克善于从日常生活中获取"陌生化"的信息。例如《短信长别》(1972)的主人公在费城旅行时的孤独寂寞：

---

[1] [奥地利] 彼得·汉德克：《左撇子女人》，任卫东、王丽萍、丁君君译，上海人民出版社，2013，第372页。

有一次，当电视长时间地只有电流声时，我抬头看到由空空荡荡的德国市民房子组成的电影画面。屏幕前方突然有一头怪兽走过，图像很大，只见到它的头。其间，画面里一个戴着厨师帽子的男人正不断地介绍着由五道菜组成的晚餐，这些菜只需要简单地包在袋子里放进开水中浸泡几分钟拿出来即可。他还示范如何用剪刀把袋子剪开，将食物倒出，并用近镜头展示食物倒进盘子时热气腾腾的样子。[1]

因为对痛苦和离别的反刍，所以在叙述中汉德克总是"顾左右而言他"，"左右"之境让他的人生恐惧和痛苦得到了缓冲，童年的创伤如此，母亲的离去如此，因为窒息的婚姻关系而主动失去妻子的痛苦也仍然如此。正因为这种泛化的、弥散的描述方法，让他的小说带有弥漫在现代生活中的哲学意味，给人一种静谧的安慰或者重新唤起那种痛苦以及恐惧的静谧。

几乎在同一时期的奥地利文学谱系中，读者能够找到

---

[1] [奥地利] 彼得·汉德克：《短信长别》，见《左撇子女人》，任卫东、王丽萍、丁君君译，上海人民出版社，2013，第45—46页。

和他相似的作家，如托马斯·伯恩哈德，他们都经受过二战带来的伤痕，都是在母亲的单亲庇护下长大。伯恩哈德辗转于母亲和乡下外公家直到出外谋生；汉德克从小和母亲相依为命，继父嗜酒而崇尚暴力，后来，他的母亲因抑郁和孤独自杀。有研究者认为，伯恩哈德的"反叛"来自他的不幸的童年和陈旧封闭的乡下生活。同样，这样谈汉德克也似不为过。童年的境遇，让他们的书写成为一种寻找自我的方式，而父亲或者母亲的缺位，使得写作成为填补这种缺憾的绝好的方式。他们对语言的变革性的尝试，恰恰是对惯常生活的超越，对个人或他人不幸的一种反刍与升华。汉德克许多充斥着主体经验的作品，都是通过表现日常生活，通过孩子般的执拗的眼光来反刍回忆与当下经验，从而进行创造性地书写。

喜悦与哲思："我是我自己的囚徒"

在汉德克的作品中充斥着旅行、"在路上"的痕迹，充斥着那种寂寞的、孤独的、毫无依靠的对于自己所见的琐屑或宏大的异地环境的百无聊赖的书写。梦呓般的对于眼下生活的即兴书写，仿佛塔可夫斯基哲思式的电影旁白，有时甚至多到了啰唆和矫揉造作的地步。他认为，在写作时，

"我是我自己的囚徒",尤其是当他描述自己辗转于各个大大小小的城市旅馆,困在一个个陌生的地方写作时。与他在电影上密切合作的导演维姆·文德斯在一首诗歌中说:

我去纽约
看望彼得·汉德克
他正在写作长篇小说
《漫长的归途》。
写作期间,
他住在中央公园东侧的一家酒店里,
过起了和尚般的生活。
我想即便是这次短短的造访,
也更多的是干扰了他。
我拍了他的写字台,
拍了一起散步时他的背影,
一张我们分手之后,
他心不在焉的发型。
后来,我读了《漫长的归途》
才明白当时回望时,
所看到他肩上的压力

是多么重。①

在北京的访谈会上，他也说："也许有一天我在自己的作品中提到今天的场景。那时的写作应该接近今天的状态，而非现在。"因此，所有的旅途上的经验，都不过是生物性的储备，等待时间的发酵。他热衷于这种书写方式，一般意义上的严密的故事框架已经满足不了他，他甚至在作品中以第三人称的方式"看到"写作者如何在写作之前调整姿态，焦虑不安。在《短信长别》中，他以第三者的身份来俯瞰自己的意识和知觉："我"梦见自己和妻子尤迪特分开之后的一段时间里，"我"又开始思念女人，想将这个情形告诉她，但是"后来还是觉得等等为好，看看这种感受会不会再出现"。尽管他说，"试论"这种题材似乎来自法国随笔家蒙田，但在他那里显然不再是传统意义上的严肃书写。《试论点唱机》（1990）中，他直言不讳、东拉西扯，到了四分之一篇幅的时候还没有真正谈到"点唱机"。而此时的"试论"不过是一种看起来"知识考古"背后的"经验的反刍"，他通过这种方式亲近现实，亲近

---

① ［德］维姆·文德斯：《一次：图片和故事》，宋新郁译，北京联合出版公司，2014，第134页。

自己，并接纳一个完全不同于身体意义上的自己。在《试论疲倦》（1989）的末尾，有两小段突兀的"补遗"，它讲述了一个疲倦的与现实"保持距离"的男人将小鸟笼子挂在热带稀树草原的"疲倦"细节，这看似毫无意义，但又没有脱离原作的精神。

所以，人们常常能从他的作品看出其中所呈现的叙述的喜悦，无论是早期迷醉、梦呓般的《大黄蜂》，还是后来带有鲜明旅途痕迹的《梦想者告别第九王国》（1991），"叙述，没有什么更现实的东西比得上你，没有什么更公正的东西比得上你，你是我最神圣的东西……叙述的阳光会将永远普照在那只有伴随着生命的最后一息才能够被摧毁的第九王国之上"。[1] 时至今日，汉德克仍然认为，他的写作，表达的并不是一般读者看到的恐惧和焦虑，而是在日常的恐惧和战栗之外的超拔，一种"喜悦"和"节奏"。

在尤伦斯当代艺术中心的对话里，戴锦华谈及汉德克的文字是富于哲理性的，但奇妙的是，她又不能拿哲学问题来与之对话，因为他的文字是精密而富于质感的。的确，汉德克作品中的存在哲学意味异常鲜明。例如《自我控诉》

---

[1] ［奥地利］彼得·汉德克：《去往第九王国》，韩瑞祥主编，韩瑞祥译，上海人民出版社，2014，第300—301页。

(1966)：

> 我没有把自己的影子看做地球移动的证明。我没有把自己在黑暗中的恐惧看做自己存在的证明。我没有把自己的理智对不死的追求看做自己死后存在的证明。我没有把自己对未来的厌恶看做自己死后不存在的证明。我没有把疼痛的减退看做时间流逝的证明。我没有把自己对生存的兴趣看做时间停滞的证明。[①]

例如，《大黄蜂》中"苏醒"一节：

> 相反，他以教导的口气对我说，从苏醒到睡觉人恢复知觉的这段间隔，是醒来人困惑的时间，恶劣的时间，他感到羞耻而蜷缩着身体忏悔的时间，出汗的时间，他说道，是明白事理的时间，头脑清醒的时间，冰期的时间，战争的时间，他

[①] ［奥地利］彼得·汉德克：《自我控诉》，见《骂观众》，韩瑞祥主编，梁锡江、付天海、顾牧译，上海人民出版社，2013，第25页。

说道：不合适的时间。①

例如《试论疲倦》中，他将尘世的劳作之后的静寂的、超然的、非世俗的诗意状态称作"疲倦"：

一种疲倦的云雾，一种超越尘世的疲倦，那时将我们团结起来（直到宣布下一次卸载禾把）。童年在农村的这种群体疲倦图像我还有很多。②

这种哲理背后，暗示了当代人真实的存在状态："天堂的大门已经关闭，现代人已没有任何希望，他们的灵魂将永远在这个世界上徘徊游荡。"③回顾汉德克丰厚的创作，从小说、戏剧、游记到散文、诗歌，虽然这些文体在严格意义上并没有明显的界限，但都有一条明晰的线索贯穿，那就是其中富于质感的语言所带来的人生存在的哲思。

---

① ［奥地利］彼得·汉德克:《大黄蜂》,见《无欲的悲歌》,顾牧、聂军译,上海人民出版社,2013,第84—85页。

② ［奥地利］彼得·汉德克:《试论疲倦》,陈民、贾晨、王雯鹤译,上海人民出版社,2016,第19页。

③ 转引自章国锋:《"天堂的大门已经关闭"——彼德·汉德克及其创作》,《世界文学》1992年第3期。

他曾自称"我的灵魂是诗歌的","创作中偏向史诗、抒情的成分","戏剧性的东西是我的灵魂的多声部的东西"。正是这种内在的诗性的哲思使他区别于许多"非虚构"的纪实作家。

汉德克的"后现代主义""先锋"写作,一度被认为是一种"文化破坏主义","将导致三百年来已被证明是成功的文学形式的解体和取消"(U·阿尔贝兹语)。但随着时代的发展,其形式上的"实验性",会由外而内地引发人们对二十世纪以来的关于"存在"的重新思考。也许,汉德克"反文体"背后,那些带有独创和深邃特色的诗性内核及其富于陌生化与哲理性的隐秘语言,才是昭示未来文艺之路的一种方向。

"我给你留下了一座空房子"
——契诃夫与晚年托尔斯泰

1957年上海人民美术出版社出版的《契诃夫画传》中，有这样一幅著名的照片：一个简朴的阳台，桌上放着小小杯盏，托尔斯泰似乎在向契诃夫"训示"着什么，后者谦卑地将双手交叉在一起，高大的身体佝偻着，低着脑袋，朝他的方向倾听着，像是一个温顺的农妇。这是契诃夫为数不多的对托尔斯泰的拜访画面，它让人想起契诃夫成名后的那句话：如果托尔斯泰还活在这个世界上，我就觉得有依靠，即使自己写不出什么，也让我感到安稳。如今，眼前坐着的，就是一个可以笼罩着他的文学事业的艺术上的巨人。很显然，他的温顺，让这样一个同样欣赏他的才华的强者感到高兴：

他一直喜欢契诃夫，每次他望着安·巴的时

候，眼光总是变得很柔和，他的眼光似乎在爱抚他的脸……他喃喃地说："啊，多么可爱的人，多么完美的人：谦虚，温柔得象一位小姐似的。他走起路来也象一位小姐。他真是个了不起的人！"①

俄罗斯文学史家德·斯·米尔斯基说："八十年代即将来临，氛围开始发生变化，但年轻一代仍未给出任何堪与其父辈相提并论的作品。那伟大一代之为数不多的幸存者都被视为美好时代的孤独遗存，其中最伟大者即托尔斯泰……"②这时期，契诃夫写给普列谢耶夫的信中说，"六十年代是神圣的时代，允许愚蠢的黄鼠打着它的旗号吓唬人就无异于把它庸俗化"。③这种氛围，就注定了生于1860年的契诃夫，在文学上创作上有着某种宿命般的孤独，正如他自己所说，也许只有晚年的托尔斯泰，能够成为他文

---

① [苏]高尔基：《文学写照》，巴金译，人民文学出版社，1985，第56页。

② [俄]德·斯·米尔斯基：《俄国文学史》（下卷），刘文飞译，人民出版社，2013，第4页

③ 1888年10月9日契诃夫致普列谢耶夫信，《契诃夫文集》第14卷，汝龙译，人民文学出版社，2020，第380页。

学艺术上的导师或伴侣。

而在苏联文艺评论家眼中,契诃夫的写法也是独特的:"到一八八〇年为止,自由人文士的作品,为时代思潮所拘,作品的内容,带着一定的党派底倾向,大抵中间是填凑,而装饰外面的体裁","然而契诃夫,据戈理基之说,则是内面底自由的文士,既注意于表现法,那内容也并不单纯,且有意义"。① 作为一个独特的"内面底自由的文士",他不受任何党派的蛊惑,不会刻意在作品中展现确凿的思想主张。他用平实冷静的笔调,展示着生活,然而,不可避免的是,仍然被同时代人批评、误读,甚至有人觉得他写得太过阴暗,认为"上帝应该来拯救他"。成为职业作家之后,契诃夫的生活很简单,他喜欢钓鱼,偶尔身边还有跟随他的小狗,在他打盹儿的时候,小狗帮他看着浮标,如有收获,就能吃到他钓到的小鱼。他一边看它吃,一边带着嘲讽的神情说:"就跟咱们的批评家一模一样!"② 也许,正如福楼拜认为批评家就像是一群平庸的、在故纸堆

---

① 鲁迅译里列夫·罗加契夫斯基斯基《契诃夫与新文艺》,见《鲁迅大全集》第15卷译文编1929年,长江文艺出版社,2011,第462页。
② [俄]亚·谢列勃罗夫:《关于契诃夫》,见《同时代人回忆契诃夫》,倪亮等译,广西师范大学出版社,2016,第688页。

里沙沙作响的金龟子，契诃夫也怀疑当世的大多数批评家和他的文学之间到底是否有某种达成一致的东西。就是在这样一种孤独而静谧、缺少对话的氛围中，契诃夫用他的方式，保持着对许多已故的前人的敬重和自己独特的文学身份上的尊严。

和契诃夫交往的很多人，包括高尔基和他的前辈诗人普列谢耶夫，都有过被流放的经历，而契诃夫这个"平和"的作家，选择了在三十岁的时候自我流放至萨哈林岛。回来之后，他就更加坚定地给他的早期小说的滑稽而欣然的风格戴上了更加沉重的镣铐。高尔基在1914年契诃夫逝世十周年纪念的文字中这样形容读他的作品：

> 仿佛在一个悒郁的晚秋的日子里，空气十分明净，光秃的树木，窄小的房屋和带灰色的人都显得轮廓分明。一切都是奇怪地孤寂的，静止的，无力的。空漠的青色的远方是荒凉的，并且跟苍白的天空溶合在一块儿，朝那盖着一片冻泥的大地吹来一股彻骨的寒气。[1]

---

[1] [苏]高尔基《文学写照》，巴金译，人民文学出版社，1985，第110页。

高尔基在以自己明朗而充满激情的风格，努力地去体味这个前辈的邈远的孤独。契诃夫和他在一次交谈中说："我们习惯了在期待和希望中活着……生活一天比一天地变得更复杂，它自己向着人们不知道的什么地方走去，而人们呢，却显著地变得更愚蠢，并且逐渐地跟生活越离越远了。"①

很显然，在他的内面，似乎也开始躺着一个忧伤的老者，只是所有的文字经过他的反刍式的克制，成为一种看起来体面而诗意的事物，充盈着象征性的优雅。契诃夫的这种"世纪末"焦虑，在作品中也有反复体现，万尼亚舅舅这样说，"我有才能，我有知识，我大胆……要是我的生活正常，我早就能成为一个叔本华，一个陀思妥耶夫斯基了……"②不难理解，与契诃夫同时代或稍晚的许多批评家们，习惯于给契诃夫的作品以消极的评价，说他是"不可救药的悲观主义者""寂寞和忧伤的诗人"。

美国西北大学的文学教授欧文·威尔（Irwin Weil）曾以系列讲座的形式在BBC（英国广播公司）讲授契诃夫。

---

① [苏] 高尔基：《文学写照》，巴金译，人民文学出版社，1985，第117页。
② [俄] 契诃夫：《万尼亚舅舅》，焦菊隐译，转引自《焦菊隐文集》第七卷，文化艺术出版社，1991，第134页。

他很细腻地铺垫了契诃夫文学产生的沙俄环境、欧洲背景，给人呈现了一个在新旧交替的夹缝中存在的契诃夫形象。欧文·威尔的讲述再次提醒我们契诃夫仍然是一个面临着十九世纪末俄罗斯复杂环境的作家，尽管在《草原》《古赛夫》《农民》《海鸥》等作品中我们看到了其中带有现代主义色彩的最为鲜活而诚恳的形式。新鲜的现代的空气一面通过地中海和中亚的海洋吹过来，而另一面，旧的哥萨克的野性和慵懒，还在旷野的狂风中与世隔绝。他虽然同情和尊重俄罗斯人的日常生活及其内在的诗意，然而，在小说中，总有那么一两个不自觉地扮演着超人或者失败者的角色。十九世纪，有无数的圣徒与知识分子苦行僧式地在俄罗斯大地的旷野上自我拷问，通过观察和思考寻找自己和民族的出路。契诃夫成为衔接他们的民间思想和西欧文化思想的一个媒介，所以他纠结、痛苦，仿佛在俄罗斯那些爬满了虱子的银器上看到了远方若隐若现的光亮。正如纳博科夫所说的，他的作品呈现出一种"鸽灰色的世界"。

在俄国神学家、宗教学家B.B.津科夫斯基看来，民粹主义者如托尔斯泰和陀思妥耶夫斯基，他们深谙欧洲文明，一度以为拯救民族的未来在于欧洲，而当欧洲作为一个巨大的失望裸露在他们面前的时候，他们深刻认识到了"别求新声"的沉重。托尔斯泰晚年上下求索,最后走向了脱离审美趣味的"心中的天国",陀思妥耶夫斯基恼羞成怒地认为"俄罗斯民族的未来在亚洲"。而契诃夫在十九世纪九十年代,也开始对他所属的时代进行检视。很显然,在《万尼亚舅舅》和《我的一生》中,我们可以嗅到当时社会氛围中的民粹思想。但在契诃夫的内心深处,他并不为这样的主张所振奋,他关心的主要还是对生活的绝望、孤独、追忆,以及如何走出这种困境的追问。文学上,虽然托尔斯泰仍然能够成为契诃夫精神上的盾牌,但前者在宗教和道德上的深沉的思考和践行,在契诃夫看来,在某些方面滑入一种"虚伪"。而且,他并不认同托尔斯泰最后的选择——因为对"人民"来说毫无益处,最后甚至到了要否定了文化和审美的地步。所以,契诃夫对《复活》这样评价:"《复活》是一部出色的长篇小说。我很喜欢它,只是必须一口气,一次读完它。结局没有趣味,而且虚伪;在技巧意义上的虚伪。"[1]

契诃夫没有像托尔斯泰那样,让文学在道德和伦理上走得更远。他的忧伤和沉闷,仿佛置身于一个缺少自由氧

---

[1] 1900年2月12日契诃夫致苏沃林信,见《契诃夫文集》第16卷,汝龙译,人民文学出版社,2020,第296页。

气的雾霭中,恍若有人在说着看起来没有必要的话。契诃夫懂得生而渺小的道理,他也懂得自己内心深处崇高部分的真切。就像他在梅特林克的戏剧作品《盲人》《不速之客》中看到的,一种静止的冲突,"古怪而美妙的东西",语焉不详,却带有十分明显的象征意味,隐秘地昭示着更为激烈的世纪末的情绪。他的作品带着温情的笑,好像是饱经沧桑的老人谈及自己相熟的同乡或者记忆中的人,燃着篝火,喝着温暖的茶或者酒,讲着这些遥远的故事,说起可爱的事情,笑出眼泪,说起可悲的事情,也笑出眼泪。然后,随着时间的进展,他的苦痛越来越深,讲述者变得越来越孤独,色调变得阴冷起来,刮起了风,下起了雨,屋子里有些潮湿,低沉的情绪中,故事变得游离、伤感,过去那令人咳嗽的大笑,也变成令人心酸的沉静。

晚年的托尔斯泰似乎也没有契诃夫那样淡定,或者说没有契诃夫隐藏得那样体面。他观察上帝的癖好源于观察死亡,他不能忍受没有上帝,某种程度上也是基于对死亡的恐惧和焦虑,"他离开他们远远地一个人隐居在荒原上,用了他全部精神力量,孤独地,一心一意地去探究那个'最主要的东西'：死"。① 正因为他强大的精神力量和对生命的渴望，以及他不能够将自己融入世俗细小生活的大海般的容量，所以他"危言耸听"，上下求索，最后，他意识到解决问题的办法是"爱"，而他因为童年的经历和某种宿命般的趋向，却没有了"爱的能力"，甚至因此有了某种"专制"的倾向：

> 专制的意向，就是想增加他的教训的重量，使他的说教成为不能辩驳的东西，并且拿他的受苦来使它在别人的眼里成为神圣不可侵犯，他好强迫他们来接受它。②

他要在别人的目光之中转向另外的世界——宗教，并且认为自己能够引领这样一个世界的话语。托尔斯泰用反复、细密而富丽的语言翻转着俄罗斯民族人性中的褶皱，在自己的艺术里登峰造极。就像一辆奔跑的马车，无止境地一直在路上，直到能量用尽，怀疑或者臣服于上帝，也是这种艺术能量耗尽的表现。而作为医生的契诃夫，他将

---

① ［苏］高尔基：《文学写照》，巴金译，人民文学出版社，1985，第42页。
② ［苏］高尔基：《文学写照》，巴金译，人民文学出版社，1985，第40页。

自己的艺术生命合并到了作为物质的世界之中,默默无闻的同时结束这一切。1894年3月27日,契诃夫写信给他的挚友苏沃林说:

> 事实是托尔斯泰已经离开了我,在我心中不再占有什么位置了。他在离开我心灵的时候说:"我给你留下了一座空房子"。现在,再也没有任何人占据我的心灵了。[1]

从此,契诃夫只能面对自己,带着对他的写作对象的温情和忧伤。写于1897年的小说《佩彻涅格人》,似乎暗合了这种心境。一个退伍军官穆日兴,在日渐衰老、行将就木的情境下,总希望能够有个彻底的信仰,他喜欢在夜晚思考"重大而严肃的事情",他希望自己像路上偶遇的吃素的律师先生,因为有信仰而"活像搬不开的大石头","有所寄托""心里踏实",他孜孜不倦地追求,枉顾眼前生活给人的空虚和虚弱之感。值得回味的是,在作品中,深夜时老人因为睡不着要和律师聊天,于是他们从穿堂走

---

[1] 1894年3月27日契诃夫致苏沃林信,见《契诃夫文集》第15卷,人民文学出版社,2020,第342页。

到外面，月光下一望无际的草原景色异常美好。契诃夫似乎在这部小说中回答了托尔斯泰关于艺术和道德的关系问题，那些漫无天际的月色，或可以说明存在的永恒之谜。

石黑一雄式的忧伤
——读《小夜曲——音乐与黄昏五故事集》

石黑一雄（1954— ）是英国当代最著名的小说家之一。他与拉什迪、奈保尔齐名，被誉为"英国文坛移民三雄"，迄今已出版六部长篇小说，其中《长日留痕》(*The Remains of the Day,* 1989）获1989年布克奖，最为中国读者所熟知。因题材上的独特，此小说与其后创作的《千万别丢下我》(*Never Let Me Go,* 2005）相继被拍成电影，这两部作品均有中译本行市。近期上海译文出版社又出版了他的另外三部长篇《远山淡影》(*A Pale View of Hills,* 1982）、《浮世画家》(*An Artist of the Floating World,* 1986）、《无可慰藉》(*The Unconsoled,* 1995）和短篇小说集《小夜曲——音乐与黄昏五故事集》(*Nocturnes: Five Stories of Music and Nightfall,* 2009）。

石黑一雄是当世优秀的文学家。他的作品笔法从容雅致，叙述亲切且富耐心，仿佛一个坐在陈日之光下织网的渔人。石黑一雄尤擅反讽，其作品内蕴深长，启人深思。相较另两位移民作家，石黑作品的视野、格局貌似偏小，但其所长在于作品中散发的浓浓的东方意味——精确、敏感、细腻等。以第一人称为叙述线索是其小说的一大特征，一方面这有利于展开广阔的心理活动和敏感的视觉层面的书写，同时也使作品充满了某种隐秘和深邃的气质。

如果说，文学要不自觉地承担起有关人类尊严与责任的主题的话，那么，石黑一雄的小说是一个绝好的范本。他擅长通过作品，把人类的隐忧缓缓地、不温不火地推到极致，然后令读者彻底、放心地大伤心、大失落一把。他的作品又具有强烈的寓言性质，读者似乎可以从形式和内容上分别找到前辈作家——普鲁斯特和卡夫卡的影子。

石黑曾声称自己并不擅长短篇，之前他在英国出版的短篇小说也寥寥可数，而《小夜曲——音乐与黄昏五故事集》却是一部短篇集。五篇小说仿佛是作者回忆少年时的一些音乐。他将这些过去的音乐梦与难以言说的惨淡故事架构起来，加上静穆的田园景色的渲染，使作品充满独特的感染力。这些短篇在精确的描写之中，似乎又有些夸张与荒诞的成分，其中包含了他作品中一贯的主题：莫测的命运、从个体到人类生长的代价、职业的艰辛与怀疑、灵性的破坏等。其语言轻松却惆怅，隐秘却也开阔，且对话尤其精彩和细腻。相比较其早期的作品，大量的心理刻画和分析减少了，相对那些在阅读和思考上令人辛苦的长篇，五篇作品如一首首连缀的爵士乐，使读者在接受上也相对自由和轻快了许多。

《伤心情歌手》讲述了一个简单而忧伤的故事。"我"作为一个波兰籍的业余吉他演奏者，在威尼斯的一次演出活动中邂逅了母亲的偶像——美国歌唱家托尼·加德纳。伴随着对过往感伤的记忆和威尼斯水滨的气氛，他们试图通过一次窗下演唱情歌的临时表演，来打动加德纳的即将与之分离的妻子。在此之后，加德纳将重返歌坛，应潮流与深爱的妻子告别，同更年轻的女子结合。一个时代即将过去，他们只能用现实的手段来缅怀，甚至不惜牺牲爱情和婚姻来拖延这样的繁华。一切看起来荒诞和可笑，又显得理所当然。

《不论下雨或晴天》则描述了人的困境。《不论下雨或晴天》是美国二十世纪六十年代著名的盲歌手雷·查尔斯的著名蓝调歌曲。如同乐曲本身，小说语言低缓优雅又充满着忧伤坚定的气息。"我"快五十岁了，一事无成，刚好被一对面临着事业和情感危机的情侣朋友求救。全篇以音乐为背景，以男女情感危机为主线，"我"也将自己陷入了困境之中，结尾问题悬而未决。在作者绵绵的叙述中，人们关于危机的对话，像梦呓一般浮荡着。

《莫尔文山》也是写一个并不成功的但是热衷于创作的歌手的故事。在一次度假期间，歌手跑到自己姐姐玛吉在故乡附近的莫文尔山所开的饭馆里打零工、写歌。然而，在貌似惬意和孤独创作的氛围之中，他遭遇了和姐姐姐夫之间的矛盾，但随后却神奇般地遇到了一对似乎懂得欣赏他作品的、感情同样遭受挑战的夫妇。两性之间的困境似乎是石黑一雄在《小夜曲——音乐与黄昏五故事集》里倾心关注的对象。人与人之间、夫妇之间，他们各自独立的内心和敏感的目光，幻化成的火花一样的矛盾和失落，正如一刹那努力所获得的欢欣一样，不可捉摸。这篇小说也具备了混乱而无奈，感伤而优美，迷失却又迷人的爵士乐质感。

短篇《小夜曲》似乎达到了小说集的高潮，通读下来，有点卡夫卡的味道。一个爵士乐手通过周围人的怂恿，走向了整容的道路，开启了职业生涯的包装。和"我"在同一个医院整容的女主角琳迪恰是《伤心情歌手》中加纳德的妻子。正如时下一些歌手或明星热衷于整容包装、制造绯闻。在这里，石黑延续了他一贯的在小说中将人类的生物性、科技与经济，乃至都市文明等虚幻又真切的事物渗透进人的心灵的写作方式。这是一场由包装艺术引发的闹剧，充满了呓语与幻想，却残酷地折射出当代艺术的生长之境。

《大提琴手》中的蒂博尔是名普通的大提琴手，他上进、乐观，像大多数人那样朝着自己的音乐梦想前进。自从一个女人埃洛伊丝·麦科马克听到了他的音乐之后，就断定他们之间有了某种必然的联系。这位女知音后来每天指导他练琴，甚至连他敲门的声音，她都能听出内在的情绪。她告诉蒂博尔说：

"这些人，他们太……太专业了，他们讲得头头是道，你听着，然后就被骗了……这个时候你就得坚决地把自己关起来。记住，蒂博尔，宁可再等一等。有时候我也感到痛苦，我的才华还没被挖掘出来。可我也还没把它给毁了，这才是最重要的。"①

可是到了后来,她还是离开了他,成为一个普通人的妻子。这位带有母性色彩的女性,最终带走了蒂博尔的安慰和执着,最后他连一个通俗的歌手都不是了。小说似乎暗示,人的命运无常,大多数人可能曾经有一份类似音乐的天赋,只是他们没有被发现或没有足够的空间"把自己关起来",最终那最适合的、最自然的事业,也如浮沫一般,平息、消失了。

可能跟石黑的特殊身份有关,他的小说时常出现漂泊和旅行的主题。一旦离开了自己的裔地(石黑一雄五岁离开日本),就失去了故乡,即使他再次回到裔地,也还是漂流的感觉。他的作品,总是时不时地充满了身份的不确定和风景的变换,有一种音乐流浪者的气息。这很容易让人想起美国二十世纪六十年代的嬉皮士文化。虽然石黑一雄早年模仿过嬉皮士在美国的大地上穿行,但他的这种"在路上"式的旅人小说显然不是透着虚无感的禅境。相反,这些故事通过作品中的"remains of the day"的铺染,为

---

① [英] 石黑一雄:《大提琴手》,见《小夜曲——音乐与黄昏五故事集》,上海译文出版社,2013,第231页。

缓解凝滞生活中的一些矛盾寻求心理乃至精神上的安慰。

石黑是热爱音乐的，早年的音乐创作对他的影响，尤其是文字创作上的影响是明显的。从语言形式上说，他认为自己的小说擅长描写"心理的流动性"，这种流动性的转换，在某种意义上与音乐本身的节奏和旋律是类似的，这类音乐性的小说自然在很多情况下都是直觉的产物。正如他所说"就像有些人解释为什么独唱在下午听起来比上午好听，那是没有理由的"。从内容上说，《小夜曲——音乐与黄昏五故事集》中的角色，不是具有音乐的独特趣味的欣赏者就是青春已逝的流浪歌手，"我"旁观着一个个音乐青年的沉沦，或者一对对夫妇或情侣深深陷入不能再"相视一笑即能会心"的尴尬处境。这些无疑是石黑对音乐与往昔的一种回敬和缅怀，作品中提到的很多音乐，并非虚构，而是历史的一部分，那些熟悉音乐作品的读者，能够在文体的音乐性之外，找到过去的不少音乐主题。

约翰·卡瑞在为《上海孤儿》（When We Were Orphans, 2000）撰写书评时说："石黑一雄之抛弃现实主义并不是脱离现实，而是其反面……石黑一雄使得记忆、想象和梦幻水乳交融般无法分离，将我们带入被现实主义简单化的现实的迷宫。"① 石黑一雄的写作方式能给我们惯常的现实主义理解之外另一种现实探索上的"精确性",尤其是在目前文学写作已经为其他新媒体和新技术大肆挤压的阶段。我们更应该开拓现实主义文学的可能空间,使之更加独立、丰富、自由。

① John Carey. "Few Novels Extend the Possibilities of Fiction", The Sunday Times, April 2, 2000.

犹疑于轻重之间
——关于石黑一雄的记忆书写

2017年的诺奖颁给了英籍日裔作家石黑一雄,似乎再一次令中国读者大跌眼镜。相比较其他的诺贝尔奖候选人,如彼得·汉德克和村上春树,石黑一雄显然没有引起亚洲读者包括中国读者太大的关注。然而,和前一年获此殊荣的音乐家鲍勃·迪伦相比,这次似乎"正常"了一些。石黑是获过英语文学界权威奖项"布克奖"的作家,那部《长日留痕》(*The Remains of the Day*, 1989)曾经以极为东亚式的精致细腻的叙述风格打动了广大读者。与《长日留痕》相比,同样基于"第一人称"个人心中的回声,石黑的《小夜曲——音乐与黄昏五故事集》(*Nocturnes: Five Stories of Music and Nightfall*, 2009)显示出了另外一种音乐性风格。或许由于其题材和叙述上的多样性,如今再次阅读石黑一雄的其他作品,总给人一种在语言品质上的不确定感。这种不确定恰可能是读者重新全面理解石黑一雄的重要切入点。

闪避重大史实的记忆书写

以《长日留痕》为转折，他较早的两部小说《远山淡影》(*A Pale View of Hills*, 1982)、《浮世画家》(*An Artist of the Floating World*, 1986)均以战后日本为背景，讲述了两种人的回忆和生存状态，人物结构大体相似。据作者说，第二部的主人公小野增二恰是从第一部作品中的人物催生。《远山淡影》讲述日本战后一对母女搬离到英国之后女儿自杀的故事。小说在叙述上设置了很多的隐喻，尤其提到了另一对意欲移民美国的母女，这正是女主追忆自身生活的另一幅影子。回忆主体和他者之间实际上是同一个人，在简洁的场景描写中，给人一种凛冽惊悚的感觉。《浮世画家》写战后日本艺术家知识分子的生活，和前者相比，他看来不再是受害者，身上却带着国家和社会给予他的"原罪"。小说围绕日常生活和嫁女风波，同样暗示了战后一代的生存状态。上一代的战争伤痕，下一代移民和流散，以及生活文化传统因战败被迫改变，主人公们在各自的伤痕中反刍记忆，酿成目下静谧清冷的状态。石黑一雄直接从人物生活体验出发，以刻意闪避重大史实的描述方式，营造了某种隐秘的效果。而短篇小说《团圆饭》（*A Family Supper*, 1982）同样以一种阴郁的笔调反刍战争和离散的伤痕。渡边先生自杀，母亲离世，"河豚"作为一种大受战后时代欢迎的意象，烘托出《团圆饭》背后的人世伤痕。这些题材多少会让人想起在同时代颇受欢迎的小津安二郎的电影作品。

石黑一雄将小说场景放置在自己的裔地日本，暗含着对于童年"故乡"的回望。战争、移民、新的英式生活的混杂感受，都通过他的看起来事不关己的叙述得到纾解。他似乎擅长将自己的作品附着在历史和艺术之上，同时，又闪避这"大历史"，从而造成作品有着颇类"私小说"的奇特文风。

新记忆题材的开拓

在此之后，石黑一雄放弃了"战后日本"写作，将目光转向了英国历史，《长日留痕》恰是这种题材转型的标志，也是他迄今为止最成功的一部小说。小说同样用两种时间叙事（记忆与现在）的方式讲述了二十世纪二三十年代一个看起来呆板无趣又十分迷恋身份尊严、职业操守的人的故事。小说结构完整，语言流畅，风格节制而静谧，具有很强的艺术感染力。作品反思了个人在历史面前的些微"抵抗",具有强烈的反讽效果。在此之后,石黑一雄又写了音乐家主题的《无可慰藉》(The Unconsoled, 1995),殖民素材的故事《上海孤儿》(When We Were Orphans, 2000),以及克隆人故事《别让我走》(Never Let Me Go, 2005)。由此可见,石黑一雄的"野心"很大。

《无可慰藉》讲述钢琴家瑞德往返于城市旅馆之间进行演出的经历和心理流动,各种奇遇与尴尬处境,给人怪诞疏离之感,体现了作者的孤独、无聊和寂寞。《上海孤儿》则以1937年被日本包围的上海为背景,讲述了一个从小生长在上海,成年后成为侦探的人重返故地寻找父母遗踪的故事。石黑一雄试图通过故事揭示日本、英国和中国间背后的侵略与战争记忆。五年之后,石黑一雄把目光转向了科技造物。《别让我走》讲述了一群克隆少年只能承担器官捐赠命运的惨淡故事。或因其独特的题材,2010年该作品在美国被改编为同名电影,电影把石黑隐秘而残酷的作品风格,改造成了带有忧伤色彩的英伦爱情故事。结尾女主角凯西说"我所不确定的是,我们和受赠人的人生是否截然不同,大家一样会终结",似乎说明了石黑一雄塑造他们的克隆人生背后想要探讨的人性真相。

相比较那些沉重压抑的令人情绪浮不上来的作品，据说是他在写作《被掩埋的巨人》(The Buried Giant, 2015)瓶颈期所创作的短篇小说集《小夜曲——音乐与黄昏五故事集》，显得轻松了许多，这些短篇以音乐线索，引出了不同类型的艺术家的惨淡而荒诞的生活。这些作品如一首首连缀的爵士乐，令读者在接受上也相对自由和轻快了许多。《被掩埋的巨人》则是石黑一雄颇费心血的宏大巨制。他将目光再次聚焦到了公元六世纪的英格兰，讲述了一对年老的不列颠夫妇逐渐揭示"和平"掩埋下的利用屠杀来获得统治权的血腥过往的故事。小说以隐喻的方式展示了历史、记忆和遗忘之间的复杂关系，这也是石黑一雄作品中一直延续的"记忆书写"。不同的是，似乎为了更为宏大的叙事策略，这部作品开始使用第三人称，在叙事风格上跨度很大，会让人想起近年风靡全球的奇幻文学以及相关影视作品。石黑一雄说这是一部"国家和社会忘记了什么，又记住了什么"的小说。"仇恨和复仇的意志其实一直存在，之前只不过是被隐藏了而已"，其实，任何国家都存在着"被掩埋的巨人"。[1] 很显然，石黑一雄善于发掘

---

[1] 《如何直面"被掩埋的巨人"——石黑一雄访谈录》，陈婷婷译，《外国文学动态研究》2017年第1期。

那些在有机的社会整体秩序之外的存在方式，其中包括移民者、貌合神离的伤痕者、失败的艺术家、克隆人等等。石黑一雄通过他们独特的存在挖掘人性深处的另外空间，以期反思和质疑现有整体中那些看起来"没有记忆"的正常秩序。正如他在访谈中所说："对于某些你所确信的事情，对于那些特别摄人心魄的事情，是需要慎重考量的。"① 或许，这正可以验证诺贝尔文学奖授奖辞对他的评价：在极具情感张力的小说中，解释了我们与世界联系终所潜藏的虚幻感背后的深邃。

"理性旁观"背后的内在印记

尽管石黑一雄对那些"内心写作"作家给予怀疑和嘲讽，但实际上关心他的读者可以发现他作品中一贯的打上个人烙印的内面书写。石黑一雄五岁时随父母离开日本。他少年时期一直和日本亲戚保持着联系，他的祖父和父亲也和他有着良好的关系。三十三岁时，石黑一雄才重返日本，这时候，他已经写下了《远山淡影》《浮世画家》那些日本素材的作品。也许正是这次"回归"的旅程让他彻

---

① 《如何直面"被掩埋的巨人"——石黑一雄访谈录》，陈婷婷译，《外国文学动态研究》2017年第1期。

底与往昔的日本记忆诀别，回到英国，乃至更广阔的"边际"世界。

石黑一雄的青年时代在二十世纪六七十年代。欧美世界从文化到政治上的风起云涌，让他在成为一个富于理想主义的文艺青年之外（梦想成为第二个鲍勃·迪伦），开始思考那些剧烈而严肃的世界问题。他曾经在苏格兰做过志愿者，在美国西海岸流浪三个月，其间他目睹了艺术上的流离者，也看到了严酷的底层的社会问题。这段观察让他拥有了"一种洞察力"，"让我看出人是多么脆弱"，"人如何因为各种各样的原因而跌倒，又是怎样因此而毁掉了自己的人生"。[1] 后来成为作家之后，他在作品中塑造了一个个失败的艺术家的形象，但在更深处，吸引他的，或者说挑战着他内在思绪的，则是那些严肃的历史和社会变迁给人带来的伤痕。例如，在小说《别让我走》中，他虚构了一批用于器官捐赠的克隆人儿童的成长历程，这些克隆人只是一群被利用的"废物"，却仍然能够生长出艺术的毛细血管和爱情的本能，仍然渴望能够像正常人那样生活。小说恰恰是在这样一种矛盾中让人反思现代性所带来的人

---

[1] 《如何直面"被掩埋的巨人"——石黑一雄访谈录》，陈婷婷译，《外国文学动态研究》2017年第1期。

的工具化和人性内部之间的深刻矛盾。

正如他自己所说，一个作家固定于一种思维模式是危险的。石黑一雄的小说几乎刻意闪避同一种题材或者写作模式，他善于通过唤醒记忆引发道德力量，善于对国家与国家和制度与制度之间的关系，乃至国家和制度内部的过往进行反思。他以小人物的视角讲述这些故事，暗示历史与个体之间的不可分割，揭示"罪"与"罚"的共通性。身为天蝎座的石黑一雄，一如他所景仰的作家陀思妥耶夫斯基，对人性深处的罪恶与良善有着天然自觉的质疑与思考。他认为，世界并不尽如人意，但是我们却可以通过创造自己的世界或者对世界的观念来重组世界或者适应这个世界。很显然，石黑一雄开拓的各种论题，对于人类重新认识过往，从而继续向前行，具有反思意味和警示作用。

缺陷：犹疑于轻重之间

石黑一雄不断地寻求多变的题材，在叙事上独具风格，他善于回望历史事件对个人经验的渗透。他不是那种热衷于讲故事的线性叙事者，而是使用了偏离、分裂、矛盾性的叙述风格，沉迷于给读者营造一种奇怪的欲言又止的氛围。

总体而言，这些作品在水平上可以说参差不齐。他的故事常常是冷漠和不温暖的，即便是温暖也看起来是类型化、僵硬、不可爱、不活泼的。例如《浮世画家》中，叙事随着记忆的符号流动，淡淡地传达一种隐喻式的个人命运和时代的暧昧纠葛。这种断裂式的写法，往往不是作品中人物情绪和发展的需要，而是作者出于需要（制造神秘感或者痛感）而"安排"的结果。他的作品人物并不能应对这样的宏大素材，呈现出一种软绵绵的无力感，同时也无法以一种轻盈的张力来强化主题。一切人物行动都是轻微的梦幻般的。即使作品中那些看起来较为明丽与温柔的人物，如《远山淡影》中的"悦子"、《浮世画家》中的"节子"，也都似曾相识，仿佛让人回到了小津安二郎影片中的某种静谧的"原节子式"的风情。又如作品中的小孩子，《远山淡影》中的万里子、《浮世画家》中的外孙一郎，身上都有着某种冷漠诡异的个性，他们孤独、寂寞，身份感紊乱，散发出一种奇特的"被迫的"压抑气息。那些漫溢的无聊的生活细节代替了人物塑造，使得后者显得有些平庸。《远山淡影》《浮世画家》充斥着一种无能的力量，正如作者在文中使用的隐喻地名"犹疑桥"一样，摇摇晃晃。石黑一雄曾自称他常用一种旁观的态度看待英国，因为特殊的身份，在成长过程中一直在打"日本牌"，而他自己却又是一个毫不懂得日语的人。"人们觉得石黑一雄是一位非同寻常的'读者—敏感'型作家，他高度地意识到身为代言人及表现不断增长的混合型世界性村落的责任"。①

到了《被掩埋的巨人》，故事叙事节奏上的断裂、人物塑造上的同样无力、故事情节上的"似曾相识"，即使转换了人称，也并没有"讨好"他起初建立的带有更深层次的历史伦理框架，甚至被人称作"老虎空有捕获大象的志向却误入了花丛"（瘦竹语）。所以，小说中所讨论的问题，无论是代际的价值观（《远山淡影》《浮世画家》），还是关于战争与和平的争论（《被掩埋的巨人》），都显得不那么理所当然。

很显然，石黑一雄并不是那种纯粹的体验型的作家。他从写作的技艺和素材的需要出发，用极为寡淡和平常的风格，对人物刻画采用一种闪避式的方式，缺乏渲染的热情。正如村上春树曾以隐晦的语言评价他说，他的作品"各自朝着不同的方向"，"拥有某种远大眼光，有意识地将某些东西综合。将几个故事结合起来，以期构筑更为宏大的综合故事"，"那种稳扎稳打、累积起一个个种类各异的世

---

① 《寻觅旧事的石黑一雄》，钟志清编译，《外国文学动态》1994年第3期。

界的踏实工作，我唯有怀抱深深的赞赏之心"。[①]尽管石黑一雄谈到自己的小说在市场化的时代只适合英国或其他国家的小众读者阅读，但相信他的有意无意地丰富题材，将使得其作品在通俗、多元文化背景下更受欢迎。

　　石黑一雄在接受采访时曾坦白自己的创作很受陀思妥耶夫斯基、契诃夫、勃朗特的影响，这暗示了他将人性之罪融入日常生活的表现手段。与契诃夫的"日常"和陀思妥耶夫斯基的"人性"相比，石黑一雄作品中的人物缺少力量，往往不像前二者能够自觉营造故事氛围，而造成一种稍显刻意的碎片式的语言风格。这种碎片的语言风格却构不成艺术上的"疏离感"，进而给人一种"出戏"的感觉，包括他的那些科幻、生物技术题材的尝试，也似乎缺了些什么。对比之下，英国文学，经典如劳伦斯，先锋如杰夫·戴尔，在他们身上同样能够看到带有某种绝望、荒诞、忧郁氛围的记忆书写；但同时，你又能够从他们身上找到持久的深情，一种文学上的轻盈。与他们相比，石黑一雄则显得压抑，浮不上来，有时细腻到了琐碎。

　　基于石黑一雄在英语读者群体中享有盛大声誉，但愿

―――――――
　　[①]　[日]村上春树：《与石黑一雄这样的作家同处一个时代》，见《无比芜杂的心绪　村上春树杂文集》，南海出版公司，2013，第217—218页。

正如他所说，他的作品只有一部分的英国读者是合适的。而他的那些看起来并不成功的作品，可能是翻译和不同文化背景所导致的，而不是石黑一雄文学本身。

"那样的话，我不如用等待来错过它"
——读克拉斯诺霍尔卡伊·拉斯洛小说《撒旦探戈》

作为文学家的拉斯洛

2016年3月末，匈牙利电影大师贝拉·塔尔首次来中国，宣布那部采自尼采意象的《都灵之马》将是他最后一部作品。自此，他完成了"二十世纪最后一位电影大师"的使命。贝拉·塔尔长于使用长镜头，使得压抑、静谧和悲悯之情在影象中缓缓流动，从而呈现出更为深邃的象征和隐喻特质。

而与其一同渐渐闻名于世的，还有那些长期同他合作的编剧和作曲家。匈牙利作家克拉斯诺霍尔卡伊·拉斯洛就是最重要的一个。可以说，没有拉斯洛，就没有贝拉·塔尔，贝拉·塔尔通过其小说改编和其参与编剧的电影有《诅咒》(1988)、《撒旦探戈》(1994)、《鲸鱼马戏团》(2000)、

《来自伦敦的男人》(2007)、《都灵之马》(2011)。

据介绍,目前,拉斯洛已经写了十多部长篇小说和短篇小说集。2015年,他以"非凡的热情和表现力,抓住了当今世界各种生存状态,刻画了那些可怕、怪异、滑稽,抑或令人震惊又美丽的生存纹理"(玛丽娜·沃纳语)的赞誉获得了布克国际文学奖。前些年,借助匈牙利文学翻译者余泽民的推介,《小说界》上曾发表的他的短篇《茹兹的陷阱》、散文《狂奔如斯》,作品均以诡奇的笔调书写当代城市生活,2017年7月,译林出版社终于出版了其长篇小说《撒旦探戈》。由此,拉斯洛也将逐渐脱离编剧身份,以一个具有"诺贝尔"文学潜质的文学家为我们所知。

《撒旦探戈》:黑暗而幽默的特质

《撒旦探戈》(1985)讲述了一个骗局(或承诺)被拆穿后又进入另一个乌托邦幻觉的黑暗故事。一个与世隔绝的破败不堪的村庄,连日深陷于雨水和泥泞之中,充满着死寂和绝望,同时还留有过去癫狂年代的痕迹。村民们孤独地依靠着本能生存,"疑神疑鬼地盯着彼此,在寂静中大声地打嗝儿……他们顽强、坚忍地等待着……他们像猫一样匍匐在猪圈里等待着,希望能够发现一点泔水的残渣"①。被迫滞留在这个村庄的村民弗塔基和施密特夫妇，在合作社解散之后，试图携卖牛的公款潜逃，去寻找"黄金世界"。这时候，从城里来了两个"救世主"。其中，伊利米阿什以调查村中小女孩艾什蒂的死为由，展开了一场先知般的演说，并虚伪地诈取了他们积攒下来的存款。然后，在"救世主"给予的幻觉的带领下，他们离开了村庄，被迫流落到城市各个角落，又不得不成为新的可怜虫。

整部小说的人物塑造非常具有表现力。例如小女孩艾什蒂是村中卖淫家庭中的最无辜和弱小者，因为未能逃脱被哥哥欺骗的命运，最终将"天使"般的期望寄托在死亡上。与贝拉·塔尔的电影中"刚毅木讷"的气质不同，拉斯洛笔下的艾什蒂孤独、天真、充满幻想，分不清生和死的界限，她的牺牲会让人想起人类食物链的最底端，想起《狂人日记》里"吃妹子的肉"的全体村民，使得故事在平静和荒诞中给人一种惊心动魄之感。

在这场"骗局"中，还有一个充当叙述和偷窥者的医生，他是一个记忆的库存，一个拒绝遗忘的人。他缺少行动力，无所事事，仿佛认识到了生活的圈套，在希望和绝

---

① ［匈牙利］克拉斯诺霍尔卡伊·拉斯洛：《撒旦探戈》，余泽民译，译林出版社，2017，第60页。

望之外，冷静地观察和记录着一切。等到村民逐"梦"而去后，他惯常地掏出小本子，自忖道："我疯了，也许出于上帝的仁慈，我在今天的午后突然意识到，我拥有了某种神奇的力量。我仅仅通过词语就可以决定在我周围发生的事件的具体内容。"[1]这仿佛暗喻着"医生"由观察而转为创造，也暗示他恰恰是作者自己。

拉斯洛的文字黏稠、浓烈，语言时而粗糙，时而华丽，时而疾速，时而静谧，却是一贯地充满力量。他善于描述从外表到内心的丰富个性，那些在黑暗的魅影中的人物个个活灵活现。虽然作品中充满了黑暗、绝望、滑稽、嘲讽的味道，但其色调仍然洋溢着极具表现色彩的诗意。他常常使用一连串的比喻的长句，令人读来简直无法喘息却备受鼓舞。你甚至能够从中感受到他写作时那绵绵不绝的叙述快感，宛若口吐莲花的说书人。其色彩让人想起美术界的凡·高、马蒂斯。那种充满想象力的成分，又让人想起电影界的库斯图里卡和费里尼。或许是受塔科夫斯基艺术的影响，贝拉·塔尔保留了拉斯洛小说中的隐喻性和美感，用一种具有他自己强烈个性特征的长镜头，将拉斯洛语言

---

[1] ［匈牙利］克拉斯诺霍尔卡伊·拉斯洛：《撒旦探戈》，余泽民译，译林出版社，2017，第365页。

的钝重和金属感轻巧化，如同一把梳子，将小说中那些芜杂、褶皱和泥沙俱下的部分梳理得干净、柔和、静谧。小说中，拉斯洛巧妙地借用"探戈舞"进六步、退六步的节奏，赋予作品从形式到意蕴的回环往复的结构。这是他的汪洋恣肆的文字之外，在叙述节奏上的精心设计，如同使人找到他天马行空的想象力得以安住的脊背。

雨水下的蛛网：隐喻与荒诞

除了高超的写作技艺之外，小说令人惊叹的莫过于其中所蕴含的象征和隐喻了。法国哲学家朗西埃曾经以贝拉·塔尔的电影为主题，写了一部讨论艺术和时间关系的小册子《贝拉·塔尔：之后的时间》，这种阐释似乎仍然可以说明小说《撒旦探戈》的精神内核，即"承诺"的无效，线性的希望被打破，剩下的是回环往复的时间和人性的永恒泥沼。在他的《雨的帝国》一文中，他说：

> "胜利者"的一切话语和狡诈都再次变得毫无意义：一个人并没有战胜雨或重复……事物的中心就是意志的虚无……所有的故事都是述说崩溃的故事，但这样的崩溃本身只是雨的帝国

当中一段平凡的插曲。[1]

除了雨水之外,拉斯洛在作品中还使用了"蛛网"来表达时间的停止和希望的破灭。在那个夜晚的小酒馆中,发生过两次"蛛网事件"。他们聚集在酒馆里,被贪婪和欲望包围,在手风琴的乐曲中达到了行动的高潮。村民们似乎从来没有看到过蜘蛛,但是"蛛网"如影随形地遍布酒馆的各个角落,仿佛一切都被时间吞噬,又被时间凝结。周而复始的"蛛网"围绕着他们,仿佛是地狱的空气绵延着,他们在等待被拯救,同时释放着自己的欲望和身体中的痛苦与记忆,就像地狱里的受罚者,是魔鬼和罪人撒旦,那回环往复的探戈舞步,暗示着等待本身的徒劳。

小说中各种各样的荒诞性,体现了作者丰沛的想象力。小女孩艾什蒂相信哥哥说的把钱埋在泥土里,就能生长出金钱树的怪诞说法,怀着"说不定这些雨水都不能满足它们的需要"的乐观,淋着雨去给"钱种子"浇水。再如伊利米阿什到了布满蜘蛛网的小酒馆,给他们训诫时的"伊利米阿什如是说"一节,那模仿耶稣基督或先知的口吻,

---

[1] [法]雅克·朗西埃:《贝拉·塔尔:之后的时间》,尉光吉译,河南大学出版社,2017,第43—45页。

让人忍俊不禁，却能令那些村民再次陷入肃静和绝对的信任，给人一种荒诞又真实的感觉。其中宗教语言的味道，似乎暗示了更为普遍的信仰与承诺的欺骗性。村民们在伊利米阿什先知般的欺骗下，开始成群结队远离村庄，寻找"黄金世界"。他们路遇一个被毁弃的"弥漫着某种喑哑的绝望"的庄园，在庄园中停歇。夜晚，他们各自进入各种神奇的梦境，其中充满情欲的施密特夫人，梦见自己在天上飞，她的丈夫在地上喊她回家做饭，充满着疯狂与滑稽的气息。

拉斯洛寓言与世纪末东欧文艺

拉斯洛的创作，与赫塔·米勒、凯尔泰斯·伊姆莱等人的东欧文学作品一样，充满了对苦难深重的历史和个体记忆的凝重哲思。同时，或许因为夹在东西两岸之间，他们的文艺，又在纯粹的冷峻和凝重之上，装点着手风琴式的绚丽和惆怅。生于1954年的拉斯洛，年轻时受彼时理想主义情怀的推动，在1983年大学毕业之后，他"抱着用文化拯救贫困的热愿，主动离开都市"到偏僻的小镇乡村当文化馆图书管理员。正是这里给了他观察世界的视角。后来一场大火烧掉了图书馆，他回到城市，两年后写出了

《撒旦探戈》。[1]当时的匈牙利面临着政治和经济体制的崩溃，或许正因为对这种氛围的敏感把握，使得他开始对有关"信仰"的问题进行了重新思考。拉斯洛自陈：

> 1980年代中期，匈牙利的知识分子有很多时间，每一天都长到不可思议。我每天早晨去酒吧喝酒，心想这一天会很长，生命会很慢。[2]

于是，在这种心境中，拉斯洛写出了这个充满长句的漫长而无意义的时光下的奇诡故事。小说中那个处于等待中的医生，也仿佛是作者自己，成为一个跳出"承诺"之外观察世界的旁观者。正如在开头他借用卡夫卡的话说的："那样的话，我不如用等待来错过它。"

拉斯洛自己曾经这样解释过他作品中的黑暗：

> 是当时的现实太黑暗。但从我开始创作的那年到现在，我没觉得世界有什么大的变化，在非

---

[1] 见[匈牙利]克拉斯诺霍尔卡伊·拉斯洛：《撒旦探戈》，余泽民译，译林出版社，2017，译者序。

[2] 《柏林墙倒塌后，幻想就灭了》，《东方早报》2009年11月20日。

洲、美洲、中国，我都觉得一样悲伤……当我回顾人类历史，有时我会觉得是一出喜剧，但这喜剧让我哭泣；有时又觉得它是出悲剧，但这悲剧让我微笑。①

而我们在贝拉·塔尔解释自己不再进行电影创作的自述中，也读到：

在我二十多岁拍第一部片子时，很愤怒，有很多话想说。我试图用力踹开面前的门，而不是轻轻敲它……而现在，我觉得我想要表达的都已经说完了，不想再重复自己，于是我也就不拍了。②

在二十世纪八十年代末历史的"巨变"之前，他们相信绝对的自由和理想，而当"巨变"过后，他们看到了整个世界的大体样貌。这似乎也解释了为什么许多东欧艺术家包括文学家在历史变迁之后，骤然失去带有这种攻击性和伤痕性的创造力。1987年，拉斯洛离开匈牙利去了德国，

---

① 《柏林墙倒塌后，幻想就灭了》，《东方早报》2009年11月20日。
② 贝拉·塔尔访谈，《时尚先生》2016年第3期。

其后匈牙利发生"巨变",后来柏林墙的倒塌,使得他"幻想破灭了"。"承诺"再次失效,历史进入一种循环的序列,于是,这等待与期望的动作、神情,便成了最要表现的部分。《撒旦探戈》产生于特殊年代,却因其高超的写作技艺进入普遍的隐喻性,这正是拉斯洛文学的魅力。

总之,剥离贝拉·塔尔之后,我们能够更为清晰地看到拉斯洛文学的特质,德国作家W.G.泽巴尔德和美国女作家苏珊·桑塔格曾经说,读拉斯洛的作品会让人想起果戈理。拉斯洛曾经在接受英国《卫报》的采访时说,他的偶像是卡夫卡。我们正可以从《撒旦探戈》中看到这种现代与传统气质相融合的丰富世界。更为重要的是,拉斯洛通过他的文学所呈现出来的哲学性,让人想起叔本华、尼采、卡夫卡、贝克特、加缪等人的文本内核,他们虽然常常满纸黑夜与荒诞,但最终无非指向人类渴望创造与更新的自由意志。

目前,拉斯洛的小说集《仁慈的关系》(1986)和长篇小说《反抗的忧郁》(1989)已在国内陆续翻译出版。而鉴于拉斯洛曾多次来中国,并写了不少有关中国的小说和散文,我们期待看到他更多的作品译出,包括去阅读他如何讲述他的中国经验。

保罗·奥斯特的形式游戏
——《4321》及其源流

2017年，保罗·奥斯特最新一部形同大辞典的四重奏长篇小说《4321》重磅出版。这部翻译成中文出版后达800多页的作品，以近乎平行空间的方式，讲述了一个小男孩从出生到20多岁的四重不同的成长故事。这四种人生看起来虚幻、荒诞，但在笔力上似乎又无一偏废，四个故事带有某种郑重其事的等量齐观。这是保罗·奥斯特在近40年创作生涯中又一次新的形式探索，这部他写了"三年半"，写完最后一句在椅子上坐着"依靠着墙才能不让自己摔下来"的作品，饱含着与其过去作品相比更为宏阔的叙事探索。这头"奔跑的大象"（保罗语）挑战了他们的好奇心和耐心，也引起了读者的争议和困惑。

从"死亡"出发的文体实验

自 2006 年,奥斯特的作品被大规模地译介到中国之后,他的小说就以多变的形式引起广泛关注,其中死亡主题是其内核之一。他于二十世纪八十年代初写作的《孤独及其所创造的》(The Invention of Solitude, 1982),以近乎坦诚、伤感甚至气息奄奄的口吻,忠实地记录了对已故父亲的回忆。他在书中说:

以死为始。倒退着走进生活,然后最终,返回死亡。
否则:试图说关于任何人的任何事都是一种虚荣。①

那种时空错失的痛苦和忏悔,在一种近乎沉默的絮语中被呈现出来。如果说这种写作因切近自身而自伤,似乎很难有更远的前途,那么,接下来的侦探小说《纽约三部曲》(The New York Trilogy, 1987)便给了他相当的名声。小说

---

① [美]保罗·奥斯特:《孤独及其所创造的》,btr 译,浙江文艺出版社,2009,第 70 页。

中有一个孤独的人布鲁，一开始扮演一个受雇的侦探，后来发现雇主不见了，感觉自己被戏耍。《纽约三部曲》看起来扑朔迷离，充满了悬疑色彩，但其内核仍然是在追问人在城市中的归属。正如该书译者所言：

> 叙述的重心也从所谓的案情转移到施动者自身境遇上来。其实，奥斯特真正关心的是施动者自身何以陷入困境，以至怎样丢失了自我。[①]

通过作品，奥斯特试图走出自身，幻化成各种身影，但又更加增强了对内在的追问和质疑。同样，在《幻影书》(*The Book of Illusions*, 2002)中，多个人的游荡与变化，像是孙悟空，弥散出多重身份。小说中被寻找的演员，也是寻找者自己。这些看起来充满神秘气息的情节，一方面是作者的自我探索，但在形式上似乎也仰赖于他的侦探小说和电影的读赏经验。正如有研究者所发现的，奥斯特"借用典型的通俗文学程式探讨严肃文学中才出现的重大主题"。为奥斯特所津津乐道的电影《漩涡之外》中就有

[①] [美]保罗·奥斯特：《纽约三部曲》，文敏译，浙江文艺出版社，2007，译后记。

和他小说相类似的情节，表现出看似繁华与争夺背后人的孤独与迷失。

相对而言，《布鲁克林的荒唐事》(The Brooklyn Follies, 2005) 则显得轻松、诙谐、温情得多。这部作品和他十年前编剧的电影《烟》(Smoke, 1995) 有异曲同工之妙：父亲身份的缺失，城市生活中的孤独和流放，叙事中一贯的"侦察"与"寻找"元素，及其中弥散的幽默而伤感、滑稽而温暖的气息。《黑暗中的人》(Man in the Dark, 2008) 讲述一个行将就木的老人，和女儿、外孙女住在一起，三代人各有生的苦楚。他们一边挨在黑暗的生活之中，另一边让自己的灵魂游走在平行的避难所。奥斯特在这部小说里使用了故事嵌套模式，整部作品充满了悲悯与自伤，好比一个多面的黑暗魔方，每一面的人都在自己的世界中挣扎着。一年后出版的《隐者》(Invisible, 2009) 则进入了另一种叙事模式，作品从多个人物出发，讲述同一件事，小说在悬疑和通俗故事里，嵌套进了某种隐秘而冷峻的气质。

整体看来，奥斯特的作品无论怎样严肃、深沉，但总是会浮上来和通俗小说、电影相投的气味，令人读起来有沉思之外因某种游戏性而出脱的荒诞感。在奥斯特看来，想象的世界，它不仅可以弥补现有世界的缺憾，并且能够通过被创造而成为真实。尽管回头看来，他作品中的许多"想象"是有些"俗套"的。

总体而言，从《孤独及其所创造的》到《纽约三部曲》《末世之城》《偶然的音乐》，再到《幻影书》《布鲁克林的荒唐事》《隐者》等，奥斯特几乎能够做到每部作品从形式到风格都不一样。《纽约三部曲》是一个人身份的变化，《幻影书》是多个人的游荡与变化，《隐者》则是对同一事件，不断变化叙述者……他甚至有意带有游戏色彩地展开他的"文体把戏"。然而,当你发现了他的"文学基因"之后就会知道，奥斯特小说在素材甚至内核上都有着惊人的一致性。他的主人公多是被放逐在美国或欧洲大陆的"失败者"，他们到处穿行，但又不知道去哪儿。于是，在城市的霓虹、离奇的悬疑和情感中，读者体味到他们的生之滋味。奥斯特的写作，仿佛是在人生黑暗的矿井里摸索、掘进。他发现不同的渠道，丢弃，然后再发现。在这种探索之中，他将人的经验和知觉最大化。奥斯特让我们重新思考自身和自身之外的更多可能性。作者似乎有一种纯粹的爱，害怕被破坏的爱。哪怕这种破坏是人之常情——生老病死、爱别离、怨憎恨，都会给他带来因人生的"一次性"而怜惜的书写的愿望。

"元叙事"与互文背后的"孤独者"

跟电影、戏剧一样,小说中的元叙事打破叙述中的真空地带,从形式上看起来带有强烈的游戏性。这个"游戏",体现在时空、人称的转换,以及情节上可能的断裂或转换。

奥斯特的写作好比是一个多棱镜,集结了电影、音乐和诗歌等其他元素,有的作品如同爵士乐,有的又如同古典音乐。你能够从他的写作中感受到一种描述的快感和热情,仿佛看到一个生机勃勃的泉眼,兀自喷涌着人生之泉,带着某种音乐的节奏。在《孤独及其所创造的》中,作者一边写自己的父亲,又一边被自我的生活和阅读经验、体会打破,给人带来一种"语无伦次"的效果;《黑暗中的人》中,老人笔下的人物穿梭在战乱中的美国,犹如共处于一曲老旧的爵士乐之中;在《4321》中,主人公弗格森则幻化为四个,就像一部交响乐的四个声部,属性相同,但因偶然性和某种关键的转折,而行进于不同的轨迹之中。

作为文学硕士、法语文学翻译者、一个与文学研究圈保持密切关系的创作者,奥斯特将他的阅读和翻译资源,以一种互文的方式用在创作中。卡夫卡、贝克特、普鲁斯特、夏多布里昂、布朗肖、霍桑、梭罗等,都成为他作品中人物的精神资源。他甚至将翻译经验放在小说中：

> 翻译有点像铲煤。你把它铲起来，然后扔到火炉里。一块煤就是一个词，一铲煤就是一句话，如果你的腰背够强壮，如果你有毅力连续干上八到十个小时，你就能让火势保持旺盛。①

在《黑暗中的人》里，作者解读了大量二十世纪的欧美黑白电影。小说中的男主人公也是一个作家，奥斯特甚至让作家的人物在作品中复活，这种故事嵌套故事的方式会让人想起庄子文本中的"起死"，带有强烈的虚幻色彩，但同时又给人一种强烈的真实感。再如《4321》，读者会从中看到更多的小说家和诗人名单。弗格森的母亲露丝在怀孕之后，手拿着姐姐推荐给她的各国小说消磨时光；幼年的弗格森也开始拿起简装的美国文学或童话来阅读。奥斯特甚至尝试让他的人物成为写作者。《4321》中，其中有一个"弗格森"就是热爱写作的少年，在他的好友弗德曼不幸离世之后，他写了一篇以两只鞋子为主角的短篇小

---

① [美] 保罗·奥斯特：《幻影书》，孔亚雷译，浙江文艺出版社，2007，第61页。

说。这篇小说的正文被一字不落地放在《4321》之中。

当然，奥斯特的非虚构书写和虚构书写也构成了一种非常亲密的互文关系。例如《孤独及其所创造的》《穷途，墨路》（1997）、《冬日笔记》（2012）、《此时此地》（2008）等非虚构作品，之于他的小说创作，都具有很强的素材性。《冬日笔记》是作者在64岁左右写就的记忆碎片集，书中，奥斯特陷入许多与爱和死亡相关的记忆和叙述，然后由此出发，最终陷入日常的琐碎记录之中。相比较而言，《4321》和《冬日笔记》可以构成一明一暗两条线索。我们甚至可以在《冬日笔记》中找到《4321》文本背后的内容：

> 那时你已经长大，14岁时杀死你朋友的那道闪电令你懂得了世界变化无常，我们随时都可能失去未来……闪电总是在我们最意想不到的时候来袭。……荒诞的死，无意义的死……每个人的生命都会留下一些死里逃生的印记，每个成功活到你现在年纪的人已经避过了不少潜在的荒诞而无意义的死。①

---

① [美]保罗·奥斯特：《冬日笔记》，btr译，九州出版社，2019，第184—212页。

正是基于以上的恐慌、不安，乃至庆幸与感恩，奥斯特在《4321》中将这些理念放置在有着多重可能性的少年身上，使之分别成长，传达了那种不确定性带来的恐慌、无助、不安感，并在主角"弗格森"身上释放了两次"潜在的荒诞而无意义的死"。奥斯特的写作，也从最初的形式游戏感，逐渐转向饱含悲悯的音乐感觉，形式不再仅仅是游戏，而是对人的可能性的更深入的探索。在《4321》中，小说叙述一边被事故中断，另一边又重新开始，它不断打断真实性的幻觉，然后又进入另一种真实的幻觉。而且，作品传达出一种从个人到国家、世界的全景式担忧和焦灼，虽然，这个坐标的核心，仍然是"弗格森"这个相对稳定的主体。

奥斯特作品中不断重复的那些题材——死亡、事故、孤独、写作、翻译、欲望、分离等，仿佛在暗示读者，作者是一个有点自闭的知识分子。奥斯特的写作是现代式的。那些离奇曲折的悬疑情节，那些复杂、多棱镜式的叙述方式背后，掩盖的是作者日益膨胀的孤独，以及对人类深刻内在的孜孜不倦的探索。对于奥斯特而言，这种探索，只能回到他自身，以自身为刀俎，再为鱼肉。或许这与奥斯特很早就将写作作为谋生工具有关，他的小说具有现代小说的严肃和深刻质素,但同时又带着点通俗和顽皮的套路,也许读者会在其中感受到这种悖论式的关系。

《4321》:"一头奔跑的大象"

整体来看,奥斯特向读者展示了一个多向度的世界,从"独头茧"式的自我抒发与解构,再到对家庭、城市,对美国历史文化的百科全书式的书写,尤其是到了《4321》,更加给人一种狄更斯式的细腻、多维的书写。这部小说的文体实验及互文性达到了某种高度。尽管奥斯特在形式上的探索丰富多变,在语言细节上的敏锐和风趣令他的作品可读性很强,但从内核上来说,奥斯特看起来仍然是一个现实主义写作者,一个颇有些苍老的现代题材操练者。通读奥斯特的作品,读者会渐渐发现其题材上的相似性:所有的转折点,都来自生活中的特别时刻——猝死、疾病、离婚、自杀、吸毒、堕胎等。他似乎已经习惯了一部接着一部,同时又遵循新的直觉和念想,没有终点。

在《4321》中,奥斯特以弗格森的家族为出发点,对美国历史做了接近全景式的展示。整部作品,如同被作者拧成四股叙述的绳索。奥斯特仿佛女娲,一边甩着美国历史、政治、文化、城市的泥浆,一边细细地揉搓着身在其中的人的爱恨情仇。作品有意无意地展示了主人公的青春成长氛围——充斥着民族问题、选举问题、教育问题、战争问题、经济危机、学生运动等的二十世纪四十年代至六十年代的美国社会。相比于欧洲文化，奥斯特甚至在作品中对美国文化的"无传统"和消费主义，产生了与其自身孤独感同等的担忧甚至恐惧。正如他和库切在书信集《此时此地》中所说的那样，尽管他们不能够全知全能地预想未来，左右乾坤，但面对美国的窘境，他永远不会妥协和认同。这体现了经历过美国战后时代的作家们某些共同的知识分子式价值观。

奥斯特笔触敏感、诙谐，甚至常常带有悲悯色彩。从《孤独及其所创造的》到《布鲁克林的荒唐事》再到《4321》，那些突然的细节和想象力，越来越轻松的悲悯，话痨式的叙述节奏在作品中表现得越来越明晰。《4321》可谓是他口中所说的前期作品放大之后形成的重章音乐式作品。他长于展示人物的情绪和心理，长于将文学阅读经验纳入自己的创作中，长于解剖自身经验从而进行翻新与虚构。多重的叙述线索，断裂的结构，这些看起来尽管并不在现代文学史上具有独创意义，但奥斯特作品整体上的多彩形式，构成他创作游戏上的奇观。在《4321》中，这种回环往复而绵密细致的写作,甚至给读者一种笨重之感,正如他自己所说,《4321》是一部"奔跑的大象"。笨重之外,形式的游戏感和内在的洞察力深深地结合在一起,我们似乎能够感受到奥斯特的用意。尽管这部作品读起来并不轻松,而且这种叙事模式是不是经得起文学考验也是值得讨论的:《4321》中,四个弗格森从"1.0"出发,分别在四个时空演进,匀速到达不同的结尾。这时候,奥斯特好比是一个厨师,面前摆了四个锅,用一种食材,几乎同时按照程序不紧不慢地做出了四种不同味道的同一道菜……

正如有些评论家所说,奥斯特的书写离不开自己。《4321》写作上的精密和繁复,都似乎在提示,奥斯特的写作始终是在用不同的音乐形式讲同一个故事。小弗格森在父亲死后,就试图和"上帝"较量,并最终确认了"上帝"并不存在。

> 我要说的就是,你永远不可能知道你是不是选错了。你想知道的话,就必须要先掌握全部的事实……所以这就是为什么人们信仰上帝。[①]

---

① [美] 保罗·奥斯特:《4321》,李鹏程译,九州出版社,2019,第230页。

奥斯特在作品中，以少年的亲情、友谊、混杂着欲望的爱情，来对抗这种"虚无"，"你必须要有点儿抱负才行，不然就会变成你最讨厌的那类空心人——对吧，成为美利坚合众国僵尸城里那些行尸走肉中的一个"[①]。在《4321》中，除了探索四种不同的人生轨迹，在那些可怕又关键的偶然性中，"弗格森"两度抵达了"死亡"，还剩下另外两个二十出头的成年"弗格森"在人世间顽强地蹒跚。在这些故事中，除了极度的不幸，奥斯特还探索了爱的不同形式、欲望的不同形式、家庭的不同组合，包括主人公因为不同的选择被裹挟到了不同的历史时空之中。

《4321》中，奥斯特似乎通过写作开启了不同的人生旅程，在古稀之年的回望中，给记忆塞满了各种各样的可能性。无所谓唯一，那些都是真实的，又都是幻象。《4321》中的四股绳扭结在一起前进，没有主线，共同构成人生的唯一性缺陷的弥补。从童年，到所经历的美国二十世纪四十年代到六十年代历史的变迁，一起震荡着个体的渺小和真实。这种贴地而行式的探索，温情脉脉的时光构筑，

[①] [美]保罗·奥斯特：《4321》，李鹏程译，九州出版社，2019，第219页。

使得他的写作回环往复又极具耐心。很显然，这种耐心甚至不是对技巧的回馈，而是一种高强度的体力活。它让读者在阅读中，缓缓地接受一种真实的存在，又脱离出这种存在，进入另一种可能，好比上帝之手拉着你从一个人的命运的一扇窗，走向另一扇窗，每一扇窗在打开的同时，别的窗也没有关，这种多重性，表现出作者对人生轨迹狭窄、虚妄的悲悯。《4321》就是这样一头大象，奔跑着，昭示每一个无名蝼蚁也有着千钧重量的命运，由此显示出生命的自尊和荣耀。

瑞典导演伯格曼晚年执导的电影《芬妮和亚历山大》，以一种精致、华丽的基调讲述家族的兴衰及其中一个少年的记忆和成长。在这个同样"父亲不在场"的叙述里，展示了某种繁华背后的阴郁和对生死的思考。也许人到了晚年，过往的记忆茁壮成长，往往有一种试图跨时空的回忆和叙述的野心。保罗·奥斯特也和伯格曼一样，以一种"回光返照"、不厌其烦的精细方式表达了现实、回忆与想象的多重"褶皱"。正如电影结尾导演借亚历山大的祖母之口所说的那样："万事皆有发生，皆能发生，时间、空间并不存在。在现实脆弱的框架之下,想象如纺线,交织着新的图案。"《4321》无疑也是作者在这种心绪下写出的青春洋溢又危机四伏的作品。

剧
评

这条疯汉终于准确地表达了自己
——评李建军《飞向天空的人》

一直对李建军的作品有一种距离感,好几次争辩,我都对其戏剧上的某种彻头彻尾的"形式主义"表示不满,经常无奈地在他表达执拗的戏剧观后保持沉默,甚至曾经用《一个无政府主义者的意外死亡》中的台词来腹诽他:"分明是现实主义功力不足,所以才来哗众取宠。"

这次看了《飞向天空的人》,一下子感觉自己可以闭嘴了,不得不承认,他一直以来的坚持是对的,这次他准确无误地表达了自己,干净、有力、漂亮、大胆、炫酷,甚至看起来有点拖沓的结尾,都带有某种玩世不恭。这种玩耍透着摇滚气息,一瞬间让人心潮澎湃,好比欣赏了一场漂亮的声音艺术。有好几次我感到坐立不安,心想,哥们儿,可以了,可以就这样完美"收官"了吧,但是他不,仍然不结束,弄得人没有办法,特别想回转头在黑暗中找到这条疯汉，给他一个贴面礼，以证明我是如此地理解他的狂躁和寂静。是的，他当初信誓旦旦却描述得模糊而茫然的理想中的艺术，终于完整地呈现在我的面前，令我吃惊，它们完美得流淌出来，美得一塌糊涂。我甚至对自己所信奉的正当而雍容的现实主义道路产生了某种程度上的反思和怀疑。

记得我曾经问过他，为什么不弄点观众看得懂的，非要弄这样奇怪的东西。他很无辜地说，弄出来就这样啊。我们讨论过形式在艺术中的位置，我说，形式并不重要，故事永远讲不完，他说形式永远在突破，故事才会讲不完。这种选择没有对错，只是他有着与生俱来的艺术个性，"形式"早就成了他艺术生涯的某种宿命。他用形式、意象、符号来表达思想，而不是先有一个既定的设想，他像个孩子，在给他印象深刻的现实的形式之中寻找这些，并加以锤炼和淘洗，搬放在舞台上。五光十色与他无缘，他喜欢在废墟上进行肢体的舞蹈。他总是不屑于讲故事，摒弃台词和对白，将人物的语言纳入他的物质体系中去，有的浅尝辄止，如蜻蜓点水，但他大概一直知道自己在做什么，至于怎么做到位，他只能尽力而为。之前的几部戏《隐喻》《狂人日记》《美好的一天》《23.5KM》，已经显示出他在逐渐坚持自我。前两部作品还能看出他不自觉地对现代戏剧传统的某些妥协，但他明显的个性气质和破坏力量，使得这种妥协在戏剧中显得节制和不安。到了后两者，《美好的一天》具有强烈的混响性，还有那个非常激进又真实的公交车实验《23.5KM》，这些都完成了某种具有强烈冲击色彩的装置艺术。《美好的一天》采用非专业的演员，即使是混杂在其中的专业演员讲述的也是"非专业"的故事，可以说，这种形式已经十分干净。当然，同时它也因为缺乏戏剧的丰富性和张力而令人质疑。

很显然，在他的戏剧中，讲故事已经不重要，或者说，已经不是传统意义上的讲故事，但这并不意味着他戏剧中情感和伦理的消亡，恰恰相反，在貌似"反美学"的序列中，他要将丑陋的物质世界直接呈现出来，这里面包含着他特别的情感和伦理。到了《飞向天空的人》，我看到了他将自己历来关心的主题，一如新青年剧团的初衷，展现普通人从"沉睡的日常状态"到"超越日常经验的戏剧状态"，较为成熟、完整地呈现出来。其实，通过"日常"表现"戏剧"，这个度要把握得够好，才能够脱离"日常"而又不做作。《飞向天空的人》通过将动作和声音分裂的方式准确地表达活着的静寂虚空而又剧烈实在，这在他早先的几部作品中虽然已经露出端倪，但是这一次玩得足够嗨，它推翻了许多累赘的东西，将这种表达细腻化、丰满化：有装置，但不单一；有形式，但不肤浅。

在作品结构上，除了开头几个传记式样的人声介绍之外，这部作品具有强烈的物质性，或者说，无聊性。鲁迅曾经通过果戈理的《死魂灵》表达十九世纪城乡地主和小资产阶级的"无聊"，并且称他们的这种生活是"几乎无事的悲剧"。《飞向天空的人》也从当代社会在面临骤然转变时，在人群的"嘤嘤嗡嗡"中看到了另一种"无聊"。从舞台形式上看，它很可能借鉴了西方戏剧，包括日本戏剧的美学方式（比如那些诡异而轻慢的舞台动作，凝固但具有强烈冲击力的面具），但同时更能看到鲜明的当代中国烙印，从混响效果（那个混响的人声播放器中的段落很像是一个小型的《美好的一天》）到人物形象，那些在中国的任何一个角落随处可见如泥沙和蝼蚁的人群，他们原本很容易被我们忽视，容易被我们以莫名优越感的意识和自由思想关心，但在这个舞台上，每一件陈旧的衣裳和装束都变得"fresh"起来，呆滞的穿着对襟外套的老人，戴耳机的空虚的摇滚青年，穿校服的孤独孩子，敷着面膜以为自己变美就能拯救婚姻、美化两性关系的可怜女性，每一个佝偻着或快或慢地擦身而过的人，都被轻盈地、干净地搬上舞台。他们的肢体丰富、无聊、美好。不错，什么也没说，但这就是真实的世界。其实，所有的文艺传达的只有一个东西，那就是在陈旧中寻找新鲜，让人们重新观看自己，并从中找到趣味和震惊。旧的戏剧形式总是想着关心人类，想着带有伦理，但这种思维定式和它相应的模式似乎已经失去了更具挑战性的戏剧空间，它们很容易在游走中变成非艺术的东西。李建军在大胆地尝试，不断地探索，《飞向天空的人》从"日常"的进入，到"日常"的超越，在"日常"的泥泞中淬炼着新鲜的形象和语言，像一个好奇的孩子，他时刻在翻新着自己，也在用戏剧艺术重新诠释当代。

如果非要从理念上寻找，他的戏不是自由主义，也不是精英主义，更不是某些左派虚假的大情怀，他只是将一个社会的横截面切开了给我们看，眼光里含着某种暗藏的同情，他比人道主义还人道，比自由主义还自由，比普罗还普罗，比先锋还先锋，他拿起它们的同时又破坏它们。如果说《狂人日记》《美好的一天》等暗示着他强劲的形式主义的马车稍微失重的状态，那么这次的《飞向天空的人》则显示出马车上的废墟和内心的孤寂悲悯短兵相接，势均力敌。

  当代文艺似乎面临着这样一个瓶颈，那就是，当我们的生活只剩下丑陋的重复和钢铁物质的生生不息，这时很难总是幻想求救于十九世纪到二十世纪文艺的怀旧和诗意，也无法总像九斤老太或焦大那样，在干涸的乡村或颓废的园子里叹息。这些实际上是另一种带有美学上的优越感的逃避，如何勇敢地直面惨淡，并将其直接转化为美学上的实验才是巨大的挑战。李建军曾说，如果要漂亮故事，去看小说得了。他的这种勇气，不仅表现在那些直接横截世相的粗糙有力的形式，还在于他素材上的选择，他选择的不是风花雪月，不是仁义礼智，而全部是时代的喧嚣。在他那里，"等待戈多"显然也还不够复杂和丰富，人世间荒谬的不仅是没有对象的等待，还有被等待，不等待，以及在不等待之中的等待，不知道自己在等待的等待，它们都贯穿了意义、死亡、时间之间的撕扯与较量。这些较量常常在戏剧里让观众看着倒抽冷气，后背发凉。并且，这种生命的焦虑感不是自怜，而是广泛的全体的联系，这大概也是他如此钟情于鲁迅、钟情于《狂人日记》的原因。《狂人日记》的思想根底，是对一个全体"吃人"社会的反诘。如果说，他的《狂人日记》改编还在某种程度上附庸了挑衅政治的陈词滥调，但在《飞向天空的人》中，它抛弃了具体的指责和指向，而是采取静静的意识流一样的奔袭。

记得舞台上演到那个初中生在沙发上看着黄色文字的时候，观众中一个家长很生气地带着自己七八岁的儿子退场。演出结束，演员谢幕时，鼓掌的人并不多，更多的观众都面面相觑，甚至有些恼怒。散场之后，还有观众回头去拿演出宣传的小册子，看看它到底在演些什么。他们还没有找到自己想要的既定的答案，他们还不习惯舞台和观众、被看和观看之间的相互置换，因为他们已经习惯了与平凡又卑劣的日常人生保持距离，习惯了像花朵一样保持诗意。而这正是《飞向天空的人》成功的地方，它挑战的不仅仅是当代戏剧，还有那些附庸风雅的观众：想来我这儿看戏吗？先脱下你的面具！

当剧中那首俄罗斯民歌《红莓花儿开》唱响，所有的世界名人伟人揭下面具，变回平凡的人，他们共舞在狭小的房间，像"戏中戏"那样，我突然想起费里尼电影中频繁出现的马戏团镜头，想起北野武电影中创造者与生活者置换的错愕：如梦呓，又那样真实，充满荒诞，又带着某种温暖的色调。

当那些演员在舞台上呈现自己的"无聊"时，我总是想象着这条孜孜以求的疯汉如何在现实人间，在纷扰都市之中，观望着这样的人们，他的关怀已经超越了憎恶，关怀一切；他的噪音也越来越响，超越了噪音本身。这时候在观众席上的我突然想像剧中的人物那样，猛然抽一口烟：为自己，也为别人。是呀，你知道它具体在说些什么吗？这还显得有那么重要吗？

陈旧的痛苦及其无效的形式
——从《大先生》谈戏剧中的鲁迅形象问题

2016年4月，我在中国国家话剧院看了《大先生》的第二次公演。据说首演时来了许多戏剧家和鲁迅研究专家，对演出一致给予好评。已出版的剧本上印着颇有当代"青年导师"气息的陈丹青的推荐语，演出单上有鲁迅研究专家孙郁的评介，加之剧本在前两年获得"老舍文学奖"，导演又是一位中国先锋戏剧的"80后"代表，据说，本剧还涉及投资上的优势，如此种种的确给它带来思想性和观赏性上的保驾护航。

鲁迅文学甫成气候，其血液便渗透到国民中，国民不死，我们便不断地需要鲁迅，需要在不同的困境中不断更新对鲁迅的理解。这种更新背后，当然还包含着对鲁迅身上不变的特质的持守和尊重。我们也常常期待这样具有持守与革新的双重色彩的作品产生。然而，真实的情况是：

一边，鲁迅多半停留于被老一辈人群的热爱中，逐渐产生了更为严峻的断代；另一边，教科书中，鲁迅的成分被有选择性地传授给了更年轻的一代，许多人因此抵触鲁迅，更不用说去和鲁迅主动对话。

近些年，学术界对鲁迅的各个角度的翻新与阐释，让我们同时期望看到这些成果如何推进艺术创作。《大先生》让人感受到在这方面的努力尝试。而且，经过二十世纪末前后自由思想泛滥之后，我们少有如此高调地重新以戏剧的方式提起鲁迅。据我所知，鲁迅故事及其作品的戏剧改编近些年都是在小剧场排演的，虽然零星，但也颇有生机。令人诧异的是，这样一部具有浓厚政治气质的"同路人"作品，竟然能够公演，据说还将会在全国各地上演四十多场。

还记得在上学的时候，我经常从那些小成本音像店买来许多盗版的戏剧作品。其中，有二十世纪八十年代高行健的《车站》《绝对信号》《野人》。关于鲁迅，林兆华还分别在这一时期和二十一世纪初执导过《过客》、《狂人日记》(歌剧)、《故事新编》。《故事新编》引起较大的反响，舞台设置在一片废墟一样的煤堆上，讲述大体以《铸剑》为主线，以作品中其他小说的故事碎片为辅佐材料，被称为"无文本的戏"，成功与否暂且不论，这都充分显示出了形式上的大胆突破和创新。编剧李静也在《一个戏剧菜鸟的〈鲁迅〉编造史》（2014）中说，《大先生》这部作品起初是应林之约而写的，可见他仍然希冀从鲁迅身上重新获取新的戏剧能量。

记得几年前，读过李静的剧本《鲁迅》，其中纠结、夹缠的意识流的确给了这部剧作以鲜明特点，但其刻意、用力过猛的痕迹（据说这剧本写了三年，改了数稿），某种程度上将鲁迅扁平化了。比如，剧本开头努力地想让鲁迅在与身边人的关系中回归平凡，之后又不断地通过人物参照和时代参照呈现其文化和政治上的尴尬身份。这些内容看起来丰富而完整，甚至准确无误，但恰恰是这种四平八稳近乎议论的表述方式，使其失去了文学作品应该有的独特品格，即作为一个戏剧范本，却恰恰缺失其戏剧性。她的创作"研究性"太多，"文学性"太少，那些她在创作谈中罗列的思考序列，多少受到她认为可以信赖的鲁迅研究专家的封闭式的影响。作为戏剧文学的鲁迅很大程度上被她知识化了。那些沉溺于心理意识流的辩驳，看似高深实则暗含陈词滥调，新中国成立后的代表性研究者，任何一人的论述，都比其表达更具复杂性。

退一步讲，对于书写历史人物而言，思想或"认知"

准确而新颖，固然是戏剧创作的基础，但如何将其准确而新颖地转化为美学上的创造才更为关键。剧本中密密麻麻的沉重议论，并没有将"鲁迅"这一形象以四两拨千斤的形式表达出来。卡尔维诺强调的艺术上的"轻"或者说"空白"的重要，这部剧作尤其缺乏。

大约是 2013 年，我有幸在师大看到剧本朗读会，至今还记得本剧主演当时带着学院腔的念白，他甚至有点"油滑"的口气让我这个外行人觉得剧本朗读这门艺术真是一种偷懒的戏剧怪胎。几年后，当我无意中在《芈月传》中发现，这个"鲁迅"怎么跑进来念"张仪"的台词时，才觉察出真正的问题。如果说，一千个演员，对哈姆雷特有一千种演法，那么，这一演员的演绎也许因为过分"专业化"，而使那许多角色都有同一种奇怪的味道。即便在《芈月传》这样一个博观众眼球的宫斗肥皂剧里，他仍然不肯"自降身价"，不肯"和谐"，将一个辩士演得跟莎剧中的某个伟大、光明、正确的"悲剧命运"一样。

创作上的理念先行，或者不肯放下成见，使得我们很难从大千世界的细微变化中获取新颖的现象和自由的灵魂。这一点，在《大先生》这一部戏里，编剧和主演有着某种一致性。尽管，编剧在创作过程中因为阅读鲁迅真诚到了落泪,主演也在第二次公演结束时情绪不能自持,但创造者的真诚,和艺术品体现出来的真诚,有时候往往不能等同。

这不是"历史上的鲁迅",而是"我们的时代和我们的鲁迅",导演王翀这样说。于是在戏剧中,"鲁迅"被穿上了牛仔裤和圆头皮鞋,很好,从他身上已经看不到原本被病痛折磨到几近腐朽的老者的样子。然而,在他的独白中,我们并没有读到"我们的时代"和"新的青年"对鲁迅的新阐释。那些陈旧的概念中挣扎着陈旧的痛苦:新文化与旧礼教,个体自由与人道,鲁迅与周作人、胡适、"椅子上的人"的种种单调的二元纠葛,都还停留在新中国成立后的研究家的阐释范围。乃至于作为文学,显得更为扁平与单一化,缺少足够的现象上的独立性和美感;而作为艺术,越是清楚无疑、板上钉钉,越是应该抛弃的。

从这部酝酿了五六年才上演的作品的产生过程来看,导演王翀应该是后来的加盟者,他尽力地用他所擅长的"2.0"版本来给这部戏以新的形式,鲁瑞、朱安、许广平,虽然以人偶的方式出现,但它们仍然被塞满了长吁短叹的陈词滥调,许广平那条漂浮在整个舞台上的蓝色海洋般的女学生裙子,也被她甚至有些轻佻的、脱离这个原本大气的女子的独白所冲淡了。《两地书》中的许广平，绝不是现在的教授和女学生关系中有着"银铃般"笑声的女学生。而那个习惯坐椅子的没有思想与脊梁的"当权者"及其帮凶，他们的生动活泼，无论怎么欣赏也不过类型化如动画片《葫芦娃》里的蝎子精和蛇精。一个明显的假设是：这种形式能否传达出剧本之外新的内容？换一种形式，比如将人偶们换成一堆蚂蚁或者一堆手套呢？如果不能够做到独一无二，这个形式又有什么用处？导演对剧本的量体裁衣好比是刻舟求剑，缺少对剧本的把握和大胆批判。（这似乎又与我们对鲁迅这个原本应该深入骨髓的文艺家越来越陌生有很大的关系。）所以，即便是群偶乱舞，面具成堆，我们在主角独角戏似的独白甚至呐喊中，没有找到一个伟大或"性感"的英雄甚至可亲近的平凡人，相反，他间歇性地"超人"似的"freedom"的呐喊，给人某种无法入戏的"尴尬"，他喊得越热烈，那虚假便越强大地包围着。

在此之前，王翀作为先锋戏剧的代表一直努力地刷新中国戏剧，尤其是那一系列的"2.0"版本。跳出来观看，形式上的革新是当代戏剧的一种必然的趋势（这在西方早已经得到了验证），与其他艺术门类一样，这也是一种颇有勇气的实验。所以，在他的作品中，我们常常看到摄像机的多方位介入、观众的介入，舞台不再封闭在一个时空。尽管如此，这并不一定能够成为验证一部作品成功与否，或者是否具有革新意义的根本标准。就《大先生》而言，它傀儡戏或者"活报剧"的方式（在现代日本和中国话剧时代早有源头）自然引起了向来习惯观看以传统方式诠释鲁迅的观众的好奇，但一个好的"2.0"艺术，不仅包括对原初经典的精神内核示以尊重，还应该包含美学上的能动性。遗憾的是，这个所谓鲁迅2.0的《大先生》，并不构成稀释和激活剧本的力量。而实际上，通过观众普遍良好的反应，可以看到中国当代所谓先锋戏剧的缺陷：观众渴望看到新鲜的玩意儿，但是这种新鲜背后的逻辑又必须是陈旧而严密的（甚至是僵硬而缺少留白的），至少，这让他们获得了看懂内容和观赏新形式的双重喜悦，这要比观看几大元素完备、故事结构稳定的传统戏剧来得优越。可以推测的是，在很长一段时间内，我们的戏剧人和观众还将继续沉迷于这样的创作和观赏，他们还需要大量的热身和训练，才能获得对"2.0"背后的完整与"先锋"的深刻理解。

这部戏上演以来，除了和前半段的沉重形成对比的诙谐和放松之外，后半段最吸引人的，莫过于那些"反权力"

的辩论和独白。这也是目前大众对于鲁迅形象认知程度上的暗示:在不同的时代,鲁迅都不同程度上被政治"绑架"。真正的鲁迅粉丝们,包括陈丹青和孙郁二位,相信已经走得更远。"陈旧的痛苦",必然带来结尾的"去政治"的政治宣传,它是另一种意义上的对于艺术的侵袭。鲁迅曾经在谈到文艺和政治之间的关系时说过,一切艺术都是宣传,但不是一切宣传都是艺术。那么,政治宣传不是艺术,反政治的宣传同样不是,尽管主角最后那个掀翻椅子的动作极具讨好和煽动性,令许多观众热泪盈眶。可以说,《大先生》很大程度上让"鲁迅"从"权力政治"的泥坑里爬出来,然后掉进另一种扁平的极端自由主义的深井。这反映了今天某些中国文化界或者文艺界的声音,它代表了一批脆弱、无力、高傲、自恋的自由知识者、艺术家、中产阶级,很显然,他们认为鲁迅穿上这样的衣裳好过另一种政治雕像。

从林兆华的《故事新编》的尝试,到小剧场的零星而富于活力的演出,到此次在一个相对开阔、正统的舞台上演出的《大先生》,鲁迅相关的戏剧作品,尽管存在这样或那样的问题,但它们也渐渐实现从严肃传统转移到形式上的"先锋"。不过,这种转移若要解决,有两个很重要的问题：如何认识和把握鲁迅，如何出离鲁迅本身而成就其为当代艺术。

尽管《大先生》看起来十分新颖的戏剧形式因为不敢冒犯其内容而被四平八稳地拖拽以至割裂，但它毕竟走进了大型剧场，这也暗示我们的文化艺术界经常突然出现某种微妙的开明气氛。如果说，"反政治的政治"已经成为一种艺术上的陈词滥调，那么这种相对"宽容"的氛围，更应该催生艺术家内在的更多能量，无论是关乎鲁迅，还是中国历史上的其他思想人物或文化传统。

而作为一个"80后"的鲁迅迷，我期望看到更好的关于鲁迅的戏剧作品能够诞生，这并非仅仅关乎鲁迅，正如导演王翀所说，这还关乎我们这个时代。

"可怜的尚未成年的奥地利人民"
——伯恩哈德《英雄广场》及其他

2016年5月3日，在老友的怂恿下，我跟着大巴从北京出发去天津看戏。晚上七点开始，从第一场的沉闷，到第二场热血沸腾（我几乎想突然打断演出，给予鼓掌或尖叫），然后到几近恐怖的第三场，其结尾的声响效果，使我不自觉堵上了耳朵。演出结束，导演陆帕在掌声中蹒跚地从观众席走出来，有些颓废，却给我留下了深刻的印象。

克里斯蒂安·陆帕（1943—　），波兰克拉科夫国立戏剧学校导演系的一名教书匠。也许与他的成长背景有关，他身上带有鲜明的知识分子的忧郁气质。相比直接采用戏剧剧本演出，陆帕更钟情于小说改编，小说中脱离戏剧冲突的细节或者留白部分对他来说更具吸引力。在他看来，这些确切的细节和缓缓移动的场景，所传达的心理和情绪要远远大于故事。而且，他所有戏剧的统一性更体现了他在接受采访时所说的——"戏剧是通过导演去了解人的方式,而演员则是通过不同的角色了解自己"。① 而在奥地利小说家托马斯·伯恩哈德那里,我们也看到了他不厌其烦地寻找和确认自我的过程,在这个过程中充满了矛盾、痛苦与纠结。也许,这也是他吸引陆帕的地方,他在伯恩哈德身上看到了对人类无限的诠释空间。

在伯恩哈德《英雄广场》《历代大师》《我的文学奖》《维特根斯坦的侄子》那里,我感受到了一种激烈的情绪,就像帕慕克说的那样,"在那些书页里面,欣然接受他那无法遏止的愤怒,并和他一起愤怒"。另一方面,理性又驱使我去沉思,这愤怒从何而来。于是,作为一个读者,我渐渐地从敬佩、同仇敌忾,走向更为广阔的悲悯情绪。童年的被遗弃、少年时期的教育、战争、差点把他送进棺材的疾病,以及亲故的离去,这些都给了他深重的打击。他依靠写作独自面对这个世界,批判与死亡成为他书写的两大主题。他的每一部作品,仿佛都是有关死亡的操练:与死亡斗争,又与死亡和解。这是一个满身伤痕,即使到临了所谓幸福生活,也要通过批判来安抚痛苦和死亡伤痕与

---

① 《陆帕:我很讨厌一个故事被讲得太快》,《新京报》2015年5月7日。

记忆的人。直到生命力快要衰竭的最后，他还是写出了振聋发聩、颇受祖国非议的剧作《英雄广场》(1988)。他所批判的对象，涉及国家的政治、宗教、文化、教育、艺术等。似乎所有行业的人群，都能够从他的作品中获得愤怒和深思，正如伯恩哈德当年做法庭记者时的老上级赫伯特·莫里茨所说"有关伯恩哈德的讨论将越来越成为一个专业课题，我指的不仅仅是文学专业"。①

《英雄广场》讲述了法西斯占领奥地利五十年后，舒斯特教授仍然不堪忍受国家的种种（包括自己与家庭），最终选择跳楼自杀。自杀之后，他的仆人和家人分别从不同的角度讲述他的过往，并在葬礼后的聚餐中，已经患有精神疾病的教授夫人因不堪忍受不断出现的当年广场噪音的幻觉而骤然身亡。

本剧舞台的设置是极简主义的，色彩也极为素朴，随处透露着死亡与阴森的气息。对话成为这部戏剧的主要表现方式，连演员的行动也是微弱的。陆帕将伯恩哈德的原剧作伸出去的支离、芜杂和绝望的边际都芟夷了。这种低调、沉静、简约得甚至有些静谧的表达方式，逐渐绽开了

---

① 见许洁编著《伯恩哈德传》，中国友谊出版公司，2007，第232页。

一种强大的破坏力量，甚至要比伯恩哈德外向式的喋喋不休的叩问和呐喊还要来得猛烈。可以说，陆帕几近精确、晦涩甚至神经质地复活了伯恩哈德。

第一场是寂静的铺叙，冗长沉闷，也暗示了家庭温情世界的瓦解。两个仆人一边整理遗物，一边讲述舒斯特教授的生活。这暗示它不是纯粹的反权威、反暴政的政治戏剧，而且是一种对自身所属家国序列的沉思。管家齐特尔女士和他的关系极为密切。舒斯特教授除了指导她如何做家务（折叠衬衫）之外，还建议她给自己在养老院的92岁的母亲读托尔斯泰、果戈理。年轻的女仆赫尔塔则静静地倾听，间歇性地反复陈述舒斯特教授要带她去"格拉兹"。她是剧本中唯一失序的人物，来路不明，善于偷窃。她无人问津又认真缅怀主人公，似乎理解死亡，却又蒙昧地陷入极端的悲伤。陆帕在这部戏中，使她幽灵般地成为一种象征，或者僭越者，在第三幕的结尾，她缓缓地面对观众戴上了象征着教授夫人地位的黑纱帽。这个角色设计，是原剧作所没有的。

齐特尔太太漫不经心的讲述，复活了教授的形象。在舞台上，陆帕还让这回忆成为布景上的一个倒影。（这种一边舞台演出，一边播放纪录片式的片段的时空折叠法，好像已经成了当代戏剧的标识。）叙述展现了教授狂躁的一面：一方面他希望仆人能够接受他安排的精神世界和生活秩序；另一方面，他又极端憎恶外在的秩序。当年英雄广场的纳粹带来的破碎记忆使他的妻子得了病，她想要移走餐厅，但他坚持要餐厅邻近英雄广场。两个"从事人文学科工作"的女儿，让他更加厌恶，她们继承了他，成为下一代自私、专断、冷漠的人，同时也是他的"掘墓人"。在精神生活上，他将是否和他一样喜欢萨拉萨特、古尔德作为判断"同路人"的标准："不喜欢古尔德的人是危险的人。"他在家里执行着"暴政"，所有的亲人都背离了他，那个顺从的仆人齐特尔太太成了他精神王国的唯一臣民。他只允许他的兄弟罗伯特教授去参加他的葬礼，因为只有他是他的精神上的孪生者，就像尼采说的，"可是，一切创造者都是铁石心肠"。他在寻找英勇的同道，但却以一种近乎苛责的方式来对待周围的人。

第二场，舒斯特教授的葬礼刚刚结束，他的弟弟罗伯特教授和舒斯特的两个女儿在离墓园不远的人民公园的长椅旁逗留。他们身穿黑衣，听着乌鸦的叫声，罗伯特叔叔拄着双拐，甚至很难靠自己的力量站立起来，但他的精神世界却喷薄着愤怒的光芒。和两个年轻的孩子相比，他毕竟是一个久经沧桑的人，与已经死去的哥哥相比，他又是一个善于忍受的人。罗伯特叔叔一开始表现得十分消极，拒绝那个"胆大好斗锋芒毕露"的侄女安娜的请求——在抵制诺伊豪斯修路的抗议书上签名，他说，除非"他们要把我的房子夷为平地"。他"退缩到自己的内心去找庇护"。在侄女义愤填膺的一再要求下，他的真正自我开始爆发，他细密地揭示一切问题，从政党、宗教、知识分子、文艺界，到整个国家的任何一个角落。不是死去的哥哥，仿佛他才是真正的控诉者。

> 你眼前的世界都是丑陋不堪，都是彻里彻外的愚钝，无论朝哪里看一切都在衰败，无论朝哪里看一切都在荒芜……执政者毁坏了一切……建筑师毁坏了一切……知识分子毁坏了一切……民众毁坏了一切……从根本上说我很能理解你们的父亲，我感到奇怪的是，奥地利人民竟没有早就全部自杀……可怜的尚未成年的奥地利人民，所能做的只剩下演戏了。[1]

---

[1] ［奥地利］托马斯·伯恩哈德：《英雄广场》，马文韬译，上海人民出版社，2014，第421—422页。

这里，伯恩哈德借用"罗伯特教授"之口讲出了奥地利国家面临崩溃的真相，他代替舒斯特教授活了下来。

第三场罗伯特教授的愤怒已经被引出来了，他喋喋不休地继续揭露着这个国家的不可救药。他不仅炮轰其中存在的虚伪和愚钝，还愤怒于它失去主体性，一个曾经充满艺术独立性的欧洲民族，却开始处处模仿美国。

> 维也纳是一座冷漠的闭塞的灰色城市，美国的东西把这个城市弄得令人作呕，对美国的模仿把这里的一切都搞得不伦不类。①

城市缺少自我，市民是屠戮者，独立的个体只可能隐遁起来，他甚至还呼吁那些在他看来麻木的人：

> 比如您有时在餐馆里吃到了可口的美味，或者在一家咖啡馆里喝上一杯香浓的咖啡，但是您不要忘记，您所在的国家公众遭受危害的程度在欧洲首屈一指，在这里愚蠢在发号施令，人权遭

---

① ［奥地利］托马斯·伯恩哈德：《英雄广场》，马文韬译，上海人民出版社，2014，第453页。

受践踏……[1]

最后，陆帕舞台上的教授夫人，将眼睛看往观众，而她濒临崩溃的静谧被窗台玻璃的破碎声打破了，与伯恩哈德剧本中的猝死不同，但却带来同样的震慑力量。

这部戏被人们惯常地认为是反思纳粹及其恶劣影响的作品，但通过作品，我们能够感受到这种情绪的强烈延伸，所有人都在外界找到一种卡夫卡式的"纳粹"时，才是更深层意义上的存在之痛。前者不过是他生存痛苦的一个重要靶心而已。《英雄广场》中教授的自杀，可以归因于堕落庸俗的奥地利文化，正如《历代大师》中雷格尔妻子的"死"，也要归功于一个充满缺陷的环境，如作品中主人公反复念叨的那样：如果广场上的雪及时铲干净，妻子便不会摔倒，如果早抢救半个小时，就不会拖延治疗，如果不是庸医，就不会直接导致死亡。这个逻辑强大、无情，甚至近乎苛刻，但却带有完全的理想主义色彩。它表达着任何一点糟糕都要清除出去的暗示，而世界处于永远的不完满中。鞭策不可避免。

---

[1] ［奥地利］托马斯·伯恩哈德：《英雄广场》，马文韬译，上海人民出版社，2014，第483页。

与死亡密切相关，在他的作品中我们看到了他内在的艺术谱系：作家、画家、音乐家。《英雄广场》中的舒斯特教授也是在艺术无效的情形下才选择的死亡。作品中，他谈到"艺术个人主义"——"几乎不能容忍除我之外还有别的人拥有和享受这些艺术家"。[①] 但同时，他又无法想象别人不能理解和喜欢古尔德、萨拉萨特，这好比是一条深深的审美的迷醉的陷阱，一个危险的安全。在《历代大师》中，他对艺术的缺陷了如指掌，用一种近乎夸张甚至诅咒的方式将其大卸八块，这种方式和艺术品之间构成某种势均力敌的对峙。愈是艺术个人主义的，愈是亲近的，愈是孤独的，愈是真诚的，也愈是危险的和缺陷的。

与此密切相关，围绕着伯恩哈德作品，有一个明晰的线索就是"自杀"。(《英雄广场》中教授最小的弟弟在诺伊豪斯跳窗自杀)这当然和他的经历密切相关。他所敬爱的外祖父，其哥哥死于自杀，自杀被外祖父在伯恩哈德的童年时期反复赋予哲学与文艺形式的描述——"将自身从红尘中解放出来，他说，这实在是唯一美妙的想法。唯一

---

① 见[奥地利]托马斯·伯恩哈德：《历代大师》，马文韬译，上海人民出版社，2013，第221页。

确实能令人惊异的想法"。①伯恩哈德的生父在三十多岁时也酗酒而亡,他自己童年时曾经在小阁子里不堪忍受纳粹少年训练营的教育试图自杀,他甚至目睹过几个同学的自杀,而由战争引起的死亡的气息,也时刻在他的身边弥漫。

我要活下去,所有其他的都没有意义……这是一个已经放弃努力的人,在看到别人在他面前停止呼吸的情形时,所做的决定。②

于是,他的后半生一直在"向死而生",一直笼罩在死亡的阴霾里。他毫不留情地洞察国家、社会和人性中的庸俗、无能、贪婪。即便后来,他遇到人生中的"母亲",一个年长他三十多岁的贵族寡妇海德维希·斯塔维安尼切克,在她的精心呵护和鼓励下,养成了较为精致的生活的习惯,(《英雄广场》中的衬衫和皮鞋的场景恰恰是对这位"亲人"死后的缅怀)但她的存在,并没有让他的作品主题变得明朗温暖,而是有条不紊地延续有关死亡的主题:"如果想到死亡,那么一切都是可笑的。"在戏剧中,他把

---

① 见许洁编著《伯恩哈德传》,中国友谊出版公司,2007,第65页。
② 见许洁编著《伯恩哈德传》,中国友谊出版公司,2007,第127页。

死亡和世界的不完备放在一起，用一种近乎病态或者将死时"其言也恶"的真诚语言，叫醒沉睡的读者和观众。有意思的是，他的作品有一种近乎喜剧的荒诞和夸张，这似乎也与死亡有着密切的关系，他说，"谁躺在垂死的病榻上，还能写出喜剧和笑剧来，那么他就无所不能"。[1] 面临死亡的大笑，在他的剧中出现的次数很多。《英雄广场》的结尾，教授的儿子卢卡斯打算与新认识的演员女友去观看喜剧《明娜·冯·巴尔海姆》，这一情节绝不是简单地对卢卡斯这个人物的否定，而是似乎藏着一个隐喻。

《英雄广场》在上演后的一段时间里，引起了一大波国内观众尤其是知识分子和戏剧人的大讨论。他们群情激愤，一致认为《英雄广场》近乎是一部演给中国人看的戏，因为我们在这样一个"自毁家园的叛徒"中陡然看到了自己的影子。然而，正如陈丹青所说，伯恩哈德的作品虽然充满了伤痕之"嗔"，但我们还缺少这方面的戏剧美学的建设。《英雄广场》还给了我们一个启示：那些燃烧着信念和灵性的契诃夫、陀思妥耶夫斯基、伯恩哈德，在被重新戏剧化的道路上复活。即便这种素朴的"回报"带有某

---

[1] 见许洁编著《伯恩哈德传》，中国友谊出版公司，2007，第25页。

种复制性，包括陆帕在本剧中添加的那些渗透着他的理解的形式——配乐以及墙面上的影像，也许还有从已经古旧的塔可夫斯基电影中借鉴过来的元素（如电影《牺牲》："我们的文化，或者说我们的文明，完全就是垃圾，我的孩子。"），但经典和传统一旦被忠诚地艺术翻新，就属于另一种意义上的回敬。我们还缺少这样的作家，更缺少这样的戏剧家。

经典话剧重排的尴尬
——评 2016 人艺版《樱桃园》

俄罗斯文学的忧郁特质总是能够吸引我。这种忧郁不是自寻烦恼,而是面对生活的真诚和焦虑。至于契诃夫,或因其散淡自然的语言为年轻时所不能体会,真正爱上他是在近些年读他的短篇小说时。而其著名的戏剧作品,集中在他生命的后半段,早年的独幕剧《熊》《求婚》《大路上》等,使人懂得他的风格何以被称为"带泪的笑"。这些作品中的人物无非是地主、贵妇、女儿、管家、仆人、医生、商人、家庭教师,但在他们身上,总能够看到属于整个人类的苦恼。那些已经成为经典的剧作,如《海鸥》《伊凡诺夫》《万尼亚舅舅》《三姊妹》,总能让人看到这些苦恼者在生活和艺术中的深情与忧郁。

《樱桃园》是他的最后一部剧作,半年之后我们的这位剧作家与世长辞。借用剧末樱桃园的老仆人费尔斯的话说:"生命就要过去了,可我好像还没有生活过。"这部作品或许还包含着我们这位壮心不已的作家最后更加神秘、深邃的关于生命和生活的思考。很显然,《樱桃园》将一个庄园的风云变幻写得平心静气、轻盈诙谐又危机四伏,是一部对旧文明和其中附着的人群的充满诗意的挽歌。作品中弥散的每个人物,都有自足性,看似毫无关联,却又都在它的体系之中。而且,在平静之中展开戏剧冲突(甚至没有什么集中的冲突)是他剧作的风格。由于契诃夫的剧作结构和人物设置上的自由性,其戏剧具有非常独立的文学性。因此,如何呈现这样一种广阔的诗意,是摆在试图把它们搬到舞台上的历代导演和演员面前的首要问题。

在我国,较近的引起对契诃夫的剧作广泛讨论的,要算二十一世纪初,契诃夫逝世百年纪念时林兆华等人编导的作品。在他的这些包括《樱桃园》在内的剧作演出之后,《读书》上曾有长文讨论,参与者有国内的学者、诗人、作家、剧作家。他们对契诃夫及其剧作,以及对中西契诃夫剧作的排演进行了一番研讨。在形式上,林兆华依然发挥了他甚至有些无厘头的"实验"特点,将舞台设置成一个并不"芳香"的樱桃园:肮脏得到处是光秃树枝的将要颓废的荒原。这似乎暗含了一种象征:人们所眷恋的美好和你所恐惧的未来也许都只不过是一片废墟。旧的现代戏剧形式面临挑战，居于人艺正统位置的林兆华曾经不无厌倦地说：

> 《樱桃园》的着眼点，既不在于宣扬社会进步的理想，也不在于对没落阶级和旧事物灭亡的悲叹。契诃夫感兴趣的，是人在永恒的变化面前永远的无奈与困境。①

林的契诃夫剧作引起了人们的好奇、称赞，当然也有对他的激进的形式不无委婉的批评。而饶有兴味的是，同时正在北京上演的俄罗斯版的《樱桃园》，却在形式上用较为传统的戏剧模式贴近契诃夫的这种"世纪末的哀愁"。

2016年6月，我抱着很大的期待去王府井的人民艺术剧院看了李六乙版的《樱桃园》。除了阅读外，看剧作的排演几乎是和这位相隔一个多世纪的天才亲近的最有效的方式了，相信大多数作为创作者的导演和演员也是怀着同样的忠诚来接近契诃夫的。然而，看到了大半，确切地说，是"忍耐"了大半之后，不得不下这样的判断：总体来说，

---

① 见李亦男:《找到樱桃园:话剧〈樱桃园〉评论》,《读书》2004年第12期。

这部戏是令人失望的。演出开始半个小时左右，周围依然还有聊天的声音。后来，中场休息，不少人都没有再回来。下半场开始，我终于承认了自己努力的失败，居然感到百无聊赖，于是在黑暗中向经过的观众致歉而匆匆离场。

回到家之后，我无意中看到了一条有趣的资料，可以说，第一次排演契诃夫的这部作品的斯坦尼拉夫斯基的关于《樱桃园》的议论，正是对这场戏的有效注脚。据他回忆，当时的剧本还在不断的排演中修改，而本剧直到后来才被定名为"樱桃园"。也就是说，在我们现在看来明确的"主题"，实际上也是在逐渐的上演过程中形成的。所以，要演出《樱桃园》这样的剧本很难，因为：

> 它的妙处就在那难以捉摸的、深深隐藏着的芬芳之中。要感觉到它，就必须象打开的花蕾那样，使花瓣舒展开来。但这应该自然而然地进行，不带任何的强制，否则便会糟蹋娇柔的花朵，使它枯萎了。[1]

---

[1] [苏]斯坦尼拉夫斯基：《我的艺术生活》，史敏徒译，中国电影出版社，1987，第318页。

他还指责那些失败的作品说:

> 我感到他们是过于直线条了,缺乏艺术敏感、想象力以及深入艺术作品本质的能力。这是由于以平凡庸俗的态度对待艺术造成的,这种态度会使艺术失去其主要力量。①

正因为如此,在演出时,"剧本的主导主题往往被遮盖起来,而世态风俗的细节过于明显地被提到了首要地位。经常改变中心,这不仅是导演的过错,也应该归咎于演员"②。李六乙及其创作团队的这部作品恰恰犯了在解读《樱桃园》时众多的创作者最容易犯的整体的错误,虽然在形式上,它看起来是很时髦的。而在把握剧作的整体气质之前,什么样的形式很显然不是那么重要。

在中国,《樱桃园》二十世纪二十年代就被翻译了过来(耿式之译,商务印书馆,1921),后来又有新的译本,

---

① [苏]斯坦尼拉夫斯基:《我的艺术生活》,史敏徒译,中国电影出版社,1987,第325页。
② [苏]斯坦尼拉夫斯基:《我的艺术生活》,史敏徒译,中国电影出版社,1987,第325页。

随着时代的风云变幻,对于它的解释也多半停留在"樱桃园"作为当时俄国社会的"象征"上。一直到了二十世纪四十年代末,夏衍还撰文说《樱桃园》给予中国知识分子启示:由于与地主阶级之间的复杂关系,使得他们很难像农民阶级一样与之决绝地告别,因而应该深刻醒悟,"咬紧牙齿",迎接"一个阶级几千年间积累下来的血债的偿付","这又是一次知识分子脱胎换骨的试炼"。[①] 新中国成立之后的文艺,在经历了二十世纪的勃兴之后,出现了多元化的趋势,各种价值观念和形式都充斥在一片看似十分繁荣的局面之中。正统的戏剧样式也面临着挑战。这种挑战不仅仅在于创作者急于运用先锋的形式,还在于先锋背后如何更新经典的内涵以及外延。

很有意思的是,我们在李六乙的这部戏中似乎看到了转机。至少在表面上也是可以和林兆华的"废园"的形式感相媲美的。它的场景几乎(毕竟我没有坚持看完全剧)设置在一个看起来相当时髦的布景中,透视延伸到远方,从舞台到远处摆满了被颠倒的椅子("椅子"似乎是李六乙的契诃夫剧作中比较喜欢的形式符号,它也是他的《万

[①] 见夏衍:《从"樱桃园"说起》,《野草》1947年第6期。

尼亚舅舅》里的重要意象。不过这个场景与《樱桃园》原剧作的第四幕描述上相类似,打破了原剧中四幕不同的景象,整剧场景都没有太大的变化)。女主人公柳苞芙归来,她坐着端正的"椅子"和仆人送过来的"脚凳",念起往日的旧时光。"脚凳"用小毯子代替,舞台上还有一块大的地毯,在场景和中心转换时发挥它的作用。这是原作中没有的,带有象征意味。另外,所有的角色几乎都"长"在这样一个纵深的舞台上,他们随着场景的转换,情节的递进,在灯光的指引下通过语言"亮"起一个一个散落的细节和情节。倘若时间静止,这种简洁、大胆甚至有些粗糙的舞美方式看起来实在令人充满期待。但是遗憾的是,这种十分洋气的方式,并没能将契诃夫和他的诗意在本剧中复活。说到最终,还是这个作品在格调与氛围呈现上的单调和平庸,更不用说已然脱离了原作的思想性和文学性。

在剧场的人艺展板上,有扮演着地主柳苞芙的卢芳和扮演商人罗伯兴的濮存昕作为主要角色的《樱桃园》海报,这个似乎仍然暗示了上述新中国成立以来一贯的甚至可以追溯到苏联建国时期的对于《樱桃园》阐释上的二元对立:代表旧的大庄园贵族和作为新的地产商(资产阶级)之间的冲突和更迭。然而,如一开始所述,契诃夫戏剧的一个明显的特点就是规避矛盾和斗争，他的作品多半没有完全的恶人，人物以一种散漫的方式呈现在舞台上，正如他短篇小说中的人物一样，纷纷露出恬静、愁苦的神情，这是契诃夫戏剧的特质。正因为此，它才具有一种永恒性——我们甚至能够从柳苞芙和他的兄弟加耶夫身上看到目前中国城镇化转型中农民的命运，看到现在的时代变迁中，我们的投机商人、知识分子、勤劳女性、游手好闲子弟等各自的苦恼和归宿。

因此，本剧的演出让人觉得故事扁平化，丧失了多点透视，许多其他的角色纷纷缺少自足性。例如，剧中的"次要人物"夏尔洛塔，她原本迷惘、痛苦、灵巧，有着娴熟的技艺，但在我们的舞台上看起来类型僵化，只是将酒杯的魔术（原作中是"大变活人"）变得无懈可击，最精致完美也不过为观众提供一个真的具备神奇功能的魔术师的噱头罢了。其他角色的语言，也好像是被剧本抛过来的，他们接过来，然后再抛出去，没有灵魂，没有痛苦，没有灵巧，没有五月寒冷的静谧的白色的花香。即便是两个"主角"的扮演者濮存昕和卢芳，我也未能从他们身上看到各自的光辉。柳苞芙，一个纠缠着各种矛盾迷惘，比安娜·卡列尼娜的痛苦还要多上好几层的中年女性，却只是在舞台上表现出底气很足，台词很熟练。在深夜见到大学生特罗菲莫夫时，她回忆起溺水的儿子，从号啕大哭到平静的转换，让人觉得虚假得可怕。濮存昕所扮演的商人罗伯兴——《樱桃园》中唯一勤奋投机又充满怀疑的人——身上莫名其妙地多了一层颓废和软弱，他只是在舞台上上下求索、周旋，没能够展现出性格中另外的果断明智、知恩图报。

整剧依靠充满学院感和虚弱感的台词支撑着，失去了塑造人物和舞台风格的功能，那种大变革时期呈现出的裂缝与痛苦并没有实现轻盈的转换。剧作中提到的尼采，还提到的乐队，如此带有生命浓稠度的元素，竟然在舞台上如执行任务般地被一带而过。形式呆板、刻意和僵硬，同时又看起来被周围不相干的多余的人和椅子弄得异常烦琐。另外，我们知道，《樱桃园》是"四幕喜剧"，契诃夫也是一个喜剧高手，在他早年的独幕喜剧中能够看出这种天才的能力。《樱桃园》中的每一个人都带有各自的哀愁，但同时跳脱出来看他们身上又都有些滑稽的因素，如何把握和平衡也是演绎本剧的一个很大的难题。

总之，在人艺这部作品中，我们看到导演试图通过形式的革新带动对契诃夫美学上的重新解读，但因为缺少对契诃夫思想的深刻把握和对戏剧角色的自足性的足够尊重和千锤百炼，使得这部戏仍然封闭、断裂，从而造成斯坦尼拉夫斯基说的"平凡庸俗"的效果。它试图从斯坦尼拉夫斯基的经典的"感伤的现实主义"之路走出一个新的现代路数，却呈现出令人隐忧的邯郸学步来。其实，这是我们国内所谓学院导演和演员在思维模式和表现方式上普遍存在的问题。他们渴望有所突破，但却很难走出已然僵化的戏剧牢笼，甚至丧失了过去传统戏剧的活泼形式。很显然，李六乙的作品试图在"现实主义"和深受后现代剧场影响的林兆华的"先锋"之间做出某种调和，但我们还能从他的作品中看到这种嫁接的疤痕。这不禁让我想到一个问题，非但《樱桃园》，其他经典作品亦然，重排的意义何在？尤其在缺少能够与大师对话的能力，或一并缺少足够的创造力将这种对话呈现出来时。当然，也许这部戏的结尾是令人惊艳的，可惜我没能够等到。

达里奥·福：醒世的丑角

2016 年 10 月 13 日，1997 年诺贝尔文学奖获得者、意大利著名的先锋戏剧家、晚年致力于意大利政治和环境清明的激进派达里奥·福（Dario Fo）去世。同一天，瑞典文学院宣布了 2016 年的文学奖授予美国那位历经半个多世纪的文化、政治变迁与个人沧桑的民谣老枪鲍勃·迪伦。这两个事件多少引发了人们对于这两位"非典型"文学家的重新关注、质疑和讨论。对于中国读者，最熟悉的莫过于福的戏剧《一个无政府主义者的意外死亡》在二十世纪末的被改编，而鲍勃·迪伦，这位几乎与美国"垮掉的一代"践行者杰克·凯鲁亚克齐名的民谣界先驱也一直潜移默化地影响着中国文艺界的知识分子、青年人。还记得我在 2011 年的某一天的日记中写了这样八个字：海婴去世，迪伦来唱。总之，两人在不同时期获得诺奖，似乎暗示着同一种现象：被普遍认同的文学有可能不再只是传统意义上的纯艺术性文本，而是对语言、政治、文化、历史带有某种解构特点的整体性文学。他们的文学因伴随着行动、介入、参与而带有强大影响力。

达里奥·福，这位精力充沛、"色彩斑斓"的"牛虻"[①]曾经一度引起我们的大讨论。二十世纪九十年代，他获得诺贝尔文学奖的消息传到中国之后获得了巨大影响，《一个无政府主义者的意外死亡》成为他在中国最具代表性的传播方式，尽管这部剧作被先锋戏剧导演孟京辉、剧作者黄纪苏等人改编得已经"入乡随俗"，"采用的原作内容仅仅占了百分之二十"。对于创作了七十多部剧作的达里奥·福来说，中国在这方面的有效改编还屈指可数。除了《意外死亡》的反复排演外，近年孟京辉似乎开始再次启动和达里奥·福的对话，排演了《他有两把左轮手枪和黑白相间的眼睛》，但并未引起较大的轰动。值得一提的是，在台湾的剧场，已经上演了他的《开放配偶》《意外死亡》《绝不付账》《一个平常的日子》，据说这是因为台湾社会也常常处于政治社会的闹剧中。台湾剧场的影响力也渐渐

[①] 见李陀：《一只色彩斑斓的牛虻》，《读书》1999年第1期。

进入大陆，2014年赖声川和他的团队演出的《绝不付账》及2016年在北京上演的《开放配偶》，都显示这些作品以异常小众、平和的方式传播。

中国戏剧尤其大陆戏剧界对达里奥·福的理解也常常限于他的政治意义，或许正是这个原因，他的作品在中国也只是一度的热闹，并且曾经引起部分精英知识分子在特定时期的感伤式表达。二十世纪九十年代末期《意外死亡》上演之后，曾经引起文学界、戏剧界的大讨论，时任《读书》编辑的汪晖说："一切一切不会结束，要结束的；一切一切要结束了，不会结束……这是没有终结的历史？这是意识形态的终结？"① 这种拿达里奥·福事件及其剧作来浇自己块垒的方法正可以证明他的意义在中国仍将继续存在下去。

在二十世纪末，这些知识分子还曾以异常精密、完整的方式介入到中国的文艺现象和思潮之中，而后，他们"有的退隐，有的高升，有的前进"，逐渐褪去那些丰润、多彩、虚空，进入到这些外来者所蕴含的政治含义之中，试图建构出一个有利于中国大众的生活并足以拿来践行的理论体

---

① 《编辑手记》，《读书》1999年第1期。

系。后来，有浸淫于西方艺术理论的研究者认为达里奥·福的获奖，实际上暗示了先锋戏剧的"终结"：

> 文学主流机制在世纪末收编最后一批六七十年代文化革命者和艺术反对派的策略：授奖、将革命运动写进博士论文、将先锋放入历史，而静待他们的终结。①

福用表演发出的声音和制造的意象介入现实，这被认为是超越了文字为主体的文学表达方式，是当时的"先锋"，现在的"主流"。总之，无论达里奥·福以何种面貌出现在中国文艺界，他依然是那个在动荡和骚动的历史之中，用自己的方式来目击与演绎现实的作家。他的意义，也随着他的离开，带给我们新的反思。

文学家达里奥·福：传统与现实

在中国，较有影响力的达里奥·福的戏剧改编并不多。中国读者不得不拿他被翻译过来的剧本当文学读物来读。

---

① 王昶：《达里奥·福：他与历史》（下），《外国文学动态》1998年第3期。

其中，较为特出的译者有吕同六、黄文捷，他们的翻译行为也基本上集中在达里奥·福获奖之后的一段时间。达里奥·福的作品继承了中世纪即兴戏剧和意大利民间文艺传统，多半讲述底层人（尤其是夫妻——或许与达里奥·福和他的妻子弗兰卡·拉梅在戏剧上的密切合作经验有关）与警察、教授、医生、神父等国家公职和神职人员之间的周旋和斗争。他还善于使用"戏中戏"的方式，让警察、小偷、无政府主义者、流氓无产者、意共分子、社会主义者、黑手党、魔术师、电车司机等角色互混。表面上看，这种斗争是滑稽可笑的，其中包含大量流俗的内容，例如《不付钱！不付钱！》中，丈夫吵架完将自己关在衣橱里，拿进一个小的台灯、小的扶手椅，在里面读前意大利共产党总工会起草的《纲领》；《他有两把左轮手枪和黑白相间的眼睛》（1960）中乔瓦尼用枪点灯、关灯，击掉了邻居路易吉的鼻子；《滑稽神秘剧》（1969）中的醉汉薅天使的羽毛；《遭绑架的范范尼》（1975）中政治家范范尼（男）被送进妇产科医院生出孩子来。很显然，这些情节有着鲜明的服务甚至取悦群众的目的。但在笑谑的背后，可以看出其中的小人物都是生活的沉重负担者，是食物链的最底层，也是被侮辱和被损害对象。达里奥·福用一种轻盈戏谑的方式，贬斥神学和政治权威，让这一群没有尊严、权力的苦难中的人，参与现实生活，甚至最终赋予他们一种胜利者的姿态。

从某种意义上说，剧本分为可读的和不可读的。可读的就是文学性很强，比如契诃夫；而不可读的，更多提供的是戏剧信息，主要为演出服务。达里奥·福很显然是属于后者，但这并不意味着其剧本缺少诗意。例如《他有两把左轮手枪和黑白相间的眼睛》源于一场带有魔幻性质的分身术（真假乔瓦尼），揭示一个在战争背景下的士兵（同时也是偷盗者）对战争及其国家机器的抵触。其中天真自然的民间百态，如万花筒般回环往复地滑稽游离，同时也强有力地呈现了严肃的政治批判。作品开头合唱道：

> 今天被钉在高加索山上的普罗米修斯／仍像一头山羊那样悬在那里：脾脏外露，嘴里含满鲜花。／而这是对你罪有应得的惩罚。／……／我们从大脑中发现的任何反常的东西都可以通行。／但是，倘若大脑不接受它，那就会有非逻辑、疯狂、荒谬和病态产生。／……

这一意象及其阐释，可以作为达里奥·福的戏剧主线。"非逻辑、疯狂、荒谬和病态"的戏剧正是他对世界中的"反常""不同意通行"的态度。

在达里奥·福的作品序列中，我们似乎也能够看到熟悉的意大利文艺传统中的元素，例如那些在费里尼的电影里也能看到的马戏团、魔术、小丑。只不过费里尼的诗意是人生哲学的，而达里奥的舞台诗意，来源于尖酸刻薄、游戏恣谑、粗野放浪背后的政治对抗，是属于大众的"狂欢化"的粗糙诗意。同时，达里奥·福从意大利民间滑稽剧中汲取简洁有效的喜剧因素，形成他独具特色的黑色幽默，使得剧情并不恐怖、残忍，但却有着强烈的政治暗示和反讽性。

戏剧家达里奥·福：先锋与变革

达里奥·福的先锋性很显然也体现在他当时不受主流文化的认可。但是，福的作品"内容和形式都是时间和历史的一种晴雨表"，福既是"薄伽丘以降的民间文学'讽刺'传统的传人"，又是"十八世纪即兴喜剧艺术的重振者"。

他的作品是"拒绝细读、默想、阐释的"。[①]而先锋和左翼的结合，构成了二十世纪达里奥·福戏剧经典的魅力。

比较吊诡的是，达里奥·福获得诺贝尔文学奖，显示了先锋戏剧走进主流，形成了对抗资本主义和随后被资本主义权威所容纳的尴尬，"他们把炸药变成了礼花，把毒药变成胡椒"。实际上，在获诺奖的近半个世纪之前，达里奥·福的妻子、戏剧的密切参与者弗兰卡·拉梅就曾经发现了这一问题（"我们竟变成了为这些丰衣足食、优雅睿智的中产阶级服务的吟游歌者"）。为保证其戏剧的革命性，他们摈弃资本主义市场决定性的"包容"，转而走向更为边缘的民间。他们建立戏剧公社，将剧场设置在广场、街头，以及其他下层人聚集的地方。同时，思想上的坚定的政治立场，对主流社会文化的贬斥和破坏，导致了先锋戏剧在形式上的必然变革。这种先锋性，体现在打破剧场、观众、舞台、演员界限，演员、导演、编剧的合而为一。故事的破碎，形式的夸张，对经典的戏仿，都在提示这再也不是传统的戏剧样式。

在中国，从二十世纪九十年代至今，先锋戏剧同样

[①] 王昶：《达里奥·福：他与历史》（下），《外国文学动态》1998年第3期。

受到诸如达里奥·福等剧作家的启发。他们步这些先驱者的后尘，推动着戏剧不断走向装置化和形式化。例如林兆华、孟京辉，年轻一辈如李建军、王翀等，他们都试图通过重新解读经典和展示现实生活来发挥创造性。但同时这也存在一个问题，与达里奥·福相比，他们的趣味和被迫的市场化，使得其剧作内核缺少更多群众性的观众。这种倾向仍然是延续了二十世纪末《一个无政府主义者的意外死亡》的"非大众性"。除此之外，中国当代的先锋戏剧，往往在戏剧形式上模拟西方戏剧装置，但是在内核上往往缺少与中国传统及当下对话的能力，许多优秀作品至多也流于"历史的长夜真的会过去吗？让我们去做点燃朝霞的人吧"（孟京辉版《一个无政府主义者的意外死亡》）的感叹之中。而实际上，在目前经济、文化大发展的时期，正需要这样带有强烈的"人民"倾向的作品，来补充我们的"有机知识分子"的参与力量。

行动者达里奥·福：疯癫与文明

在欧洲，有两种对峙权威赢得社会普遍的良知和公平的方式，一种是福柯式的，一个是葛兰西式的。他们分别从"疯癫"的文艺和理性的"有机知识分子"的角度参与文化和政治。"疯癫"在知识谱系上有着重要的文学意义。从陀思妥耶夫斯基到尼采，从达里奥·福到福柯，从嵇康到"狂人"，正如达里奥·福借用剧中人所言："万岁！能解脱人间烦恼的'狂症'。"1970年达里奥·福《意外死亡》的演出，紧随1968年那场众所周知的至今仍意义晦暗不明的社会运动。作品借助一个疯子缓慢的、反讽的、戏仿的方式还原残酷的社会案件：米兰爆炸案和皮内利谋杀案。他刻意通过戏剧的方式"闹得满城风雨，因为人们总是那么漫不经心"。①

达里奥·福的戏剧站在"人民"一边，为"人民"而写，他的剧作也在广场、街头、工厂、学校等并不被资本主义市场所占领的缝隙里上演，仿佛钢铁水泥夹缝中的野草一样蓬勃生长。他天赋异禀，竭诚为自己的父母（铁路工人和农民）所代表的底层群众服务。他一生都在利用讽刺剧的方式来直接影射现实，针砭时弊。他秉信戏剧家布莱希特的话：黑暗时代中，我们揭露黑暗，美好时代才会到来。实际上，文学上的戏谑所包容的感伤与严肃，都在揭示变革时期人们处于压抑阶段的愤怒和爆发。达里奥·福的命

---

① ［意大利］达里奥·福：《一个无政府主义者的意外之死》演出后记，见《不付钱！不付钱！》，黄文捷译，漓江出版社，2001，第213页。

运和他的时代给了他双重的使命，他所有的"疯癫"的演绎，都是为了指向未来的文明。

鲁迅在评价萧伯纳戏剧时说，因为爱，所以围拢来，因为怕，所以被称作"讽刺"。[①] 达里奥·福作为无数个"即兴喜剧""人民的戏剧""政治讽刺剧"的缔造者，正给人们以严肃的醒世的勇气。他的同乡费里尼说，用电影"叙述"与思想合拍的"一切事物"，使自己成为"一个预言家，一个目击者，一个醒世的丑角"。达里奥·福的意义，也正在此。

颇有意味的是，由于种种原因，在中国，先锋戏剧家的作品，包括对达里奥·福"戏仿的戏仿"，其背后的感伤、模糊与迷惘的抒情咏叹（"我是人民，无数的人民""秋风萧瑟的古往今来，总是总是响着人民的歌唱"。见孟京辉版《意外死亡》)，与达里奥·福一如既往地直击现实的群众性戏剧之路，形成鲜明的对比。

---

① 鲁迅：《萧伯纳在上海》序言，见瞿秋白编《萧伯纳在上海》，四川人民出版社，1983，序言。

孤独者的呓语与游荡
——陆帕《酗酒者莫非》的象征与诗性

2017年6月24日晚，我在天津大剧院观看了《酗酒者莫非》首演，该剧作根据中国作家史铁生的作品改编，加上两度间歇，整场演出共五个小时，延续了陆帕导演一贯工整简洁、绵里藏针、滴水穿石的风格。翌日，作品演后谈在剧院多功能厅进行，嘉宾们纷纷表示，这部作品在形式上有很大的突破，尤其是近乎完美地实现了史铁生原小说中将电影与舞台结合的方法。时至今日，这部奇特的作品在豆瓣等网络媒体上的评价颇高。然而，在内容上，剧作似乎还不能令人满足，尤其是那些熟悉文本的专家，他们会感到有些地方偏离了史铁生。

史铁生是中国当代作家，他笔下人物多是自身经验的外化，都带有哲理意义上的生命困顿。他是一个天生的思想者，善于独白和呓语，语言内部有一种近乎惨淡的幽默，他依靠自己的特殊生活体验和灵魂拷问，建立自己的身份尊严和生存哲学。例如，在《命若琴弦》中，有老少两个盲艺人，他们失去生活的欢乐，只能没完没了地弹琴，直到弹断一千多根弦。《我之舞》则是他自传性的《我与地坛》的副本。史铁生的经验多来自特殊年代，对人性有深刻的理解。如小说《兄弟》，在审讯中，"我"的同学因获罪遭到枪毙，行刑现场的旁观者说："怎么回事？他的血也是红的。"此种冷酷而荒诞的表述，是人们在那个时代前后的真实体验。史铁生《关于一部以电影作舞台背景的戏剧之构想》是一部奇特的剧本或小说。作品中运用碎片式的梦境般的意识流的语言，讲述了醉汉 A 在梦境、幻境和现实生活之间的交织不清的混沌状态。

不同的是，在这出戏剧中，陆帕将史铁生的《原罪·宿命》《我与地坛》与上述母本《构想》糅合，给主人公 A 一个原型的铺垫。他以其具象的身世引申到了抽象的人的困境。我们在里面看到的不管是莫非还是 A，都是带有史铁生烙印的同一个人。陆帕去除了作品中的很多具象甚至温馨的元素，那些看起来比较明丽的色彩，如动物园、少年宫，这些虚幻中荒诞、轻柔的景色，都在陆帕的戏剧中去除或变形，转向一种完全内在的孤独境遇。"醉"好比是酒神的恩赐，使得他的自由意志能够摆脱肉身的无能，即：从生活到社会角色的无能。原作中作者对社会环境和人的生存困境的自白或控诉，都被陆帕挪用在了舞台上，充满了哲理诗的趣味。这让人联想到他在前几年搬上中国舞台的《伐木》《英雄广场》等，这些人物都是生活中被迫或主动的失意者，他们跳出世界的既定规则，通过独立的思考对外在的道德规范进行反诘或控诉。

陆帕在电影幕布中呈现一个钢铁水泥的城市广场，来来往往的人，面无表情，没有故事。实存的舞台两侧有垃圾堆和脚手架。中间则是莫非，他蜷缩在自己的灵魂世界，有时候是一个残疾人，有时候是一个酒鬼，有时候是梦境的主人公，有时候又像是残疾人的灵魂，这些形象恍然迷离，不分彼此，又相互融合。

剧中莫非是一个异于常人的醉鬼，他说他不是利用酒来"无病呻吟、装疯卖傻"，而是因为爱，爱它，"屈服于它，把自己交给它"。在这样一个绝对纯粹的语境中，游走在舞台上的已经不再是一个具体的人，而是一个象征，一个符号，一个哲学化了的个体。陆帕甚至在莫非和杨花之间，于第一幕的结尾，幻境般地给莫非加上了一段诗意的自白：

……天啊,我好多了,它变成了某种善,我心里的黑暗和邪恶它们曾缠上了我的身体……现在和泪水一起从它那里流出的却是善。你能感觉到么,你伸出手,拿着我的泪,从我这儿拿着全部的善,我不会以别的方式把它传给你,它现在还是无形的,无名的……它可能将突然消失了,回到身体里,回到眼窝里,也就是黑暗和死亡居住的地方。杨花儿,你接受我的泪,接受我的善……只有这样你才能救我……杨花儿,你收下这些眼泪……酗酒者是另一个人。

杨花是爱的化身,是他在人世的唯一以酒鬼的样子(独立自由状态)存在且仍爱着他的化身。他在杨花面前脱光了衣服,袒露了自己的孤独和痛苦。史铁生的独白式的语言,到这里彻底成为一个被酒神贯注到了灵魂的存在之痛。

原剧本中三个跳舞的女孩,被设置成了代表古希腊妩媚、优雅、美丽的三位时髦的女神"卡里忒斯"。她们堕落、无聊、说脏话,莫非在醉酒中看到她们,跟随她们走进了一个迷宫。临行前,其中一个女神指着他的轮椅说,你的东西不带了吗?他说,不带了。显然,莫非灵魂又出了窍,

"酒"和"烟"同样是通往神秘之门的钥匙,然后他们一起在一个奇怪的婚纱店里游荡。三个"女神"的主人居然是一个名字(Tiang)并不可解的店老板。整个场面显得异常荒诞,莫非在这样的"太虚幻境"中跟随她们,找不到任何出路,身心交瘁。这一瞬间仿佛让人看到电影《低俗小说》中主人公陷入的危机世界。这样在古典诗歌影响的焦虑下,陆帕将浮士德或奥德修斯的探寻变形,转喻成为传奇、荒诞又充满内在矛盾的当代精神书写。这已经不是古典意义上的寻根之旅,莫非注定寻找不到任何结果和意义。众神死去,"神"之存在似乎比人还要丑恶和荒诞。这种带有后现代解构性质的困境,构成陆帕将史铁生的少女舞蹈情节哲理化后所开的一个玩笑。不过,这似乎也合于史铁生在剧本后记所言:"这样的戏剧很可能是上帝的一项娱乐,而我们作为上帝之娱乐的一部分,不大可能再现上帝之娱乐的全部。"陆帕的这一段解构性与象征性的舞台设置,为"上帝的娱乐"提供了一种可能。

在剧中,他还增加了一个桑特拉(Sandra)的角色,她追随男友到中国,却因为分手而找不到他。这一脆弱的关系,注定了她在此环境中孤零零的游荡属性。莫非和她之间几乎难以沟通,隔着语言,隔着语义,南辕北辙,令人啼笑皆非。但这轻飘飘的对话似乎又成了他们彼此唯一的安慰，显示出他们共同作为局外人和边缘者的静谧的孤独：

> Sandra: We live in?
> Mo Fei: Liar's space. You can't free up... you can't escape... You escape and there is lie too...

这或许是导演作为一个外来者，想要通过她表达一个旁观者对这样一个古老而现代的国度的模糊认识。等待什么呢？居住在何处呢？这些居所不过是无所逃于天地间的"谎言"。正如一开始天刚蒙蒙亮，莫非醉酒醒来和耗子之间的对话：

> 莫非：我是有思想的，思想，你懂吗？有思想就是说，我可以做点什么，我比如说可以去那儿，但也可以去别的地方，可以向相反的方向走去，这都跟我的思想有关系。
> 耗子：你能去哪儿？你还能去哪儿？

之后是长久的沉默。能去的地方，或者具体的自由，在这儿也成了个人的限度。

陆帕甚至将史铁生《我与地坛》中幽幽的母子情怀，表达成了一种人与人之间的疏离与隔膜，那些令人窒息的、缓慢的对话气氛，沉滞的行动，静谧的争论，让人想起了梅特林克、契诃夫，以及贝克特。

最后一幕，陆帕似乎将莫非放在了与自己的家庭成员（妈妈、妹妹、杨花）和解的处境。然而，这一切仍然不可解。不论是影像中的莫非还是舞台上的莫非都陷入了关系的困境中。最后杨花又出现了，他试图跟着她逃离，但并没有交代结局，只是给出了气氛上的最后的装饰：天空、大地、广场上继续行走在陌路上的行人，以及空气中的雾霾。史铁生原作结尾出现的"银幕"上再次映出的辽阔的蓝天、花海、马嘶声，并没有在陆帕的舞台上呈现，而那些阴暗色调的选择，显然更有助于陆帕在这一诗性特质上的表达。孤独者所处，是一座充满各种象征意味的艾略特风味的"荒原"。也就是说，陆帕将史铁生的小说或剧本，改编成为一个孤独者的狂欢化的诗歌。

值得重提的是，陆帕善于利用简洁的舞台表达故事。在《英雄广场》中我们就领略过他肃穆、冷峻的舞台气质，甚至有时候还带有某种古典主义的实景特点，但舞台上所讲的故事又与之是疏离的,充满象征意味的《酗酒者莫非》亦复如是。舞台背景是一个方形的电子屏（它有着红色的边缘）、舞台上的光也是方形，之后是规则的长椅、沙发、餐桌、床铺，大而高的建筑，以及小而方的格子窗口，人们沿着这些规则轮廓的边缘或对角线，演绎着形成与前者构成强烈冲突的并不规则的心理、思想、行动和故事。令人惊艳的是主演王学兵精湛的演技。这部戏中绝大部分的独白或对话都由他来完成，他将一个具象的醉鬼和附着在其上的超然的颓唐表达得恰到好处。他的颓废和哀伤，也近乎成为陆帕整部舞台装置的一部分。唯其灵魂的纠结、痛苦与柔软，才能见出环境的残酷、淡漠与冰冷。可见我们的专业演员在演技上并不拙劣，只是要调整表演方式，充分发挥想象力，珍视自己内部蕴藏的这一特定角色的各种丰富的可能性。在这方面，陆帕的引导，也许功不可没。

但在总体结构上，《酗酒者莫非》的流畅性尚需打磨，在象征性和具象呈现中还给人一种相互夹缠的感觉。如果因循以上所谈的主体特质,这部戏整体上做得还不够彻底，有拖沓之嫌。这或许与陆帕对中国的认知程度以及他自己的欧洲戏剧习惯有很大的关系。不过，尽管这部戏剧在叙述、结构、时长等方面遭到了部分观者诟病，但其诗性或曰象征性是深刻成立的。

据说史铁生及其文学是林兆华一直想要排演而未排出的，其间也找到过国内知名导演，均未成行，最后因机缘交由陆帕。我们看到了陆帕在延续了契诃夫、伯恩哈德的外延和内涵之后的再次舞台演绎。他重视技术的调动，强调演员的即兴行动，在不断的创作实验中有效地积累出了这部剧的全貌。中国当代戏剧似乎善于以固有的叙述传统讲故事，或者也善于在实验性上学习西方的戏剧形式，但后一努力还不能够将形式的能动性运转起来，更不用说自如地传达象征和诗意。以2016年人艺版的《万尼亚舅舅》为例，剧作呈现了越来越沉陷的压抑的庄园氛围，最后舞台上却画蛇添足式地加上了摔打吉他和女主人公呐喊的声音，这似乎为了填充契诃夫原作中没有任何征兆的结尾。然而，这种过于漫溢的呈现方式，还停留在中国戏剧一切沉沦或者希望都设置为可见的叙述惯性，反而弱化了原作品中的诗性和象征性。这里陆帕给予我们启示：此类戏剧的最好状态，恰恰是在这种将满未满、有形与无形之间。

有意思的是，当代戏剧也存在和其他艺术领域一样的问题，圈子化很严重，我甚至能够分辨出这些被请来的戏剧或文学专家身上共同的符号性，这种凝固的群体特质，势必导致对戏剧的讨论陷入僵化局面。"自己和自己玩"固然能够获得更多的同情和理解者，但是对不同群体带来的批评，新的创作方式和创作技巧，以及价值观念的引入，并不有利。

史铁生曾经在他的《自选集》中以《熟练与陌生》代自序说：

> 永恒不变的东西是有的，那就是陌生之域，陌生的围困是人的永恒处境，不必担心它的消灭……但是！面对陌生，自古就有不同的态度：走出探险，和逃回到熟练。[1]

这对于我们的戏剧之道颇有启发，陆帕在自己的熟练的技术之外，开拓了某种打开史铁生乃至抛弃史铁生的陌生之境，这种陌生之境又源自我们自身的环境，它有助于我们通过一种（陆帕的）陌生之眼，来回看我们自己的国家和我们自己的处境。

---

[1] 史铁生：《史铁生自选集》，海南出版社，2006，序言。

伯格曼的"婚姻场景"在中国
——观过士行导演《婚姻情境》

2017年12月3日,我在鼓楼西剧场观看了著名编剧过士行导演的《婚姻情境》,近三个小时的观看,令人感到疲惫又感伤,沉闷又兴奋。演出结束后,"过导"一袭皮袄走上舞台谢幕,与《婚姻情境》中简约精致的风格形成鲜明的对比。与他二十世纪八九十年代的作品如"闲人三部曲"(《鱼人》《鸟人》《棋人》)不同,这部作品带着某种颇具现代气息的"洋范儿",似乎又很贴近我们的现实生活。从豆瓣网上的总体评价来看,这部作品并没有获得广泛的理解,因为观剧的多是年轻人,他们很显然对其中大段的梦境一样的对话和冲突表示困惑和不解。

受这部剧作的推动,原作者、瑞典著名的电影和戏剧导演英格玛·伯格曼再次引起了我的兴趣。在随后的几天里,我回头看了《第七封印》《野草莓》《细语与倾诉》《芬妮与亚历山大》等电影（常常看到半途,因为真实的体认,而感到恐惧和不适继而中断）和一些纪录片,而后,我又读到了他的传记作品《魔灯——伯格曼自传》,终于算是充分了解到这样一个在艺术上困兽犹斗,生活上"捉襟见肘"的人。但不得不承认的是,伯格曼特别善于表达人类情感和内心深处某种原始与神秘性共存的东西。

伯格曼敏感、勤奋,自幼就有着惯于多变的情绪和丰富的幻想。与同样善于呈现以心理世界为抒情基调的美学风格的东欧艺术家贝拉·塔尔相比,伯格曼的作品常常将叙述的目光和抒情的情境设置在更为封闭的人与人之间的情感关系上：家庭、婚姻、爱情等。他作品中的男性角色,往往自私、冷漠,又充满了自怜、自省的特质。在爱情或家庭关系中,他一方面像依恋母亲那样依恋他所热爱的女性,另一方面,童年中冷漠、规训和惩罚的记忆,又给他带来两性关系中支配和冷酷的缺陷,加之他是一个艺术创造者,这使得他常常很难投入生活中的角色,常常处于"不信任任何人,不爱任何人,不思念任何人"[1]的境地。相较于电影中充满了意识流和大量幻想与梦境的实验性镜头,

---

① [瑞典] 英格玛·伯格曼：《魔灯——伯格曼自传》,张红军译,中国电影出版社,1993,第134页。

他的戏剧作品则大体延续了北欧戏剧传统,一如斯特林堡、易卜生等人的路数,《婚姻场景》(即《婚姻情境》《婚姻生活》)即是隐约中带有这样风格的"室内心理剧"。

《婚姻场景》最初创作于二十世纪七十年代,是在伯格曼拍摄电影《呼喊与细语》的同时,据说这是"为了娱乐"而拍的一部影片。后来因为经费问题,伯格曼将此片北欧地区的版权卖给了电视台,拍摄完这部六个小时长的电影后,他在此片的基础上将其剪成电视版。相对于同时期创作的《呼喊与细语》,《婚姻场景》尽管内容和手法显得平和得多,但是其中富含的暗潮涌动的两性情感矛盾带来的痛苦一点也不比前者少。据说,这部作品上演之后,因为其中真实而动人的内心剖析,曾经引起北欧很多对夫妻离婚的风潮。

在中国,二十世纪八十年代,此剧曾在善于捕捉日常生活心理的台湾戏剧领域出现。1994年,《世界电影》(第6期)上有译者翻译过伯格曼的这部"电影小说"《婚姻场景》,内容与"台版"大体类似。但在这个"电影小说"的正文之前,伯格曼还补充了一个"前言":这部剧花了他三个月的时间并动用了几乎"全部的生活经验"。[①]后来，《婚姻情境》又曾分别在北京（2008）和上海（2012）被改编为戏剧上演。过士行导演正是因为受到台湾戏剧家阎鸿亚为改编此片而翻译的剧本的触动，有了再次将其搬上戏剧舞台的想法。

通读台湾的剧本，可以发现，过士行导演基本上循此版本，只是省却了开头的观众席中妇女杂志记者采访的部分。故事讲述的是，相爱的夫妻随着时间的缓缓流逝，进入对峙高潮继而风平浪静。丈夫约翰是心理学研究所的教授，妻子玛丽安是律师（主要处理离婚案）。年轻时，他们都因为失恋而互相抚慰，继而同居，恋爱，结婚，生子。为了照顾家庭，玛丽安逐步成为一个家庭主妇。渐渐地，约翰开始厌倦和抗拒循规蹈矩的家庭生活，对玛丽安井井有条的安排表现出一种麻木、冷漠的态度，他尤其不满于在婚姻生活中自己还具有一丝期待的性。而后，因为玛丽安的再次怀孕、流产，约翰终于坦白出轨第三者宝拉，他们的感情终于分道扬镳。接着，玛丽安在羞辱和痛苦中，渐渐地独立，而约翰和宝拉也渐渐陷入失败的情感和事业

[①] ［瑞典］英·伯格曼：《婚姻场景》（电影小说），胡榕译，《世界电影》1994年第6期。

上的低谷，这使得约翰情感关系中的天平倒向了玛丽安。虽然他们仍然深爱对方，但却因曾互相伤害而互相仇恨和憎恶，以至于在一次情绪彻底爆发的夜晚，他们成功地签下了离婚协议书。离婚之后，两人分别再婚，若干年后，他们作为情人关系，在同一张床上出现。荒诞的是，这时候，他们才真正地互相坦然面对和更加相爱。在最后一幕，约翰说：

> 我想我爱你，以一种不尽完美，甚至自私的方式爱你。偶尔我也觉得你爱我，以你那种狂暴的，情绪化的方式爱我。老实说，我以为我俩彼此相爱，以一种世俗的，不尽完美的方式相爱。

这则伯格曼自传式的爱情书写，一方面揭示了男性在婚姻中的痛苦和缺陷（约翰："我想你必然有一种感受爱情的天赋，我没有那种天赋，很难让人明白我其实是个带着生殖器的小孩，跟一个具有母性本能的女人在一起更绝配。"），另一方面，又具有现代婚姻生活的普遍性，它呈现了婚姻或两性关系的真实处境，即爱情与亲密的日常生活之间的深刻悖论。

而从戏剧谱系上说，伯格曼的这部作品，显然很受他的前辈斯特林堡的启发。《婚姻场景》中开头对女性乐团的挖苦、对易卜生《玩偶之家》的戏谑，都与斯特林堡的"厌女症"历史有着微妙的关联。包括早在《野草莓》(1957)中，伯格曼借助男主人公伊萨克之口表达了婚姻中女性只会"哭泣、生子、向邻居诉苦"的缺陷。当然，或许，这是因为他和这位前辈，都有着悲剧性的婚姻和较为混乱的两性关系。在拍摄《婚姻场景》时，伯格曼已数次结婚、离婚，还有若干个孩子要赡养。

通过这部作品，我们除了看到两性关系，还能隐约看到二十世纪六七十年代较为复杂的社会环境。经济和工业化的发展，加之社会的动荡和人们道德与信仰危机，导致整个时代的人文走向平庸和堕落。伴随着的是，欧洲1968年的"五月运动"。在这次运动中，有一个重要的反思对象就是中产阶级的"日常生活"。所谓"闲暇时间""越来越被大型组织（国家官僚机构、广告集团、大众文化巨头和跨国公司）令人厌恶的联盟支配了"。[1]中产阶级面临着自身生活的平庸、乏味和市场化。他们一旦觉醒，就

---

[1] [美]理查德·沃林：《东风：法国知识分子与20世纪60年代的遗产》，董树宝译，中央编译出版社，2017，第424页。

要面对战争破坏、信仰缺失所带来的痛苦记忆，以及当下生活的痛苦和荒诞。伯格曼这里指向的，似乎是一种无法敞开的主体的封闭式的自我反诘，这点同时也是二十世纪六十年代存在主义哲学的重要书写对象。因此，伯格曼的戏剧又在心理写实基础上，具有强烈的现实批判意义。

《婚姻情境》是过士行继《备忘录》（2008）《暴风雪》（2014）之后第三部执导的作品。从风格上说，它精细、自然、节俭、绵密。据说，戏剧家林兆华导演看到这部作品后，赞赏了他简省的舞台手段，并认为他终于可以被称作"过导"。该剧整体气质会让人想起前不久在中国上演的邵宾纳剧院的《玛丽亚的婚后生活》及陆帕的作品风格。舞美沈力在舞台上装置了会转动的一高一低相连的屋子支架。屋子的轮廓大小不同，暗示着两人此消彼长的对峙关系。屋子的周边，按照十二个方向放置着各种生活物品，代表着被填充的二十四小时日常。这让人想起伯格曼在影剧中常常喜爱使用的象征物——时钟。夫妻二人每天被聚会、仪式、观剧、鸡尾酒会、旅行等填充着"闲暇时间"，正如剧中玛丽安所说："我们的生活已经被一块一块规划好了……要是突然哪一块空了我们会惊慌失措，然后赶紧随便填点东西进去。"这一切，使得他们真实的个人生活和情感关系陷入了令人窒息的危机状态。约翰终于暴怒地说:"所有的安全感都依赖在外在事物上。我们的财产,我们的别墅、公寓,我们的朋友,我们的收入,食物,假期,父母。"他们一边争论,一边想起年轻时候为了梦想的热血沸腾。当约翰在高校面临着失败的事业危机,他深刻地感受到了内心强烈的空虚,他说,"在罗德西亚我们学到人体和农业知识,还有圆周率开方根,或者随便什么东西,可是没有一个字提到心灵"。迅疾的社会发展,没有让他们感到幸福,而只是令他们的内心感到空虚。

两个演员在舞台上随着时间和场景的变动换衣服、念旁白。压抑的两性关系的娓娓陈述,与轻盈灵动的舞美设置,形成鲜明的对比。演员刘丹、何雨繁的轻盈而沉痛的对白,与凝练、困顿的身体语言,弥漫着浓郁的知识分子人文气息。那些连绵不绝的自我解剖和互相指控、和解,揭示着两性之间的永恒而深刻的矛盾。正如在"电影小说"的前言中,伯格曼本人所说:

> 他们是相当矛盾的:时而像孩子似的易受惊吓,时而又很成熟,他们废话连篇,但又不时出语惊人。他们是被吓着了的、生气勃勃的、自私

的、愚蠢的、善良的、智慧的、富于牺牲精神的、纠缠不休的、恶意的、温厚的、伤感的、令人难以忍受的和值得爱的人。一切都融于一体。①

共同的生活使他们相爱相杀，使得他们的争吵无休无止，使得他们不断地谈论爱恨，以至于丢失了爱，只有恨……虽然这是二十世纪六十年代的作品，但相对于今天的中国社会来说，仍然是先锋而前卫的，尤其在戏剧的结尾，夫妻离婚后作为情人的状态出现，给人一种"东船西舫悄无言"的温柔感伤的感觉。同时，它又是亲切而真实的，似乎也能给我们现在的浮躁社会中出现的一些较为板滞而虚伪的婚姻关系以新的启发。

正如过士行在采访中所说，中国人在情感教育上还十分缺乏，如何去爱和接受爱，还是一个自古以来较为空白的领域。《婚姻情境》体现了中国成熟的戏剧家在诠释西方戏剧方面的能力，更为重要的是，导演通过伯格曼为我们当代社会婚恋关系凿开了一小块自省的空间，尤其是随着今天中产正在稳定地形成和渐渐地崛起，他们的日常生

---

① ［瑞典］英·伯格曼：《婚姻场景》（电影小说），胡榕译，《世界电影》1994年第6期。

活渐渐和《婚姻情境》出现的"症状"似曾相识的情况下。不过,令人遗憾的是,《婚姻情境》作为一部不错的"圈内"作品,并没有被更多身处"婚姻情境"中的中国大众看到。

"世界灵魂"的混响
——观立陶宛 OKT 剧团契诃夫《海鸥》

表面上，北京的冬天还没有苏醒，依旧是霾，依旧是树，没有叶，没有花。一种安心的温柔。朦胧，怪异，病态美，就像某种腐殖质生长。这几天才见北京的花开，霾里观花，花就像一个穿了灰纱衣的女妖，应和着城市的节奏，不悲不喜，连同人也麻木得如同静止的物质，像窗户或瓦片。

继 2017 年夏天乌镇戏剧节之后，2018 年 3 月 14 日晚，首都剧场再次上演了颇受业内好评的立陶宛 OKT 剧团的《海鸥》。这是导演奥斯卡·科尔苏诺夫具有代表性的经典三部曲之一（另外两部为《哈姆雷特》《在底层》）。据说这个剧团致力于将传统戏剧当代化。作为契诃夫的忠实粉丝，我曾看过不少相关的电影和舞台演绎，可以说，OKT 版的《海鸥》，以一种简洁、诚恳而深邃的姿态，给了我极大的震撼。

结束的时候，我看到自己站起来，将身上唯一无用的钥匙链上的无尾小熊扯下来，跑上台，送给谢幕的他们。离我最近的小伙子，那个刚刚自杀的"特里波列夫"，他有点儿吃惊，用英语说，谢谢。我说，别客气。是汉语。我热情而笨拙地转身，尴尬地走下来。然后，迎上来焦虑的保安，他走向我，眼神充满了惊恐和责备，说，没有安排你不能上去啊！我带着眼泪的脸笑着说，是，是。人群稀稀拉拉地离开，我看到观众席里蓝天野被人搀扶着离开，还有那个瘦削灵巧的《婚姻情境》的女主角。她很美，不是因为长相，而是身体里装着一种干净的装置。回到家，我翻来覆去没有睡好。过去读的剧本《海鸥》里的边边角角，因为他们的演出，纷纷立体起来，就好像契诃夫亲自过来跟我说了一场他的戏。当年他因为这部戏被羞辱，愤然决定再也不要写剧本。而今接近他故乡的人到来，表达出了他想要的滑稽和悲伤。我终于明白了诸如为什么妮娜要坐在一块大石头上，来发表她的关于"世界灵魂"的精彩演说。一种感动涌上心头。我好像又知道了更多契诃夫的秘密：他想要在文字中呈现人间的万象和他的超越性思考。

正如《海鸥》中的特里波列夫所探索的那样，契诃夫在戏剧中展现出了迥异于"例行公事"的"另外一些形式"。

他的戏剧创作贴着地面（生活）匍匐前进，没有激烈的冲突，而是基于"无聊和烦闷"的对话和缓慢的行动，以及在戏剧冲突上，将要爆发而未能爆发的压抑和困顿。其中的人物，多是那些不能诉诸神灵的孤独的灵魂，通体暗淡、颓废，对外在世界无所抵抗，正如一个个疲惫的酒神。然而，他们对待自己忠诚，靠自己的力量，坚持并等待着。

《海鸥》亦是这样一部作品。它写于1896年，契诃夫这时的戏剧创作已趋成熟。这部作品几乎凝聚了他写作中的各种类型人物，也是他试图进行超越性成熟思考的表现。作家、医生、失败的年轻剧作家、女演员、退休官员、管家等等，这些人逐渐完成了契诃夫想要在"戏中戏"论证的"世界灵魂"的混响。"世界灵魂"是契诃夫将人类和他们的苦恼纳入自然世界的体现。在这样一个博大的物质世界之后有一个核心的意志，这个意志就是"世界灵魂"，好比是黑格尔哲学中的物自体一样神秘又亲切。而这些角色，又仿佛是从他和他的生活生发。契诃夫就在自己的戏剧创作中承担着"世界灵魂"的角色。从内容看，《海鸥》着重探讨了爱情和艺术，而且其中都是失败的爱情角色或艺术的创造者。特里波列夫就是这样一个失败的剧作家，他似乎掌握了艺术的秘密，但又注定成为社会意义上的失败者。他的爱情也只能因此葬送给另一个成功作家。

或许是文化方面的因缘或某种精湛的戏剧能力，立陶宛版《海鸥》以一种看起来很现代化的方式"回到"契诃夫。在《海鸥》的"戏中戏"之外，这个剧团又秉承着契诃夫的戏剧精神，赋予它另外一种更为简洁日常的形式。没有花园，没有湖泊，也没有森林。干净的舞台上几乎只有几把椅子。演员同时是道具、灯光师，甚至是观众；演员是现代社会的日常着装；演员和观众之间有戏谑般的互动，也有留白。总之，这完全就是一场自如的契诃夫式的"rehearsal（彩排）"。这种"粗糙"的排练，消解了契诃夫戏剧的严肃与封闭，呈现出了一种开放的态度。

在情节设置上，医生多尔恩被打扮成了一个似乎懂得瑜伽和养生的人，渴望成功的女演员妮娜热情地戏仿着成功女演员艾琳娜的动作等，都给这个戏剧以新的喜剧形式。而且，他们变幻出的肢体关系也流转自如，恰到好处。在这之中，我们感受到了节奏的轻松，看到了人性在戏谑和悲伤之间自由转换。就这样，OKT剧团秉承着契诃夫的"新形式"精神，重新诠释了《海鸥》，使《海鸥》回到了当代。

当然，这部戏的魅力，更得益于剧团演员们的人物塑造。在这场演出中，场景转换之所以自然流畅，人物角色之所以酣畅淋漓，离不开这些演员高度的主体自觉和成熟品质。特里波列夫的执着、痛苦、嫉妒、绝望，妮娜的天真、可爱、脆弱、虚荣，艾琳娜的自私、自恋、霸道、恐惧，特里果林的懦弱、无力、勤奋、迷茫，等等。每个人都鲜明而独立地呈现着自己的世界，与野外的鸟鸣一起参与到那个"世界灵魂"的混响之中。当特里波列夫被母亲恶言嘲讽和推搡时，我甚至能看到他痛苦的泪水在舞台上晶莹地滴落；当特里果林迷恋上妮娜的瞬间，他们之间那种陌生而充满好感的试探的姿态和语言逼真生动……种种细节，让人想到这是一部由具备高度的自由和自觉的创造力的演员共同缔造的优秀作品。

值得一提的是，契诃夫的这种"新形式"也不是无本之源，法国作家亨利·特罗亚在《契诃夫传》中，曾经谈到在契诃夫写作《海鸥》之前，就对梅特林克的作品大为欣赏，尤其是《盲人》所体现出来的"奇特而有趣"的味道。在他生命的最后一年，他还在"指导"莫斯科艺术剧院排演《盲人》《室内》等戏。众所周知，《盲人》《室内》同样展示了现世人群对于存在的不确定性的焦虑和恐慌，而契诃夫将这种"共同的痛苦"赋予到了看起来切实的日常之场上，并增之以生活碎片般丰满与清丽的羽翼。

诗评

鲍勃·迪伦：容器未满

2016年，世界音乐界至少发生了两件大事：一是带有强烈诗性气质的孤独、沙哑、寂灭嗓音的加拿大民谣歌手兼诗人雷纳德·科恩（Leonard Cohen）去世。另外一件，莫过于极具争议的鲍勃·迪伦（Bob Dylan）获得诺贝尔文学奖。前者在1994年的一次采访中说："如果身处这个音乐界已经令你感到头脑发胀的话，你不妨想想，其实荷马、但丁、弥尔顿、华兹华斯，他们都是你的同行，你从事的事正是他们当年从事的，那就是开掘人性的力量。"鲍勃·迪伦可谓将这种"同行"的事业放大，形成文学和音乐之间的融合。就在他获诺奖前不久，其个人笔记、歌词、诗歌手稿和一些私人收藏品及照片资料被美国两家机构收购，其中包括迪伦和诗人艾伦·金斯堡（Allen Ginsberg）的往来信函，还有他完成于1966年的唯——部散文诗集

《狼蛛》的大量打字稿。这些藏品大概会成为我们理解鲍勃·迪伦文学的重要原始材料。

和以往获得文学奖的作者大不相同，鲍勃·迪伦的文学在他音乐的整体性之中。他的语言不仅在音乐，还在传统，在革新之中，同时闪烁在那个政治动荡和文艺辉煌的特殊时期。连带着当时流行的民谣、爵士和摇滚音乐的氛围，他最大限度地在美国二十世纪六七十年代文艺的滋养下取得别具一格的成就。他的音乐是时代这棵风雨飘摇的大树上结出的坚实果实。袁越说：

> 他反抗以金钱为动力的美国社会，却是这个体制的最大受益者之一；他天真、幽默、孤傲、冷漠；他曾写过著名的反战歌曲，却讨厌政治；他是美国民歌史上最耀眼的明星，也是铁杆民歌爱好者们最恨的人。①

尽管，他反感别人给他贴上时代的标签，但他的确是与复杂时代构成互文关系的文学天才。

---

① 袁越：《鲍勃·迪伦的传奇人生》，《中国报道》2011年第4期。

归乡无路:"等着并希望被注满的容器"

二十世纪六七十年代,美国各阶层、各民族似乎在经历一场全方位的调色时代。要理解当时的文艺,首先需对整个欧美世界的历史和思想的变迁追根溯源。这个看似简单直率、财大气粗的国度的文化,实际上正是在欧美这块调色板上生成的巨幅油画。正如鲍勃·迪伦所说的,"过去曾经黑白分明的传统事物正在爆炸,五彩斑斓,灿烂夺目"。[1]整个欧美资本主义世界似乎存在一种在内外交困的契机下形成的一股寻找理想世界的疯狂力量。激进的怀有各种理想主义色彩的思想开始泛滥,他们在当时的几个社会主义国家中寻找英雄的范本。在文学上,"垮掉的一代"的作品及其行为范式正在影响着那一代人。纽约城的繁华与现代的钢铁水泥丛林背后,在废墟与隐暗的地下世界有一条与之并列甚至对抗的文艺的平行线,散发着迷人的韵律和光明色彩。这是一群孤独而自信的人,鲍勃·迪伦正是被这样的文艺世界召唤的少年。1961年1月,他从明尼苏达州立大学辍学,正迫不及待地自觉归类于那些"他

---

[1] [美]鲍勃·迪伦:《像一块滚石:鲍勃·迪伦回忆录》(第一卷),徐振峰、吴宏凯译,江苏人民出版社,2006,第112页。

家后院"的文艺启蒙者。正如其传记纪录片《归乡无路》(*No Direction Home, 2005*)中年逾花甲的迪伦一开始所追溯的："我出生的地方离我真正的故乡很远,于是我踏上归乡路。"

文学上,他熟读杰克·凯鲁亚克、迪伦·托马斯、艾略特、爱伦·坡、拜伦、雪莱、麦尔维尔、约翰·斯坦贝克等。他热爱诗歌,同时对小说家的语气非常敏感,善于从那些遥远的人物身上找到符合自己体验与灵魂的契合点。读书期间,他甚至还为《愤怒的葡萄》写过十多页的阅读笔记。[1] 而从小喜爱表演的他,将自己所阅读的诗歌和自己的音乐自觉结合在一起。他尝试过组建乐队,在不同的场合演出。在美国民谣大师、流浪艺人伍迪·格斯里(Woody Guthrie)的精神指引下,他到了纽约著名的格林尼治村,虽居无定所、穷困潦倒,但雄心勃勃、如饥似渴,好像一个"等着并希望被注满的容器"。当"垮掉的一代"那些带有反讽和放荡气息的语言在"Gas Light"酒吧被配乐朗诵的时候,迪伦这时候还只是一个努力以音乐谋生的青涩小子,而后,经过一两年的努力,他名声大噪。成名之后,他依然故我,不断地填满又倾倒掉,他像一个风车,

---

[1] [英]霍华德·桑恩斯:《沿着公路直行:鲍勃·迪伦传》,余淼译,南京大学出版社,2012,第51页。

对来自四面八方的艺术之风敏感、执着，不停地旋转，绚丽多姿。

在电影艺术上，他结识了马丁·斯科塞斯，并曾经参演过一些小角色，在自己"才思不那么敏捷"的时候为电影写歌。他在《天生杀人狂》(1994)中翻唱的《你属于我》(You Belong to Me)以自己独特阴沉带有质感的冷漠声调，成功地跨越了原唱，使它成为自己的作品。费里尼的《大路》、特吕弗《射杀钢琴师》等电影，还曾是他创作的灵感所在，据说那首著名的《铃鼓先生》的精神内涵就是从《大路》中获得的。那些荒诞的英雄事迹中所展示的悲观和黑暗的色彩，给他的诗歌或歌词特质带来嘲讽和戏谑方面的启示。

如果不是一个音乐家，他除了可以是一个诗人之外，还可以是一个艺术家或画家。当时美国正盛行着波普艺术，反经典、反美学的，带有冲击性的碎片式的艺术模式想必启发了鲍勃·迪伦。后来，他还结识了安迪·沃霍尔，并参与了他的创作，成为梦露、列侬等之外的被拍摄对象。他在美术馆观看了大量二十世纪的绘画作品，毕加索、康定斯基、布拉克、博纳尔，都给了他深刻的印象。鲍勃·迪伦的绘画创作伴随着他音乐生涯的始终，他亲手画了超过 200 幅素描和水彩画。2007 年，他的母校明尼苏达州立大学曾举办鲍勃·迪伦艺术展。不管其创作水平如何，或可以说，那时的各类艺术传统正在他这里进行创造性转换。另外，二十世纪四十年代末，朱利安·贝克（Julian Beck）和朱迪斯·玛丽娜（Judith Malina）创办了极具革命性的"生活剧场"剧团，它打破了"第四堵墙"，消除了观众和演员的绝对隔离的界限。这些对鲍勃·迪伦带有强烈的表演气质的音乐演出也有重要的启发作用。他从来都认为，一首歌曲是当下的演唱者和观众同时创造出来的。即便是同一首歌曲，被演唱无数遍，也各有各的不同。

> 民谣是难以琢磨的——是生活的真相，而生活多多少少是个谎言，但这就是我们想要的样子……一首民谣有超过一千张脸而如果你想演奏这首歌就必须认识所有这一千多张脸。一首民谣会有不同的意义而且每一刻都会不同。[1]

哪怕是观众的嘘声和挑衅，对他来说，都是对他创造

---

[1] ［美］鲍勃·迪伦：《像一块滚石：鲍勃·迪伦回忆录》（第一卷），徐振峰、吴宏凯译，江苏人民出版社，2006，第 70—71 页。

性的激励。正如他说的,(观众的)仁慈也可以杀死人。他要的是丰富和真实的整体表演。

迪伦目前在中国的唯一一次演出也许并不能表征他的辉煌时期。土摩托曾经谈到这次观演的经历:摇滚乐"让人高兴","没有多少人在乎你唱的是什么",这是一场摇滚乐队的器乐表演。① 也许在纪录片《别回头》及《归乡无路》的影像世界中,我们能够看到他的真正的经典形象。他拥有一双神经质的陌生化的无情却有神的傲慢的大眼睛,空洞地望着所不可见的一切,他将经验性事物的直白、简单,毫无情绪地放在歌词之中,似乎对演唱的内容极尽嘲讽。他将伍迪·格斯里的艺术发扬光大,以从音乐到歌词给听众带来"挫折感"的怪异语调中讲述爱情、战争、生活、死亡。那个稳定性极强的民权运动家、民谣女王琼·碧兹(Joan Beaz)在有关迪伦的采访镜头中,羞涩而惋惜地追忆了往昔美好爱情,但她对迪伦的变化莫测甚至不近人情却表示无法理解。正如迪伦自己所说,"美国在改变。我有一种命中注定的感觉,我正驾驭着这些改变"。②

---

① 土摩托:《怎样成为鲍勃·迪伦?》,《中国企业家》2011年第8期。
② [美]鲍勃·迪伦:《像一块滚石:鲍勃·迪伦回忆录》(第一卷),徐振峰、吴宏凯译,江苏人民出版社,2006,第72页。

这也正是他至今仍不断前行，把自己比作永远在历经苦难寻找故乡的漫漫长路上的奥德赛的原因。

散文或诗："书写你所经验的事物"

我们可将他初到格林尼治村时邂逅的女友苏西·罗托洛（Suze Rotolo）的追忆二十世纪六十年代的作品《放任自流的时光》与他的自传《像一块滚石：鲍勃·迪伦传》（第一卷）相对读。除了能够看到他们所共同经历的爱情和艺术生活外，他们的表达是那样的不同。在迪伦的迷离而富于质感的语言之中，你能穿透文字，看到依靠经验和记忆的人物速写，那些简单而神采奕奕的角色萦绕在他的周围。他说，凯鲁亚克关注生活之外的疯狂人物和疯狂文字，就像《在路上》中的尼尔和卡萨迪。这也是起初他曾经热爱的，就像他的精神偶像伍迪·格斯里带着乐器和一群底层人在拥挤的闷罐车里疯狂流浪一样。后来，来到格林尼治村没几个月，他就已经厌倦了"垮掉的一代""及时行乐"的行为方式，但他"仍然热爱杰克笔下流淌出来的那些让人透不过气、强有力的、急促的诗句"，热爱伍迪·格斯里的音乐。《像一块滚石》中鲜明地展示他写作上的技巧，以及吸收了凯鲁亚克《在路上》、格斯里《荣光之路》的写作风格。他们的共同点是，直观、自如，当下即见真实灵魂，让人想起他的人生挚友、精神导师艾伦·金斯堡和伍迪·格斯里经常告诫他的话：书写（或歌唱）你所经验的事物。

《像一块滚石》采用插叙、倒叙的方式，甚至碎片化地描写了自己如何从一个籍籍无名的北方小子一举成名并为名声所累，在"自身的才华的运用已经远远超过其本身"的情形下，重整旗鼓，自我蜕变的过程。例如，他写到音乐之路上的奇特的经验中的人物弗雷迪·尼尔（Freddy Neil）：

弗雷迪表演流畅，穿着保守，阴郁，有着谜一般的眼神，桃红色的肤色，头发鬈曲着披散开，他愤怒而有力的男中音吟唱起忧郁的调子，不管有没有麦克风，都传递出绕梁的震撼力。①

写他音乐上的支持者和好友戴夫·范·容克（Dave Van Ronk）：

---

① ［美］鲍勃·迪伦：《像一块滚石：鲍勃·迪伦回忆录》（第一卷），徐振峰、吴宏凯译，江苏人民出版社，2006，第10—11页。

他很有激情而且很冲，唱起来像一个命运的战士，听上去他为此付出了代价。范·容克时而咆哮，时而低吟，把布鲁斯变成民谣，又把民谣变成布鲁斯。我喜欢他的风格。他就是这个城市的体现。①

写 U2 乐队的歌手波诺（Bono）：

和波诺在一起的感觉很像是在火车上吃饭——似乎你在移动，要去往什么地方。波诺有一颗古代诗人的灵魂，在他身边你得很小心。他能咆哮到几乎要引起地震。他还是个纸上谈兵式的哲学家。他带来了一箱吉尼斯啤酒。我们谈论的事情，无非就是冬天时候你和什么人闲聊时谈的那些话题——比如杰克·克鲁亚克。②

---

① ［美］鲍勃·迪伦：《像一块滚石：鲍勃·迪伦回忆录》（第一卷），徐振峰、吴宏凯译，江苏人民出版社，2006，第 15 页。
② ［美］鲍勃·迪伦：《像一块滚石：鲍勃·迪伦回忆录》（第一卷），徐振峰、吴宏凯译，江苏人民出版社，2006，第 168 页。

再比如，那种含着对战争的激烈蔑视的记忆书写：

我父亲患有小儿麻痹症，这让他远离战争，但我的叔叔们都去参战并且都生还了。保罗叔叔，莫里斯叔叔，杰克，麦克斯，路易斯，韦农，还有其他叔叔们去了菲律宾、安希奥、西西里、北非、法国和比利时。他们带着各式各样的纪念品——一个用稻草编织的日本雪茄盒，德国面包袋，英国的陶瓷马克杯，德国的防尘护目镜，英国战刀，一把德国卢格尔手枪——各式各样的垃圾。他们就像什么也没发生一样回到了文明社会，对于他们做过什么，见过什么从不吐露一个字。[1]

包括他在书中轻描淡写地提到的自己几个女友，都一笔勾勒出她们的迷人气质。这似乎还会让人想起，二十世纪七十年代孤独行走在美国城市边缘的流浪音乐人西斯托·罗德里格兹（Sixto Rodriguez）。同时也让人想起近年那个带有"后现代与嬉皮气质"的英国作家杰夫·戴尔

---

[1] [美] 鲍勃·迪伦：《像一块滚石：鲍勃·迪伦回忆录》（第一卷），徐振峰、吴宏凯译，江苏人民出版社，2006，第29页。

(Geoff Dyer),他的"跨文体"作品《然而,很美:爵士乐之书》就以极强的文学性和音乐性虚构了七个爵士乐大师的生活片段。很显然,杰夫很是步了包括鲍勃·迪伦在内的那个时代人的后尘。只不过,迪伦不用虚构与想象,而是个人的实录,音乐史的书写。

鲍勃·迪伦获得诺贝尔文学奖之后,人们开始更加关注他的歌词。目前,国内多家出版社在紧锣密鼓地组织翻译鲍勃·迪伦的歌词。迪伦将"垮掉的一代"文学的精髓用在音乐上,并褪去其中的"横冲直撞"般的稚拙,充分吸收民谣和爵士乐传统。我们从那一首首的诗歌、歌词甚至书信中,能够找到他诗人般的气质。1962年,鲍勃·迪伦给远在意大利学艺术的女友苏西写信:

> 没有大事发生,一切还保持原样——谢尔顿在等着他的珍,狗在等着出门,贼在等着老妇人,孩子们在等着上学,条子们在等着揍人,一身虱子的流浪汉在等着施舍者,葛洛夫在等着贝尔福德街,贝尔福德街在等着被清洁,每个人都在等

着天气转凉——而我，在等着你……①

这分明是首深情款款的现代诗。他的女友们曾经在回忆中说过他写作歌词的习惯：随即在一张纸上记录下来，或者用打字机，像写诗那样。在纪录片《归乡无路》中，有这样一幕动人的场景：当时的女友琼·碧兹在一旁用高亢嘹亮的嗓音歌唱，鲍勃·迪伦耸着肩膀，像往常那样高度集中注意力，晃动着自己的膝盖，有节奏性地交替左右手，把句子或词语敲进打字机。他曾在自己的专辑《放任自流的鲍勃·迪伦》的内页写道："任何我可以唱的，我称之为歌；任何我不能唱的，我称之为诗。"这些句子充满了奇特的节奏和富于变化的递进关系，例如著名的带有鲜明时代气息的歌曲《答案在风中飘》《时代在变》《敲天堂之门》，以及以前女友为原型所写的质疑女性与时代关系的《像一块滚石》，当然也包括那些缠绵悱恻的爱情歌曲《萨拉》《你属于我》，配上他那深一脚浅一脚的"规则之外"的音乐形式，使得他的歌词有一种怪诞中的和谐，游离中的咏叹。《纽约时报》乐评人罗伯特·谢尔顿（Robert

---

① ［美］苏西·罗托洛：《放任自流的时光：一九六零年代的格林威治村，我与鲍勃·迪伦》，陈震译，光明日报出版社，2011，第130页。

Shelton）曾称他的表演是"唱诗班男孩和垮掉派的结合"的亦正亦邪的风格。迪伦正是在这种文学、音乐和舞台表演上的反讽性中，给观众一种愉快的"挫折感"。不管形式上如何，他正如他自己描述的："一个民谣音乐家，用噙着泪水的眼睛注视灰色的迷雾，写一些在朦胧光亮中漂浮的歌谣。"[1]

实际上，鲍勃·迪伦在美国的文学地位早已奠定，1976年，美国卡特总统在竞选中就将其称作"伟大的美国诗人"。2008年，他获得过"普利策文学奖"特别荣誉奖。1996年，艾伦·金斯堡举荐鲍勃·迪伦为诺贝尔文学奖提名。从诺奖提名到获奖，都证明他作为一个独立艺术家的文学才华被普遍认可。

远去的时代："昨日已逝，过往犹存"

美国二十世纪六十年代的格林尼治文化艺术曾经成为人们的精神家园，这里集中了画家、作家、诗人、音乐家、戏剧家、民权运动者、无政府主义者、流浪汉、游客、学生，他们横冲直撞、放任自流，也曾义无反顾地通过努力斗争

---

[1] ［美］鲍勃·迪伦：《像一块滚石：鲍勃·迪伦回忆录》(第一卷)，徐振峰、吴宏凯译，江苏人民出版社，2006，第113页。

实现了社会政治文化的某些决定性变革,甚至成了美国现代思想的重要源头。正如苏西在《放任自流的时光》中所说,"昨日已逝,过往犹存"。她说,如今,整个美国音乐界几乎都陷入"庸俗、犬儒、市场化"的局面,但她还是期盼"这个世界上的每个城市,都有感觉自己正生活在别处的人们",能够拥有自己的格林尼治村,拥有自己的鲍勃·迪伦。

正如左岸文化之于巴黎,格林尼治村之于纽约,中国的民谣运动,如果非要加以比拟的话,二十世纪八九十年代的北京民谣与摇滚热会带给人一股温暖的记忆,他们的成就昙花一现,以在1994年在香港红磡的演出而达到高潮。

我对爵士乐演出的记忆,还停留在上大学的时候。在清华南门D22小酒吧里,有爵士乐队"浪荡绅士"的口琴演奏,有日本爵士口琴大师大泽宽的表演。而后,我还在刘元的"东岸"爵士酒吧里,听到来自世界各地的爵士乐演出,偶尔会有才华横溢的女歌手。休息期间,比莉·哈尔黛(Billie Holiday)、奥德塔(Odetta)的歌声会在那空荡荡的屋子里响起。这些似乎都是远去的那个时代的余温。

虽然是受到了欧美民谣、爵士乐与摇滚音乐的影响,中国自身的音乐建设还没有来得及生长成熟,就进入到可能的"庸俗、犬儒、市场化"。我们期待那些重新生长出新的与现代都市平行的多余的"村庄",它们通过新的文艺形式,来刺激和警示这个快速而变幻无度的时代。

"无心之人知物哀"
——日本西行法师的夏日之歌

记得是2008年夏,我被安排到江西省吉安市富田镇的一个乡村进行为期两个月的有关文化资源的调研。作为北方人,第一次长时期地待在南方,况且是溽热的夏天,所以至今犹记得当时滋味。工作之余,常常一个人枯坐于蚊虫的阵地,在急促的蝉的嘶鸣声中,迎接一场场突如其来伴随着雷电的大雨。然后,各种丰沛的植物都被清洗得发亮,滴着水,夜色将临,蝉声也渐渐地变成蛙鸣,静寂中,还能听到院子里的竹子飒飒作响。日子长了,脑袋里会胡乱地"钻进"一些不合时宜的句子——"味苦夏虫避,丛卑春鸟疑",或者如"住近湓江地低湿,黄芦苦竹绕宅生"之类。但这"不请自来"又令我忽然明白了一个道理:所有诗,得亲自体验,才更有兴味。在不恰当中,无所寄托处,同样羁留别处的一个朋友发来一首无名的诗,据说是一首日本的和歌：

> 夏日之夜，
>
> 有如苦竹，
>
> 竹细节密，
>
> 顷刻之间，
>
> 随即天明。

这下子仿佛对了。于是，闲暇时，便枯坐着反复吟诵，渐渐地自怜起来，颇觉得在情致上也恰到好处似的。后来，终于离开了满地苦竹的乡村，回到热闹非凡的城市，然而每到静寂怡然的日子，便会自然默念它。

直到最近，在周作人的悼文《岛崎藤村先生》(1943)中看到了这首诗的源头。上面记述二十世纪三十年代，周作人在日本与东京的文人们交游，各自于折扇上挥墨，彼此相赠，周作人分得一幅，上面是有岛生马"用水墨写了一片西瓜，署款十月生，即是'有'字的字谜"。右边则是藤村先生手写的这个短歌。这段写在扇上的日文，来自十二世纪的日本西行法师的《山家集》。周作人根据岛崎在扇面上留下的书法，总结大意云：

夏天的夜，

有如苦竹，

竹细节密，

不久之间，

随即天明。

西瓜的图片配上"苦竹"的文字，除了因为"有"字仿佛一片西瓜外，还因为他们都是夏天的物象。这也让我想起我的家乡。夏天总是喜欢下雨。苦竹是没有的，西瓜倒是不少。吃剩下的瓜子喜欢自己长，在院子里或者村子的小林子里，默然拖秧，甚至抽果子。一阵雨过后，常常会发现绿油油的西瓜秧苗，于是有一种欢欣，仿佛看见了西瓜本身，于是小心翼翼地用小棉棍儿给它围个小护栏。虽然不久，小护栏就会被猪狗羊鸡踩乱，但还是继续怀着希望耐心地，插密些，再插密些。

周作人为何对这首诗歌记录得如此详细，或许与他对"苦竹"这一意象的体会有关。在此大约十年前，他曾经在《苦竹杂记》小引（1935年6月）引宝庆《会稽续志》"苦竹"一条云：

> 山阴县有苦竹城，越以封范蠡之子，则越自昔产此竹矣。谢灵运《山居赋》曰，竹则四苦齐味，谓黄苦，青苦，白苦，紫苦也。越有乌末苦，顿地苦，掉颡苦，湘簟苦，油苦，石斑苦。苦笋以黄苞推第一，谓之黄莺苦。孟浩然诗，岁月青松老，风霜苦竹馀。

这孟浩然、杜甫、白居易都写过的"苦竹"，渐渐地从一种南方常见的矮小的"伞柄竹"，层垒了一种在特定情境下的意味，周作人当时人在北平，以物托思，念及家乡苦竹，可见此文既是继承中国晚明小品或日本物哀之常道，也是自我情怀的自然流露。

而这首诗歌的成名，或许又因为张爱玲的引述，她曾在周作人发表那篇悼文之后，紧跟在《诗与胡说》（1944年8月）的文章中引用了这首诗，但文字似乎稍作改动。她将"夏天的夜"改作"夏日之夜"，将"不久之间"成了"顷刻之间"（也就是我的朋友最初发给我的那几句）。上海学者陈子善先生曾指出此细微差别。也许是初见较为钟情的缘故，我还是喜欢她的改动，整饬静谧，她也一定从中体味到了什么特别之处。

而本诗的作者西行法师（1118—1190），是日本著名的诗人。他原名佐藤义清，出家前是太上皇"鸟羽院"的御前侍卫，23岁之后，选择远离世俗，结庐山野，四处游行，一生留下了2000多首和歌。出家前，他曾歌曰："纵然惜今世，惜亦惜不尽；今日舍此身，舍身为救身。"可以看出他希求超脱的心境。他还写了许多关于季节的诗歌，如另外的夏日的歌"夏夜明月穿云出，月光如水池面凝"之类。而他所擅长的意象，更多为月或樱，"苦竹"不过是他无数篇章中的一首小小的短歌。然而，在短短的四言句中，却让人读到了一种与中国古典诗歌从意象到境界相熟识的东方味道。

西行法师《秋夕歌》曰："无心之人知物哀，秋夕泽畔鹜飞天。""无心"是佛教语言，对应着佛家观念中的"心"乃万物映象的基础，而"无心"，恰恰是祛除"我执"，将自身交付自然万象的超然境界。"物哀"正是这种"无心"之后人与自然内外相谐的舒展。这则苦竹之歌，正是"无心之人知物哀"的审美呈现。而"无心"的能力，出家的人要追求，世俗之人也要修炼。至于拿它来做一种逃避世俗担当的借口，自然要辱没了这种高超的东方意味。

从《登杭州南高峰》到《迟桂花》
——郁达夫旧体诗与小说创作关系一例

二十世纪三十年代，吴世昌、梁宗岱、叶公超、废名等，已在承认新体诗歌的合法性的基础上进行内在审美规律上的探讨。相应地，郭沫若、闻一多等人也在创作上展开了新诗的探索之路。而有些新文学作家则是在对新诗浅尝辄止之后，彻底转入具有更广阔内容空间的白话小说文体；有的则选择沐浴在古典诗歌的传统氛围中，继续进行与新文学活动并行不悖的旧体诗歌书写。大致而言，鲁迅是前者，郁达夫算是后者。

郁达夫一方面是新文学"创造社"的领军人物，另一方面又是彻底的旧体诗词作者。翻开他的诗集，仅可看到寥寥几首新诗，显然，他习惯于用旧体诗的"骸骨"来表达诗情。拿和他关系密切的鲁迅来说，他们早年的旧体诗写作轨迹类似。鲁迅少年时也写过表达兄弟之情的《别诸弟》①，但很快开始新文学的翻译和写作，而旧体诗的写作自觉地规避了公众性。这一功能性考虑，使得即便后来写得相当具有"文学实绩"的七律"运交华盖欲何求"，他也自称是"打油"的"自嘲"诗。夏济安认为这是"有时他还是让自己完全屈服于旧诗，屈服于它的朦胧晦涩，屈服于它的传统的重压"的表现。②虽然，这里所认为的采用旧形式就是"屈服于朦胧晦涩"的说法值得商榷（如《怀旧》即为鲁迅用旧的形式反省旧的内容的一种尝试，远谈不上某种"屈服"），但其旧体诗确乎承担了他深邃而痛苦的内面的某种"安慰"。

而郁达夫的旧体诗的阅读和写作，一直在时间上保持着和白话文写作平行的态势。他的新文学创作也伴随着旧体诗写作，给人一种水乳交融的感觉，以至于许多读者认为他的"新文学"和旧体诗一样，是旧的士大夫文人的颓

---

① 《别诸弟》（三首）：（一）谋生无奈日奔驰，有弟偏教各别离。最是令人凄绝处，孤檠长夜雨来时。（二）还家未久又离家，日暮新愁分外加。夹道万株杨柳树，望中都化断肠花。（三）从来一别又经年，万里长风送客船，我有一言应记取，文章得失不由天。见《鲁迅全集》第八卷《集外集拾遗补编》，人民文学出版社，2005，第531页。

② [美]夏济安：《鲁迅作品的黑暗面》，见《国外鲁迅研究论集》（1960—1980），乐黛云译，北京大学出版社，1981，第369页。

废美学。那么，这是不是就像朱文华所说的是一种多不可取法的"旧式情调"呢？① 钱理群曾经分析过"五四"以来的新文学作家直到二十世纪三十年代也没有放弃旧体诗写作的文坛现象。在他看来，这些旧体诗的创作，往往因为个体文学特质的差异而在不同情境下产生。② 暂且搁置近些年较为热闹的旧体诗"入史"问题，或许我们仍可重思，在现代作家的写作空间里，新旧文体之间，到底是否为判若两途的关系？

一

郁达夫生于新旧交替时期，这使得他的写作中带有一种将自身的命运及悲苦之感与家国情怀相结合的特点。早年起，他就对文天祥、吴梅村、谢皋羽、汪水云、恽南田、蒋春霖等人充满了敬佩之情，甚至日记中常有自恨未能报国牺牲的苦闷心境。并且，他还将这种情感落脚在所阅读的唐宋文学及家国之乱时期的遗民文学，尤其是清代那些

---

① 《风骚余韵论》称郁达夫的作品随陆机"诗缘情则绮靡"一派，其"旧式情调"有消极影响，并不可取。见朱文华：《风骚余韵论——中国现代文学背景下的旧体诗》，复旦大学出版社，1998，第185—186页。

② 见钱理群：《论现代新诗与现代旧体诗的关系》，《诗探索》1999年第2期。

哀而伤,绮而丽的诗歌①。他甚至曾经自陈所受诗歌传统的影响:"始终以渔洋山人的神韵,晚唐与元诗的艳丽,六朝的潇洒为三一律。"②或因为特殊年代较为乱离的生活,早年他的那些用典娴熟的诗里充满了忧伤迷离、感时伤世之况味。刘海粟说郁达夫旧体诗"深情而熟练"。特别是留日之后,他的诗作冲破了"遗民"之感,而进入一种世界性的现代身份中去。

郁达夫留日期间的新诗也是浅尝辄止,他的那首著名的新诗《最后的慰安也被夺去》(1921)也带有他个人强烈的情绪烙印。他将噢哈娜的"死"和自己的伤感、失恋、家国之痛结合在一起:"见她的面于我是犹如得救,/在寂寞难堪,绝望的时候,/想倦了我的将来,/想倦了故国的沦亡今后。"③诗文中的病态之美,会让人想起后来的《沉沦》。但很快,他又不自觉地滑入和他最为亲密也最熟练

---

① 于听《说郁达夫〈自传〉》:"清代大部分的诗人对作者以后的诗歌创作都有过影响,而影响最早的是吴梅村。"见郭文友:《千秋饮恨——郁达夫年谱长编》,四川人民出版社,1996,第127页。

② 序《不惊人草》,《郁达夫全集》第十一卷,浙江大学出版社,2007,第351页。

③ 《最后的慰安也被夺去》,《郁达夫全集》第七卷,浙江大学出版社,2007,第257页。

的旧体诗的写作中。

与新文化运动中大多数"旗手""主将"们对待旧体诗的态度不同，郁达夫十分平和、客观地在自己的诗歌论文中讨论旧体诗和新诗。在《诗论》（1925年5月）一文中，他很自然地将英文诗与中国古典诗歌在形式和内容上形成的统一性进行整体比较。除了内容情感上的比对之外，在形式上以西方诗歌中的"抑扬"格和中国诗歌中的"平仄"起伏作对比，并且在格律上比对了西方格律与中国古典诗歌中的律诗。到了自由诗兴盛之后，郁达夫又分析了自由诗的产生，从法国洛威尔的意象派，到意大利马里内蒂的未来派，再到德国表现派。[1]这基本上体现了郁达夫对当时中国旧体诗和新诗两种文体的执中态度。

1934年10月，郁达夫对面向大众的新诗的写作问题提出了新的见解。他认为新体诗是"散文"，是"自由诗"，是面向新的时代和新的大众的诗歌。并且，他反对新体诗的过分讲求格律，他甚至还曾在文章中对惠特曼等人的自由诗体大加称赞。他大概觉得包括格律化在内的形式美旧体诗本身就能够承担。他觉得这一切都究源于"时代意识"，

---

[1]《诗论》，《郁达夫全集》第十卷，浙江大学出版社，2007，第187—212页。

古人的那种"香象渡河,羚羊挂角"的意境不好寻到,"诗人的气禀,原各不同,但时代与环境的影响,怎么也逃不出的"。①

而旧体诗仍然是他一如既往的"方便法门",他曾经说这是一种"骸骨的迷恋"。在二十世纪二十年代中期"国学昌明"之时,他说:

> 不过我想这一种骸骨的迷恋,和我的骸骨迷恋,是居于相反的地位。我只怕现代的国故整理太把近代人的"易厌"的"好奇"的心理看重了……我只希望新文学和国故,不要成为长柄短柄的扇子,尖头圆头的靴鞋。②

或许正是这篇文章让人肯定郁达夫是一个自己所承认的旧式文人。而有意思的是,他又是一个在文学上十分"易厌"和"好奇"之人,但这是从晚清文学和他个人秉性中吸收的"好奇"与"易厌"互相变奏的"国学"中的审美

---

① 《谈诗》,《郁达夫全集》第十一卷,浙江大学出版社,2007,第139页。
② 《骸骨迷恋者的独语》,《郁达夫全集》第三卷,浙江大学出版社,2007,第111页。

特质,而并非指当时国学研究的风潮总是如"尖头""圆头"的皮鞋时尚的一时头脑发热。①

二

在现代文学史上,大概没有哪一个作家像郁达夫这样将主观体验如此直接地渗透到他的文体之中,显示出一种纯粹的浪漫主义特质。他的语言有着令人震惊的一致的清澈坦白和自我沉溺。由此,与其按照文体去理解郁达夫,不如先从他的任一种文本深处弄懂他的精神质地,然后再去理解其他文字。他通过文字纾解内在颓废游荡的自我,同时又通过这种文字来对自我加以确认。他很轻易就可把自己的经验直接文学化,但又容易厌倦它,在这种反复运动中形成一种独特的诗意。他在《云里一鳞》中说:"述吾人之思想,表吾人之喜怒,足以撼动天地,震醒聋聩者,统曰之为诗。诗者思也,大哉诗乎!亦大哉思乎!"②这种从大语言文体的概念上强调内在诗性和思想关系的思考,是他对"诗"更为本质的理解。

---

① 相反,他对二十年代伴随着"古史辨"运动的国学研究热中看似科学的考究风潮,表示出一种因为对古典文化精神内在的迷恋而导致的怀疑。

② 《云里一鳞》,《郁达夫全集》第六卷,浙江大学出版社,2007,第18页。

然而，无论新、旧体诗及其理论的运动如何发生，他的旧体诗写作仍不会为之裹挟。他的日记、书信、散文、小说都具有强烈的个人色彩，并且，他自觉地将这些全部作为纯粹的文学来看待。二十世纪二十年代，他撰写《日记文学》（1927年6月14日）一文，就强调日记作为一种文学的"合法性"[①]，他类举作家亚米爱儿的日记，"日日在自己解剖自己，日日在批评文化，日日在穷究哲理，如亚米爱儿的日记，实在是少见的"。"虽则处在一八四六年前后的革命世纪里头，但他的孤独，他的无聊，却比任何时代的人还要厉害"。郁达夫似乎感同身受地引用了亚米爱儿的苦痛："我的幻想太发达了，思想太精细了，自觉太英敏了，总之是我的性格不强的原故，所以弄得现实的生活，实际生活，与我两不相入。"[②] 继而他又说：

　　读他的日记，觉得比读有始有终，变化莫测

[①] "由我个人的嗜好来讲，我在暇时翻阅旁人的著作的时候，最喜欢读的，是他的日记，其次是他的书简，最后才读他的散文或韵文的作品。以己度人，类推起来，我想无论哪一个文艺爱好者，大约是人同此心，心同此理的。"见《日记文学》，《郁达夫全集》第十卷，浙江大学出版社，2007，第288页。

[②] 《日记文学》，《郁达夫全集》第十卷，浙江大学出版社，2007，第288—290页。

的小说，还要有趣，所以我说，日记文学，是文学里的一个核心，是正统文学以外的一个宝藏。至于考据学者，文化史学者，传记作者的对于日记的应该尊重爱惜，更是当然的事情，此地可以不必再说。①

有意思的是，郁达夫沉溺在自我情绪中的坦诚书写，不仅仅表现在日记体中，同时还表现在书信、散文乃至带有日本"私小说"特质的小说创作中。当然这除了他本人作为一个行走的"情绪载体"的书写宿命之外，还受时代创作和阅读氛围的影响。这里面不仅有亚米爱儿日记文学，还有他所钦佩的卢骚、尼采，以及自创造社而来的浪漫派文学。郁达夫的小说创作高潮在1922年到1928年。他一方面接受十八、十九世纪欧洲浪漫主义的影响，甚至把"自己喜爱的西方文学作品既'引证'又注入他自己作品的形式和内容之中"②；另一方面受日本"私小说"尤其受他曾

---

① 《日记文学》，《郁达夫全集》第十卷，浙江大学出版社，2007，第292页。
② 李欧梵：《引来的浪漫主义：重读郁达夫〈沉沦〉中的三篇小说》，《江苏大学学报》（社会科学版）2006年第1期。

经崇拜的佐藤春夫的影响。① 正是文学阅读的影响，使得他原本清澈而沉溺的语言风格，变得更加"合法"，更加彻底。

与此相应的是，郁达夫的日记、书信和小说写作上存在着精神质地上的一致性，且由于自觉的旧体诗写作习惯，他常常先是用这种短小凝练的形式表达自己的生活体验，而后将其转化为其他文体。例如1917年5月31日写的《〈相思树〉三首》，是作者当时拟写作的一篇小说中的诗。② 又如《〈金丝雀〉诗》，1919年6月2日作者婚前自日本名古屋给妻孙荃的信中说："古诗五篇，系三年前作，见小说《金丝雀》（已经散佚）。"③ 郁达夫娴熟的诗词写作往往成为他据此衍化为整篇的小说的情绪出发点或者创作提纲。曾有研究者表明，郁达夫这种将旧体诗融入小说的写法是其"感伤型文本的一种经常性的构成方式"，甚至

---

① "在日本现代的小说家中，我所最崇拜的是佐藤春夫……他的作品中的第一篇当然要推他的出世作《病了的蔷薇》，即《田园的忧郁》了……我每想学到他的地步，但是终于画虎不成。"见《海上通信》，《郁达夫全集》第三卷，浙江大学出版社，2007，第61页。

② 《郁达夫全集》第七卷，浙江大学出版社，2007，第46页。

③ 《郁达夫全集》第七卷，浙江大学出版社，2007，第21页。

处理了"中西文化的调和""传统和现代对接"[①]这样的现代性问题。

除了和小说的互相阐释之外，我们能够在他的"日记文学"中找到他进行诗词或小说创作的"原材料"。例如《赠隆儿二首》并附记也是先有日记（1917年6月11日），而后作诗。[②]除此之外，郁达夫还在一些历史小说中引用大量的旧体诗，例如小说《采石矶》即是引用杜甫、黄仲则等人的诗作以古化古表达忧思。[③]

可见，不同于鲁迅将日记作为记账，以书信作为正当的往来，视小说为独立的自觉的文学创作，郁达夫的日记、书信有着强烈的自剖的特点，往往成为他诗词、小说创作的原材料，甚至其本身就是这些文体的片段。而且，他的创作，或是先有诗，或是先有文，或是先有小说，互相解释和阐发。

[①] 俞超:《郁达夫小说中诗词文本的互文性及其文化意义》,《青岛大学师范学院学报》2005年第4期。
[②]《郁达夫全集》第五卷,浙江大学出版社,2007,第5页。
[③]《采石矶》,《郁达夫全集》第一卷,浙江大学出版社,2007,第229页。

三

1932年10月5日，鲁迅在日记中说"达夫赏饭"，席上诸人曾记载过这个轻松自在的场景。鲁迅几天后据此所写的《自嘲》诗也几乎暗示了这是他们共同的相对较为轻松、颓荡、自在的人生阶段。相比于鲁迅的沉着、冷静、理性，郁达夫更像是一个现代游荡者，我们能在他的书信、日记、散文中看到他往来于妓院、澡堂、旅馆、理发店、书店、剧院等，伴随当下即时地描写自己的心境和城市体验。只不过他写的不是波德莱尔般的现代诗，而是在现代都市（上海）的夹缝中找到切合他心境的熟悉的语言（即旧体诗）。而且，这时他的写作也已经和旅游文化、报业等大众媒体结合，诸如后来围绕着江浙一带旅行的《浙东景物记略》即环境和他主体经验的产物。

1932年10月6日，郁达夫乘火车去杭州，"为疗养肺病及完成长篇小说《蜃楼》等作品的创作，住湖滨沧州宾馆"[①]。他从小就有肺病，少年时期就曾在故乡富阳养病中靠读书写诗自遣，而杭州正和故乡相似且更显精致、富

[①] 郭文友：《千秋饮恨：郁达夫年谱长编》，四川人民出版社，1996，第1057页。

丽、方便,令他亲近。来杭第二天,他兀自远足,闻到了"暗而艳"的桂花,尤令他难以忘怀的是,车上一个酷似他的女友映霞的十七八岁的女孩。

早餐后,就由清波门坐船至赤山埠,翻石屋岭,出满觉陇,在石屋洞大仁寺内,遇见了弘道小学学生的旅行团。中有一位十七八岁的女人,大约是教员之一,相貌有点像霞,对她看了几眼,她倒似乎有些害起羞来了。

上翁家山,在老龙井旁喝茶三碗,买龙井茶叶、桑芽等两元,只一小包而已。又上南高峰走了一圈,下来出四眼井,坐黄包车回旅馆,人疲乏极了,但余兴尚未衰也。

……

自南山跑回家来,洗面时忽觉鼻头皮痛,在太阳里晒了半天,皮层似乎破了。天气真好,若再如此的晴天继续半月,则《蜃楼》一定可以写成。

在南高峰的深山里,一个人徘徊于樵径石垒间时,忽而一阵香气吹来,有点使人兴奋,似乎要触发性欲的样子,桂花香气,亦何尝不暗而艳。①

接着,他脑海里产生了"九月秋迟桂始花"的句子。10月8日,他在奎元馆吃面的时候,终于写成了一首《登杭州南高峰》:

病肺年来惯出家,老龙井上煮桑芽。
五更衾薄寒难耐,九月秋迟桂始花。
香暗时挑闺里梦,眼明不吃雨前茶。
题诗报与朝云道,玉局参禅兴正赊。

根据书信,名《登杭州南高峰》,后给映霞寄去,改作《寄映霞》,"朝云"改作"霞君"。(查给映霞书信并无此诗,想是在书信中附赠。亦寄柳亚子)然后,在10月9日的日记:"饭后过城站,买莫友芝《邵亭诗钞》一部,《屑玉丛谈》三集四集各一部,系《申报》馆铅印本……钱将用尽了,明日起,大约可以动手写点东西,先想写一篇短篇,名《迟桂花》。"② 三日之间,就有了日记、旧体诗和小

---

① 《郁达夫全集》第五卷,浙江大学出版社,2007,第318—319页。
② 《郁达夫全集》第五卷,浙江大学出版社,2007,第320页。

说灵感。另外，他还在 7 日日记中说：

> 此番带来的书，以关于德国哲学家 Nietzsche 者较多，因这一位薄命天才的身世真有点可敬佩的地方，故而想仔细研究他一番，以他来做主人公而写一篇小说。但临行时，前在武昌大学教书时的同学刘氏，曾以继续翻译卢骚事为请，故而卢骚的《漫步者的沉思》，也想继续翻译下去。总之此来是以养病为第一目标，而创作次之，至于翻译，则又是次而又次者也。①

或许是受"卢骚"的影响，郁达夫在此日日记中说，"今天的一天漫步，倒很可以写一篇短篇"。②到了第二天，他晚上依然在阅读卢骚的《漫步》③。终于，先前阅读尼采、卢骚所得的写作小说的愿望，终于受到了这次游历杭州经验的激发，落脚到了这首经验习得的旧体诗上，而后，从小说灵感的产生，到写成，约半月的时间。（10 月 20 日写讫）

---

① 《郁达夫全集》第五卷，浙江大学出版社，2007，第 308 页。
② 《郁达夫全集》第五卷，浙江大学出版社，2007，第 319 页。
③ 《郁达夫全集》第五卷，浙江大学出版社，2007，第 320 页。

而在此期间，他身体一直较为虚弱，因为想着续作二十年代未完成的《蜃楼》里病态人的故事的情绪一直延续到了这段时间。10月10日，他在日记中说："很想拼命的写，可这几日来，身体实太弱了，我正在怕，怕吐血病，又将重发，昨今两天已在痰里见过两次红了。"[①]病肺的气质又和他的阅读经验结合在一起。"《迟桂花》的内容，写出来怕将与《幸福的摆》[②]有点气味相通，我也想在这篇小说里写出一个病肺者的性格来"[③]。同样是共同的病态与情欲交杂的素材，但郁达夫似乎对这部花了很大气力写的小说相当自信，即将完成之际，在和王映霞的书信中，他反

---

① 《郁达夫全集》第五卷，浙江大学出版社，2007，第321页。

② 《幸福的摆》，德国作家R.林道著，小说讲述了一对多年不见的大学老友海耳曼·法勃里修斯和亨利·华伦从书信往来到重逢探讨人生的故事。小说翻译于1928年，很显然在作品结构上，《迟桂花》中的"我"和老友翁则生是受到《幸福的摆》的启发。参见《幸福的摆》，《郁达夫全集》第十二卷，浙江大学出版社，2007，第46—84页。

③ 《郁达夫全集》第五卷，浙江大学出版社，2007，第321页。

复强调这部作品是一部"做得很好"[①]的"杰作"[②]。

从世界文学观之，作家的疾病与文学往往存在密切的关联，而某个特殊的地域往往成为此种关联之中介。美国作家苏珊·桑塔格曾在《疾病的隐喻》中专门对肺结核疾病与文学家的关系进行了文学史上的梳理。正如雅尔塔之于契诃夫、意大利之于劳伦斯，二十世纪的中国大都市也进入了文学中的旅行和疾病的现代情境之中，杭州也成为郁达夫疾病与文学关系的重要媒介。由此，郁达夫将十九世纪末二十世纪初危机中士大夫的颓唐心理和西方世纪末"零余人"心境[③]结合了起来。诗中的第一句"病肺年来惯

[①] 1932年10月20日致王映霞："这一忽《迟桂花》正写好，共五十三张，两万一千字⋯⋯《迟桂花》我自以为做得很好，不知世评如何耳。"见《郁达夫全集》第六卷，浙江大学出版社，2007，第198页。

[②] 10月19日致王映霞："⋯⋯那一篇《迟桂花》怕要二万多字，才写得完，大约后日可以寄出⋯⋯这一篇《迟桂花》，也是杰作，你看了便晓得。"见《郁达夫全集》第六卷，浙江大学出版社，2007，第196页。

[③] "在这一个世纪末的过渡时代里，来得特别的多，特别的杂，伊孛生的问题剧，爱伦凯的恋爱与结婚，自然主义派文人的丑恶暴露论，富于刺激性的社会主义两性观，凡这些问题，一时竟如潮水似地杀到了东京，而我这一个灵魂洁白，生性孤傲，感情脆弱，主意不坚的异乡游子，便成了这洪潮上的泡沫，两重三重地受到了推挤、涡旋、淹没与消沉。"见《雪夜——自传之一章》，《郁达夫全集》第四卷，浙江大学出版社，2007，第306页。

出家",便具有了更深刻的意义。

除了他翻译的德国小说《幸福的摆》之外,郁达夫本次"病肺"旅行阅读的卢骚、尼采指的是距此两年前所做的翻译工作。1930年1月他翻译了"超人尼采给Madame O.Luise 的七封信",尼采和"露衣赛夫人"在巴黎"偶尔遇见",尼采就给这位夫人写信,尼采的妹妹评价说:"这是一种多么纤丽婉转的柔情啊!"[1]1930至1931年间,他还翻译了卢骚的三次"漫步","全书共有'十次漫步',十节断片,若时间与人事许可的话,当逐节地翻译下去,否则殊未敢必"。[2] 现将其三次"漫步"的译文摘取如下:

  假如,因对于我的内部倾向的考察,而得将这些内部倾向理一理整齐……并且虽则我在这世上已经是无用之人了,可是我的晚年也得因此而不致于完全成为空费。我在我的每日闲步的中间,每有快乐的默想涌上心来,但可惜这些记忆是就

---

[1] 《超人的一面》,《郁达夫全集》第十二卷,浙江大学出版社,2007,第458页。

[2] 《一个孤独漫步者的沉思》,《郁达夫全集》第十二卷,浙江大学出版社,2007,第460页。

要消失的。我现在想将这些今后还能来我心头的默想录下:每次将它们来重读的时候,想来一定总能给我以新的快乐无疑。①(第一漫步)

我看到了自己的已在凋落期中的洁白无辜坎坷不幸的一生;灵魂里虽还是充满着泼剌的情感,精神上虽还有鲜花装载在那里,可是忧患频来,悲怀难遣,我的一生也已经是干枯到行将萎谢的地步了。影单形只,为众所弃,我已经感到了令人起栗的初冰的寒冷。我的日就衰落的想象,也已经不能再从心所欲地来创制些人物以慰我的孤苦了。②(第二漫步)

我觉得在各方面都受着打击,于无数的凌辱与无限制的轻侮之中,实际上的确是时时有不安与疑惑的时间来摇动我的希望搅乱我的安静的。③(第三漫步)

---

① 《一个孤独漫步者的沉思》,《郁达夫全集》第十二卷,浙江大学出版社,2007,第468页。

② 《一个孤独漫步者的沉思》,《郁达夫全集》第十二卷,浙江大学出版社,2007,第475页。

③ 《一个孤独漫步者的沉思》,《郁达夫全集》第十二卷,浙江大学出版社,2007,第497页。

很显然，这种情绪、直觉、感情外露的"自我剖析"十分贴合郁达夫的语言风格。实际上，他正是通过翻译这样相同气味的作品，更进一步来确认自己的体验和感受。而他这时期翻译的尼采也确乎是较为特殊的书信。正如我们在郁达夫的文字中看到的，无论是自传中儿童时期的保姆"翠花"，还是诗歌中的"噢哈娜"，甚至旧体诗词中的许多篇寄赠妻、嫂之诗，以及此处转译过来的"O.Luise"，他的翻译即是体己，由中可见他的寂寞与文学、女性之间的密切关系。

小说《迟桂花》一开始仿照1928年翻译的《幸福的摆》中的"同学模式"：得了肺病的老同学翁则生，多年后写信邀请"我"来参加他在杭州的婚礼。接着就有了"我"的杭州之行，而后，"我"在翁家认识了老同学的新寡而被驱逐的妹妹莲，在一次外出远足"漫步"中，妹妹天然的青春和美丽打动了"我"，引得我的"性欲"，但在天真自然的氛围中，"我"复归于精神的纯洁，认"莲"做妹妹。婚礼结束，"我"与他们愉快地告别，并开始新的生活。整部小说写得细腻、清丽，温和中有一种淡淡的忧伤，又夹杂着困苦之外的希望。从以上的情节中，可以看出，应和着自己的文学经验和心境，《迟桂花》是作者在10月7

日日记、8日旧体诗之外衍生的创作。小说中的"我"和"翁则生",不过是郁达夫的一体两面:有肺病的翁则生既是"我","我"又是有妹妹和母亲的"翁则生"。而"莲",既是郁达夫当日在路上看到的十七八岁的少女,又是他在杭州日思夜想的爱人王映霞。很显然,故事中的"寻找翁家山"和远足,正是郁达夫将那两天"漫步"杭州所见的经验,渲染到了小说中。这一显著的个人印记和散漫的写法,使得它更像是一部抒情的散文。

由此,我们再回头去看《登杭州南高峰》,如前,"病肺年来惯出家"是一种具有现代文学特质的个体书写,"老龙井上煮桑芽""五更衾薄寒难耐"则是日记中主观体验,而"九月秋迟桂始花"则点出这部小说的主题,即在病苦交加中,人到中年淡淡的颓废、忧伤和希望交杂的心境。就像九月最后开的这一拨香味耐久的迟到桂花:人生似乎一切都晚了,似乎一切又都还来得及。"香暗"句借指迟桂花,"眼明"句,或是因为白天所见女子令人眼前一亮,而不用喝令人明目的雨前茶。尾联,则"堕入"了郁达夫一直以来讴歌和思念的女性主题,从用典上看起来较为简单而落于俗套,正如其诗论中提及的旧体诗"表达新思想新事物"的"并不能畅达"。但若联系郁达夫的前后创作可知,这里"朝云"或"霞君"是他重要的"文学缪斯",没有她们,郁达夫便"百计思量没个为欢处",因为有,所以"兴正赊"的意味便悠远了下去。由此,《登杭州南高峰》反过来成为郁达夫后来创作《迟桂花》的很好的情感基调。后者又为前者作了注解。刘海粟认为"他是个杰出的抒情诗人,散文和小说不过是诗歌的扩散"①,似乎正可以解释从《登杭州南高峰》到《迟桂花》的"扩散"过程。

可见,对待个人经验,郁达夫使用的不是考订之法,而是艺术家或诗人的眼睛。同时,他又很好地融汇了日本自然主义文学,欧美主情一派,如卢骚之抒情的浪漫,以及存在主义者尼采之主体意志,这些也都共同促成他包括旧体诗的写作基因。有意思的是,鲁迅在1933年12月30日为郁达夫及王映霞书写的条幅《阻郁达夫移家杭州》中就有对他的这种品性的旁敲侧击。② 于杭州而言,所谓"平楚日和憎健翮,小山香满蔽高岑",在特殊的年代,其"和"与"香"的风物恰恰显示了其内心锐气的消磨。然而,

---

① 刘海粟:《〈郁达夫传〉序》,见郁云《郁达夫传》,福建人民出版社,1984,第4页。

② 见李文伯:《鲁迅诗〈阻郁达夫移家杭州〉诠释辨义》,《杭州大学学报》1979年第3期。

即便是郁达夫不在4月的春日间移家杭州,沉迷于"香暗"与"红腻"的内在气质,亦显出宿命般的色彩。

四

在现代文学中,文体并不完全可看作现代性的标识。例如,鲁迅就曾经在早期《新青年》时批评过以旧思想写新诗的做法,胡适、周作人、沈尹默、刘半农等人都写过这样的作品。与之相对,还有以新思想放在旧诗的形式之中的创作。此种创作在现代旧体诗史中俯拾可见。鲁迅的旧体诗就是一个很好的例子,具有强烈的批判精神。

有意思的是,如果孤立地拎出现代作家们的旧体诗,就常常会丧失这些作品中隐藏着的更丰富的现代特质,尤其是对郁达夫这样不分文体地直观地处理个人经验的作家来说更是如此。既然各个文体内在精神上存在一致性,在新旧文体之间似乎就存在着一种现代性的模糊地带。这种地带是基于中国文化的内在情感需要,而非单纯的新旧更替的线性运动需要。在这一点上,郁达夫尤为明显。现代文学研究者刘纳曾说,"郁达夫具有大大超过常人的吸聚痛苦的精神特性。这种特性曾经促成了郁达夫'五四'时期艺术才情的迸发"①。很显然,他的旧体诗,也一并裹挟在这种"'五四'时期艺术才情"之中。郁达夫的创造社伙伴郭沫若曾说他的"诗词实在比他的小说或者散文还好",②同时又说,"我们感觉着他是一位才士。他也喜欢读欧美的文学书,特别是小说,在我们的朋友中没有谁比他更读得丰富的"③。有意思的是,虽然郁达夫各文体在内在精神气质上具有强烈的一致性,但相比较其旧体诗含蓄蕴藉的文体形式,郁达夫的小说的确细腻坦白甚至到了有些啰唆的地步。

吴晓东在《郁达夫与中国现代"风景的发现"》中对郁达夫的"风景"主题进行现代性的发掘:"郁达夫在把中国风景与西方风景进行对比的同时,多少印证了西方现代性在郁达夫留学和写作时代的强势影响。"④他的旧体诗

---

① 刘纳:《郁达夫——我国新文学的开拓者》,《中国现代、当代文学研究》1985年第17期。

② 郭沫若:《〈郁达夫诗词抄〉序》,见陈子善、王自立编《郁达夫研究资料》,花城出版社,1985,第163页。

③ 郭沫若:《论郁达夫》,见陈子善、王自立编《郁达夫研究资料》,花城出版社,1985,第85页。

④ 吴晓东:《郁达夫与中国现代"风景的发现"》,《中国现代文学研究丛刊》2012年第10期。

也是一方面很好地继承了旧文学中的"风景"（包括意象、内蕴）的书写，另一方面，它又自洽地融会到了作为现代文学的文本之中。从《登杭州南高峰》到《迟桂花》的写作，均体现了这种特质。同时，这种过渡也揭示了郁达夫小说写作的秘密，即现代性中所包孕着的顽固的传统"风景"和雅致意蕴。

和鲁迅一样，郁达夫在二十世纪三十年代受语言大众化的影响，在新体诗歌方面走向了短暂的自由的"语体"，甚至有着歌谣式的风格。但很显然他仍旧喜欢操弄着这看来"复古"的路数，他既没有为了启蒙而走向口语，也没有趋新于国学热而去"疑古"。他的旧体诗写作，伴随着他的现代生活体验，与他的别的文体同呼吸、共命运，一样的精神质地，一样的时间，一样的空间，成为另外一种独特的只属于郁达夫的现代姿态。

"她感到光从里面，从心思中升起……"
——西渡《奔月》读札

一

经典的改编是难的，而改编那些被反复改编过的经典尤难，嫦娥奔月的故事就是一例。从古典的神话、诗歌，到现代小说、音乐、戏剧，我们一再看到这个古老故事的奇妙翻新。以它为对象完成艺术创作容易，而想要达到"无剿说，无雷同"之效果，实在需要多加运思镕裁。西渡的这首《奔月》，赋予了这个古老故事以新的内涵，同时又保留了这一神话题材所携带的永恒性，可谓推陈出新的又一佳例。作者以女性或月为主体，重新讲述了这个宇宙秩序建立之初的爱情故事，其中锤炼出的意象世界，既富于唯美的意境，又包孕着古典的神韵，同时融入了现代人的情感困境，具有多层次的内涵。在宇宙洪荒的秩序变迁中，后羿和嫦娥的原型故事，就像亚当和夏娃的故事一样，承担着生和爱的重担和困扰。只是，这里的重担和困扰，不是西方经典中的生之欲，而是一种不断积蓄到势均力敌的情感世界的平衡和较量。

比较特别的是，这首出自男性的诗，作者的视角却是落在女性一边的。诗人赋予了嫦娥丰满的血肉和神思。他有一种神奇的对女性的理解力。仍旧是英雄、美人叙事，但这个原本带有"修仙"色彩的神话，却被拉回了日常，而这种日常又和鲁迅《故事新编·奔月》中因为生存无着落、吃腻乌鸦炸酱面的生存困境不同，诗里的嫦娥，陷入的是一种情感的落寞。她有爱的寂寞、匮乏，有爱的守望、失望以至于绝望。从古至今，男性和女性在情感上似乎一直并行而相悖，他们之间有无法解决的矛盾和纠葛：男性阳光、好斗，女性阴柔、缱绻；男性向外、事功，女性主内、迷茫。在这首诗中，这种情感的矛盾和落寞，同时连接着宇宙洪荒的背景，整个宇宙仿佛是人类的心理流，而月亮则成了集中映照女性情感世界的一面镜子。

二

诗一开头以节制的笔墨讲述了后羿射日的过程，浓墨重彩则都给了射日之后的世界：世界渐渐恢复秩序，嫦娥以为自己可以像往常一样享受爱情和平静的生活。但是，这时候的后羿，已经不再是过去的那个无名之辈，而是逐渐成为一个被立了"生祠"的英雄。因为"英雄"在行动之时尚未成为英雄，而一旦被命名，便被召唤、被膜拜，便自然而然地滑入了陨落和颓败。但对嫦娥来说，这一切只是向她指陈、明确了一个事实，他不再属于她——虽然，可能原本他就不属于她。而在失去爱情的痛苦中，嫦娥开始意识到世界的存在，那个她和他之外的世界。这个世界逐次向她展开：她抬起头，看到了天空，看到了月亮，看到了过去（何来），并意识到未来（何往）。她从只属于此刻的那个狭窄的爱的空间解放出来，成为一个新的时空的生物。世界变大了，时间延长了，而她却变得渺小了，自我和孤独几乎同时被唤醒。她终于体会到自己和天上世界的秘密联系，尤其是那个光明而柔和的月，和她那么相似，带给她召唤和共鸣。这也暗示了她的未来。

　　而后羿徒劳奔忙之时带回来的灵药，在这里作为一个叙事装置，似乎暗喻了两人情感的终结。因为，只有在绝望之时，人们才会期许未来，就像鲁迅分析过的唐明皇和杨贵妃的誓言一样。所以，嫦娥对这样的"许诺"充满怀疑。逝去的爱还能再找回来吗？她哭了，没有丝毫信心："让她不安的并非虚假的永恒／诱惑她，而是家室中躲藏了／一个第三者，无限的天空有了／裂缝，大地张开吓人的深渊……"所有的眼前的生活，失落的爱情，都可以因为这种漫无边际的期许而变得更加令人不安。而一开始就象征着太阳和事功的后羿，和月之间的关系是非常疏离的：后羿离开了太阳和人间，还会是后羿吗？嫦娥大概也是能够体会到这一点的。

她终于对他绝望了，感受到了"天上的光和地上的光交辉"，她吃了灵药，奔向了月球。她用放弃这段感情换来独立，也换来那喀索斯一样的顾影自怜。只是她之所以这样，是被迫的，被迫"从自身之中寻找神"。因为他们曾经甚至当下仍然还有真正的爱，所以，放弃了他的爱，就意味着放弃一切爱。这似乎象征了凡是纯粹爱者，最终就会面临这种爱的无法沟通。与其不能回到当初，不如一无所求，两相对峙，两相独立。

这里的嫦娥，隐喻着独立背后情感的牺牲，或者说，女性的平静和安详背后都有情感的牺牲。而对于后羿来说，嫦娥固然重要，甚至可能是他情感的归宿，但更重要的，是成为英雄和成为英雄之后的荣耀与劳碌，尽管后者已经让他丧失了生命的活力，让他变成了一个世俗功利的傀儡。但男人们，谁又能抗拒这种孩童般的游戏呢？不过，令人深感安慰的是，她放弃了世俗的真爱，却拥有了一个更为广阔的自己。她在她（月亮）的怀中，感受到了一种能量的蓄积，所以才会"放出双倍的光明"。最后，她和月亮合二为一，成为她自己。

《奔月》以这样一种英雄背面的视角，深入刻画了嫦娥作为一个女性的心理：不甘心成为一个寂寞的、陷于凡俗的妻子，守望或无望的妻子，宁愿以一种对峙的姿态来面对她所爱的人。而这种姿态，也似乎意味着女性情感生命的最终完成。这里的月亮，也就成为她的象征，她所留存的记忆的象征，她可以掌控的生活的象征。月亮也成为她平凡、渺小的命运和情感的稀释方向。因为她的情感，不过是月亮这个球形大海的涓滴。

三

令我感到别有意趣的是这首诗内部的故事语境。诗人以远古的神话材料为底子，赋予了这个爱情故事以更为平稳、宏阔的底座。从两性之爱上升到世界、宇宙中的阴阳共生、呼应，这种处理方式让这首诗带有充沛的古典哲学和美学色彩。

其实,在故事的一开始就暗喻了这种平衡愿望的建构。阴阳调和的世界由双方的牺牲来完成。后羿所射之日正是他自己的一部分("那弓手忽然感到不安,仿佛／那嘶吼着坠落的是他自己")。他留下了一颗太阳,实际上也是留下了他自己。他成了一个被减损了的胜利者。然后,月亮升起来了。("是崩毁的太阳／亡魂,还是它们的姊妹,影子?")在可怕的灼烧之后,世界渐渐恢复了它和谐的秩序。女性和月亮,就像是世界天平的另一边,承担着温柔、弹性,爱和丰盈;她们实际上互为一体:"那是她的果实／结到了天堂树上,从里面膨胀／在大地上空堆集多欲而丰盈的／爱的馈赠。"因为地上的情感的匮乏和寂寞,她的生命与孤独,都托付给了天上这个她心意所许的月亮身上。("照彻骨头的孤独……骤然明白／她想要趋向她。而星星,仿佛／她的化身,在屋顶的草茎上／继续发抖,一种线的干扰……")它对寂寞的嫦娥的陪伴、吸引,暗示了后面"双倍的光明"需要女性的等待、守望乃至寂寞的飞升作为平衡点。

至此,偏狭刚愎的世界转向和谐,世界恢复了它的秩序:有善有恶,有太阳有太阴,有光明有阴影,有喧哗有沉默。而女性那"秘密的话语""说出就被遗忘的话语",就在喧哗世界的背面暗自生长,并自由地在"万物的影子中寻找隐蔽"。嫦娥和月亮融为一体,后羿则和太阳彼此不分,世界形成阴阳、大小的对峙、平衡,这会让人突然想起老子的世界。

四

尤为特别的是,这首诗以一种同情、温柔的姿态来看待爱情中的女性。诗人似乎比女性更能理解女性的孤独和痛苦。这种带有宿命色彩的情感,恰恰又和外在的自然和宇宙世界同气相求。而这种同气相求的氛围,又成为纾解男女双方情感矛盾的出口:树(自然)犹如此,人何以堪?

对于作为男性的后羿,作者并没有使用过多的笔墨。后羿是一个对人类有功,对宇宙秩序有功的男人,却未能守护自己的妻子。妻子在他所减损的炙烤的世俗世界中,并没有回到过去的温柔岁月,而是经受了新一轮情感的炙烤,成为人间光芒(包括自己的丈夫在内)的对立面,成为一个独立的、寂寞的谜。

这首诗突出的地方是将耳熟能详的古典故事赋予了现代爱情困境的内涵,同时又将这种属于女性主体的真实、深邃的愁苦和不解，以及两性之间带有某种永恒色彩的冲突，稀释到古典语境或古典的哲思之中：诗人没有用一个宏大的壳子来回避或压迫个人，使人变得卑怯、同一、渺小，变得虚无、僵硬，也没有夸大作为个体的人及其情感世界，使人变得不可一世、唯我独尊、孤立无援。作者所运用的这种调和的笔法，显然属于现代，但同时又给人一种借由古典秩序"兜底"所带来的慰藉。这是我觉得这首诗比较新鲜和有趣的地方。

  说到这里，突然想起在费里尼的电影《朱丽叶与魔鬼》（1965）中，朱丽叶因为自己的丈夫是一个成功的电影工作者，而始终处于情感的孤独和欠缺之中，她用梦境、守望和偶尔的出神，来纾解这种"亏欠"。这和《奔月》中嫦娥的心理有相似的地方，不同的是，诗歌将现代女性的这种情感上的困境，消解于月亮这个白日嘈杂世界的背面，消解于不断被叩问的自然世界，这似乎要比电影中求助于梦魇、宗教更加节制，也更加优雅。

影评

江南小城的失落与重述
——《春江水暖》的影像困境与当代表达

顾晓刚的《春江水暖》(2019)在大陆电影中以其独特的运镜方式讲述了富春江一带普通人的日常生活：一个家族中的母亲及其四个儿子的故事。四个儿子有着不同的生计，在富阳一带过着平凡又艰辛的生活。代际矛盾在此产生、弥合，围绕这些矛盾的一条线索是老太太的失踪、归来和最终逝去。影片基于东方审美的影像表达和地方性叙事很吸引人。导演顾晓刚更是富阳本地人，这部电影同时也是家乡政府委托他制作的命题作品。整个创作其实是系列性的，以元代著名画家黄公望的《富春山居图》为创意底色，《春江水暖》是其第一卷。在拍摄计划里，导演还会就钱塘江、东海进行影片第二卷、第三卷的拍摄。第二卷讲述杭州西湖茶山故事的《草木人间》已拍摄完毕，并于2024年在国内上映。该作品以外来采茶女的生活为主线，讲述在时代冲击下女性的生存困境。相较于《春江水暖》，这部作品因其叙事及人物塑造上的生硬感，并没有获得观众良好的反馈。尽管第三卷尚未推出，但我们仍可就顾晓刚的这一书写江南的系列作品在地方性叙事和艺术表达之间的紧张关系展开剖析。

《春江水暖》最为鲜明的特点是其影像语言。电影以一种富有烟火气的纪录方式讲故事，其内部的人伦温情、生活韧性与外在世界的急遽变化形成鲜明的对比，后者对前者的挤压集中体现在城市化开启带来的人们对物质的努力追求上（如顾家老大将自家饭店命名为毫无地方特色的"黄金大饭店"）。人们也似乎相信一切可以向更好的方向快速发展下去。而从整个东亚电影语境中来看，这部电影又在风格上给人似曾相识之感。顾晓刚也坦陈自己有受到来自台湾新浪潮电影的主要人物侯孝贤、杨德昌的影响。[1]尽管如此，他并没有使用类似台湾新浪潮电影主情的表达方式，在借鉴其影像美学的同时，他通过独具地域色彩的记忆素材的层累和调用，使影片具有了江南城市史流变记

---

[1] 顾晓刚、苏七七:《〈春江水暖〉:浸润传统美学的"时代人像风物志"——顾晓刚访谈》，《电影艺术》2020年第5期。

录的文献学意义。

已有的《春江水暖》研究或评价,主要集中在这部电影的审美和叙事层面。在审美层面,研究者有个方向类同的判断:这部作品是一场"东方美学试验",从传统绘画和戏曲中获得了诸多灵感,运用了"散点透视""移步换景""唱念分立"等表现方式。[1] 在叙事层面,研究者往往聚焦于电影故事的"市井"色彩[2]和"废墟寓言"[3],这些故事被认为是带有"生生不息的朴素期待"特质的"在地性的文化表达"[4]。以上两方面,要么抓住其形式语言,要么探索其现代性内涵,往往倾向于各自表述。此外,也有研究者用电影理论的视角剖析《春江水暖》,将电影中的静物(如渔船上的杯子)与小津安二郎的《浮草》中的静

---

[1] 周舟:《〈春江水暖〉的东方美学试验》,《中国电影报》2020年9月9日第11版。

[2] 沈芬:《电影〈春江水暖〉:富春江畔的"市井"画卷》,《杭州》2020年第20期。

[3] 陈亮、李攀:《〈春江水暖〉:废墟寓言的在地性表达》,《电影文学》2021年第6期。

[4] 陈亮、李攀:《〈春江水暖〉:废墟寓言的在地性表达》,《电影文学》2021年第6期。

处物象并置考察①。而实际上,《春江水暖》纪录气质浓郁,和小津"时间－影像"的德勒兹式疏离现实的表达②相去甚远。还有研究者将视角指向该作品和近几年其他表现杭州地域故事的电影(如《漫游》《郊区的鸟》《她房间里的云》等),认为这些作品时空表达上的共同特质构建了不同于传统江南电影的"杭州新浪潮"。③然而,这一概念的提出也遭遇了新的质疑,包括其能否回应当代电影及相关艺术议题。④

在法国年鉴学派史学家马克·费罗那里,电影是观察社会、历史和现实的窗口。电影的意义不仅在于其表现了什么样的现实或历史,还包括它怎样表现,以及这样的表现如何暴露了"它所反映的现实"。在马克·费罗看来,"影片的叙事、布景和写作以及影片与影片以外的诸因素如作

---

① 杨北辰:《四季与永恒——〈春江水暖〉的时间－影像》,《当代电影》2020年第6期。

② [法]吉尔·德勒兹:《时间－影像》,谢强译,湖南美术出版社,2004,第20页。

③ 孙慰川、朱霖:《"以漫游抵达诗意":杭州新浪潮电影时空构建探赜》,《电影文学》2024年第4期。

④ 张斌宁:《一种新感觉:江南电影、当代意蕴与中国电影学派》,《当代电影》2023年第1期。

者、制片人、观众、评论家、社会制度等的关系也值得研究"[1]，这些都有助于"发现潜藏在表象下的真相、透过可见的现象洞察不可见的内里"[2]。就观影体验而言，在《春江水暖》那里，东方审美的意象诉求和故事本身的纪实底色，构成了某种相互掣肘的局面，进而带来其形式和内容之间的割裂，使得电影在推进上形成了一种隐现的钝重之感。其所倾力呈现的传统形式的当代表达，以悖论的方式，揭示了当代江南小城发展的内在矛盾，也即转型发展的变革之伤、旧有文化的精神缺失，以及如何重建文化主体性的歧路迷惘。这样一来，《春江水暖》成为我们观察江南小城市群的一个有趣的入口：对于江南文化来说，上海、杭州、苏州、南京只有一个，然而，以富阳为代表的卫星般的无数小城也是江南文化的主力承载。它或许无法作为江南的中心性城市存在，但仍有其足够的历史文化积淀。对聚焦于地方性的电影人来说，这样随处可见的江南小城该如何凝聚文化符号，展现其文化主体呢？

---

[1] ［法］马克·费罗：《电影和历史》，彭姝祎译，北京大学出版社，2008，第22页。

[2] ［法］马克·费罗：《电影和历史》，彭姝祎译，北京大学出版社，2008，第23页。

一、"写意"与写实的割裂

《春江水暖》被关注较多的几个方面是：长镜头的运用，人物对话中普通话和方言的混合使用，使用窦唯音乐的电影配乐。那么，这些相对技术性的要素和影片的内核或者说内在性构成了一种怎样的关系呢？

首先，本片较为知名同时也富于争议的是其中近十多分钟的长镜头。故事里家族的第三代年轻人 江一和顾喜归乡之后相识并相恋。江一为了在喜欢的人面前表现自己，游泳渡过富春江的石矶岸。镜头则追踪江一，展现了富春江畔的景色，鸟声、汽笛声等陪衬着画卷般的江畔，充满诗意。与整体静谧形成鲜明对比的是江一持续了数分钟的游泳的划水、吐水声音。一轻一重的诗意背景和人物现实心理给人以割裂之感。或可以说，这里长镜头隐含的某种不协调感，展现了整部电影在叙事上的内在焦虑。

其次，构成评论焦点的，还有电影中的人物语言。江一、顾喜、老太太的普通话，与电影中大部分人的方言形成鲜明对比。有研究者认为，这是较大的缺陷，它使观影者倍感"尴尬"。[1]也有人为其辩护,认为这是"唱念分立"技法的体现。[2]普通话是从日常生活抽离出来,上升到哲理、情感的部分,而方言,即念白,则指日常对话,也就是说,普通话被赋予了一种"抽象的具体"的意义。结合影片,顾喜、江一作为回乡青年,自始至终都在说普通话,从上海嫁到富阳的老太太时而说普通话,时而说家乡话。显然,普通话的使用与其说是"唱念分立"里的"唱",毋宁说是常见的表征人物身份认同的手段。而顾喜在岸边突然用话剧腔说话,在家里用普通话对着母亲评价她与江一之间的爱情;老太太突然用话剧腔回顾过去……这些在以纪录为主要表现形式的电影中也称不上什么"分立",反倒是显得异常突兀。这难免让导演顾晓刚对美学的追求和对社会学素材的真实性要求往往扞格。而电影中上升到哲理和情感的部分恰恰不是祛除了方言的普通话所赋予的,而应是自故事流或场域气氛里升华出来的。

再次,影片中使人印象深刻的还有作为长镜头伴奏的

---

[1] 沈芬:《电影〈春江水暖〉:富春江畔的"市井"画卷》,《杭州》2020年第20期。

[2] 周舟:《〈春江水暖〉的东方美学试验》,《中国电影报》2020年9月9日第11版。

窦唯《溪夜》《东游记》等作品。据说窦唯的音乐也启发了导演的镜头语言。[1]从二十世纪九十年代开始,窦唯自西来的摇滚乐渐渐转向带有极强的本土腔调的实验性表达,其中往往有他对北京城市传统的文人式体悟,例如他喜欢在音乐中加入老北京日常中的各种杂音,给人感觉既世俗、市井,又古旧、缥缈。而窦唯从中国文人"隐市"传统中获得的此类灵感,恰恰是一种对社会剧烈变迁的回避、疏离甚至反抗。然而,这种带有整体的回避、隐逸甚至象征色彩的"出尘"气质并不能融入这则纪录色彩浓厚的故事之中。也就是说,窦唯的音乐能够和电影的诗意视觉传达构成一种稳定的互文关系,但它又和其所讲述故事的朴素和普遍的写实性相背离。

如前文所述,顾晓刚自陈他受到台湾新浪潮的深刻影响。他说,"侯孝贤导演和杨德昌导演在世界电影中拥有自己的一席之地,正是因为他们用的是自己文化所产生的电影语言,从自己民族文化中生长出来的世界观",以自

---

[1] 顾晓刚、苏七七:《〈春江水暖〉:浸润传统美学的"时代人像风物志"——顾晓刚访谈》,《电影艺术》2020年第5期。

己的方式获得艺术上的自由。[①]侯孝贤、杨德昌电影具有很强的风格性：一方面，他们传达的城市影像的色调是东方式的，另一方面，影像和故事是紧密贴合的，城市光影的传达和人物的内心世界是圆融合一的。而在《春江水暖》中我们显然没能获得这样自由融合的感受。艺术监制梅峰提示了导演的类似审美诉求，使得《春江水暖》从风格上继承了如《不成问题的问题》（2014）中素朴清丽的江畔表达，但这却无法弥补其在影像传达上的内在矛盾——高度形式化、钝重的影像（传统的，唯美的）和故事的现实性、在地性（纪录的，写实的）之间的矛盾。这种矛盾如果处理不好，就会导致影片想要依靠故事"上升"到意境风格的部分缺乏流畅感。例如，片中奶奶这一角色指向的是富阳的过往，而这个过往又被"虚写"，带有较强的神秘与象征色彩，电影整体的写实基调又使得这一角色抒情浓郁的言行显得多少格格不入。也就是说，以艺术电影观之，《春江水暖》讲故事的方式是不够超脱、独立、自由的；以文献纪录片观之，它通过影像的国风般的诗意修饰，又努力向上遥望着并不存在的深层诗意与神秘性。这里的叙事"拧

[①] 顾晓刚、苏七七：《〈春江水暖〉：浸润传统美学的"时代人像风物志"——顾晓刚访谈》，《电影艺术》2020年第5期。

巴",呈现的是一种表达焦虑：作者尝试还原家乡的记忆，但一旦将这些记忆与在地景观拼接起来，就显得左支右绌，给人一种找不到合适的语义而又硬要表达的主体焦虑。

二、江南小城变迁呈现的文化困境

我们仍能从顾晓刚建立在社会素材调研基础上的故事讲述，了解到他对家乡富阳"时代人像风物志"的在地性表达。影片中的四兄弟分别是饭店老板、渔民、建筑工人、赌徒，他们各自扮演了这个城市的四种角色："饭店代表市井江湖，渔民代表诗和远方，建筑工人代表时代，赌徒代表这座城市的地下。"[①] 而电影中，老大是饭店老板，饭店常常高朋满座，也常面临人情世故和帮派骚扰的小麻烦。老二夫妇是渔民，他们"日炙风吹面如墨"，靠在富春江上打鱼为生，为给儿子阳阳买上体面的新区婚房而操劳。赌徒老三则带着一个患有唐氏综合征的儿子，为生活所迫"出老千"而最终被抓。老四是一个老实巴交的单身建筑工人。综合起来，四兄弟基本上都是在时代变迁下的市井生活里打滚，与运镜考究的景观镜头所暗示的"诗和远方"

---

① 顾晓刚、苏七七：《〈春江水暖〉：浸润传统美学的"时代人像风物志"——顾晓刚访谈》，《电影艺术》2020年第5期。

始终保持着一种带反讽气息的审美距离。

电影中还有随处可见的类似暗示：在喧闹的菜市场中，老大媳妇和菜贩谈论炒房的得失；顾喜的父亲（老大）和江一的第一次对话透露出，江一从大城市返回的原因是"工资都用来租房了"，而在富阳，他的工资三十年后才能够买得起县城的房屋，他要写的悬疑小说也是取材于富春江上游的水污染；老二夫妇看着自己的房子被拆，说道："住了三十年，三天工夫就拆掉了。"

值得一提的是老四。他是母亲最疼爱的儿子，人到中年，还未能在"市井"中立下一席之地。他老实巴交，常常面带微笑，仿佛置身于世外。相较三个哥哥，他是一个沉默的人。电影里有一个他作为建筑工人拆旧楼的场景：楼房的墙面被工人们砸烂，窗户被一个一个卸下来，扔到空旷的楼际。在那些已然空旷的、废墟般的房子中，老四看到了最能体现时代流变的事物：旧式游戏机和写满文字的明信片。它们保存着过去最为珍贵的回忆。老四在黑暗中捏着打火机，在微光下用生硬的语言朗读着那张满载爱恋的明信片。这一场景以一种略显矫情的方式，暗示了过去那种朴素、真实而缓慢的情感表达方式已一去不复返。这很容易让人想起贾樟柯《三峡好人》里那些动人的细节碎片。《三峡好人》所呈现的打火机音乐、手机铃声,废墟上的时间信息,表征着急剧的社会变迁下人群的阵痛甚至麻木。相较于《三峡好人》作品的生猛陈述和废墟内在的统一性,《春江水暖》似乎对如何在传统与现代的夹缝里表现一个"当代"化的江南小城,存在着某种叙事上的游弋与困难。

不过,剥离了钝重形式以及带有模仿色彩的故事套子,回到现实表达层面,这部内在割裂的作品又恰恰体现了创作者基于本乡本土的在地性观察的真实性。在马克·费罗看来,通过虚构的情节,现实的影像,我们可以发现潜在的真实性内容,进而发现"看不见的(社会)事实区"[1]。这种随世浮沉的生活,可能不再能融入本地古典人文审美精神,而只剩下以老四生活为表征的时代的漩涡:城市的快速发展带来的地理感的丧失和精神的贫瘠与迷茫。曾经的地方文化也开始走向衰弱。这里不是侯孝贤的小城镇式的富春江,也不是杨德昌解剖刀下的富春江,更不是当年黄公望在农耕背景下的高逸山水。这里的富春江,和当代其他江南的人居山水相似,只有居于其侧的"市民"生存

---

[1] [法]马克·费罗:《电影和历史》,彭姝祎译,北京大学出版社,2008,第27页。

的永恒性以及其对城市快速变迁的必然性的接纳。

在《春江水暖》中，我们能够感受过去的传统，无论是渔隐的还是山水的表达传统，都是凋零或颓靡了的，所余的仅是反传奇的市井生活。正如前引研究者所推断的，其实则包涵某种"废墟美学"的基调，而这基调被认为是构筑了江南电影的当代意蕴[①]。回归传统，富春江，或者富阳，联结着三个历史文化人物：严子陵、黄公望、郁达夫。他们也是电影想要"复活"的人文基因。黄公望是元代画家，被贬谪后寄情山水。《富春山居图》的轮廓正采自富春江，画中有书生、渔夫、樵夫，山峦和树木疏密相间，风格天然俊秀，逶迤多端，又充满了沧桑感。它暗示着天地自然中人的渺小，富于极强的道家景观氛围。这和东汉严子陵垂钓的故事构成了跨时代的呼应关系。而生长于富阳的现代文人郁达夫也曾造访桐庐富春江畔的严子陵钓台。1932年8月他在上海写下游记：

  向天上地下四围看看，只寂静的看不见一个人类。双桨的摇响，到此似乎也不敢放肆了，钩

---

① 张斌宁：《一种新感觉：江南电影、当代意蕴与中国电影学派》，《当代电影》2023年第1期。

的一声过后,要好半天才来一个幽幽的回响,静,静,静,身边水上,山下岩头,只沉浸着太古的静,死灭的静,山峡里连飞鸟的影子也不看见半只。前面的所谓钓台山上,只看得见两个大石垒,一间歪斜的亭子,许多纵横芜杂的草木。山腰里的那座祠堂,也只露着些废垣残瓦,屋上面连炊烟都没有一丝半缕,像是好久好久没人住了的样子。①

郁达夫的吊古,呈现了山水间的现代性孤独以及披着传统外衣的"死灭的静"。有汉学家认为,郁达夫身上有一种从古朴小镇漂泊到都市的现代性焦灼,因焦灼而寄情于文字上的声色、情愫。②而这个焦灼,和顾晓刚在电影镜头里呈现的焦虑在结构上比较类似,都是试图在主流的城市文化形态的边缘寻找新的具身表达。与郁达夫的充满废墟气息的坦率写古相比,《春江水暖》温煦的表述又仿

---

① 郁达夫:《钓台的春昼》,《郁达夫全集》第四卷,浙江大学出版社,2007,第28页。
② [美]卢汉超:《霓虹灯外:20世纪初日常生活中的上海》,段炼、吴敏、子羽译,山西人民出版社,2018,第10页。

佛想要重建某种更深的情感。电影中，唯一的知识分子或文人大概就是江一了，而他只是一个在大城市生活不下去的返乡青年。除了对家乡山水传统的珍视之外，他似乎并不知道该如何重述故乡。他和顾喜父亲对话聚焦的买房问题，表现了对当代城市化进程的温和批评。他拟创作的生态破坏主题的悬疑小说，也并不能构成某种新的现实表达。小说的背景，是二十世纪九十年代，因为经济大发展，河流污染，出现了反常的生物现象。江一基于这种生态危机，构建了悬疑小说的叙事基调。导演似乎想在这里借助江一之口，说明经济发展带来的工业生产追求对人们的生活有着负面的影响。这种老调重弹，从一个侧面说明，二十多年过去了，导演还不能赋予自己才人辈出的家乡一种新的解释。

这种无力言说乃至传统的被掩埋和被遮蔽的叙事困境，未必独属于导演，它所表征的是处于转型阵痛中的江南小城市群（和城中人）的集体困境。电影中，有人反复提及富阳修建高铁之后很快通往杭州。最后，老二夫妇站在摩天新楼上，高兴地谈起大学城的兴建以及将来儿子的子女的教育。"通往杭州"仿佛是一种理想化的未来生活，就像杭州通往上海。在老楼里，顾家昏沉的老房东也在电

视里听到有关富阳新发展的采访:

> 富阳,就是建设的快一点。因为现在拆呀拆,拆得太多了。现在就是一片空地,一张白纸,希望它能建设快一点。希望地铁快一点通,然后就建设得越来越繁荣。

一个城市为了更新首先变成一块"白纸""空地",这显然是令人担忧的,在这样的空白基础上,所谓发展快一些、繁荣一些,也不过是向杭州、上海这样的中心城市靠近。具有反讽意味的是,电影里老太太的个人追忆,似乎又暗示了过往的不同:老人从上海嫁过来,犯上"痴病"后给顾喜写的练习恢复记忆的"作业"中,记载了她初来乍到时看到的富阳带有本土特色的美景。从老人的怀旧书写里,也许可以看出,尽管三代人都处于现代化的进程之中,但当代的现代化显然是加速的,乃至单向度的:在第一代人那里,城市之间是双向靠近的,而今则偏重于指向单一的对于中心城市的渴望和认同。

由此,无论是严子陵的渔隐,还是郁达夫的"钓台春昼",都退化成了石矶和楼阁的空洞躯壳,其中生活着的已然是跟随急遽变革"奔跑"的市民群体。显然，影片拍摄的初衷以及作者电影审美的诉求，都显示出创作者真诚召唤家乡失落传统的热望。然而，电影中所营造的那种带有极强唯美色彩的镜头和它所讲述的故事之间形成割裂。镜头里风景的语言"太满"，而给人带来一种植入旅游宣传片的错觉。电影所呈现的钝重对轻盈的破坏，普通话对方言的破坏，市井生存对渔樵传统的破坏，这虽然和顾晓刚想要表达的江南美学风格或在地"持守其中"的文化独特性初衷有所偏离，但又在文化主体失落的意义上呈现了一种另类的真实之感。进而，我们可以发现，导演似乎并不知道除了唯美的表象，亘古的生存需求，富阳的人文传统到底还剩下什么？在剧烈的时代变革和中心城市向心力的双重挤压下，江南小城文化能够表达的新命题是什么？也许这也是他在自己的创作素材（富阳的人文调研）中无法找寻的。而这，不仅仅是我们要向影片作者追问的，还应该是向现实追问的。

三、江南性重述的挑战

中国新时期的电影中，张艺谋的《红高粱》是山东高密地区传统人伦的地方性呈现。它糅合了莫言取径魔幻现实主义的想象力和张艺谋对于乡土意象和浓烈色彩的敏感与把握。最终，它让中国电影"走向世界"。而这种"走向世界"的诉求，在二十一世纪的中国遭遇了批判性的反思。如果说，在文化自觉、文化自信的前提下，讲好中国故事，而非单纯"走向世界"的自我推介，成为中国电影走向国际不言自明的预设，那么，我们在《春江水暖》中看到的，镜头语言内在的纠结感和叙事策略上的马赛克感，其实是时代主流（以及日渐庞大的国内观影人群）对电影内容和形式提出新要求的结果。它的地方性不是为了寻求外部东方主义式的赞美，而是要首先获得中国观众的内在认同。《春江水暖》也的确让一些观众体会到中国山水的美感和人伦的温情。然而，如果我们把富阳的二十一世纪城市身份看作是江南小城文化传统的自然延续的话，那么，这种新的文化自觉、文化自信和主体性重申，当其和全球化的进程以及江南这一地理区域的内在结构的变化纠缠到一起时，它的呈现终将是暧昧不明的。

与之相连带的一个更令人担忧的问题是：美如果脱离故事的真实感，这美还属于故事本身或故事发生的地方吗？如果不是，那么它就只能表达电影作者较强的控制欲和主观性。从而，美景和故事无法产生共生的效应，拍摄出来的作品不像电影，也不像纪录片，像是呈现了一群被"山水"（的形式）"压垮"了的人。

由此，《春江水暖》并非纯然是一部带有新浪潮意义的主情的电影，它既是官方委托的命题拍摄，又沾染了小城电影题材中不变的面对家乡风物变易的沉郁。这就导致委托方对电影宣传效果的要求，以及电影内在的作者在电影传统脉络下的诉求二者扞格。故而，电影的镜头语言经常处于强烈的犹豫和纠结之中，如同不能给出结论但又出于某种责任感而又试图给出结论，运镜者如同一个拿不定主意的人，在镜头中塞入太多的事物，以至于电影带有非常强烈的拼贴性。这种拼贴感体现在电影中水墨画传统的引入，例如散点透视等手法的运用，而将有着灵性意味的窦唯音乐置入电影架构的做法，又使得这种连接"国风"与"市井"的作品内部形成了一种特别的矛盾。

由此，作者所试图表达的中国传统与其现代转换部分的杂糅，变幻出了新的效果，它们共同指向一个新的问题，也即现实的魔幻呈现无法真正有力地表达传统的现代转换，也无法给出攸关地方文化主体性的新答案。而在马克·费罗看来，"研究电影时，要把电影和生产它的社会结合起来考察。让我们假设，无论是否忠于现实，无论是资料片还是故事片,无论情节真实可靠还是纯属虚构,电影就是历史"。[①] 某种程度上,《春江水暖》恰恰显露了这样的现实(历史)。地方性书写必须在形式方面找到新的能够平衡剧烈现实变化的方法或路径。这其中可能还孕育着新的力量,等待着艺术家去发现。

近两年,"江南电影"概念的重新提出,显示了二十世纪二十年代江南题材电影诞生以来的人们对江南地域及人文风貌的承继以及持续表达的冲动。而"杭州新浪潮"概念的提出,也表现了江南在时空、记忆和文化表达上的特质。与此相关的大量小成本、反类型的艺术电影的出现,也说明"江南"正经历着一场新的当代的再表达。不过,相当一部分情况事与愿违,如以"江南电影大会"为代表的大型文化活动并不是以"江南城市文化"为轴心,而是迎合时代的变化,展映当下票房较高的电影:

> 首日影片推介环节有大地电影发行的《阿修罗》、华夏电影的《藏北秘岭重返无人区》、善为影业《足球王者》,猫眼电影的《邪不压正》,联

---

① [法]马克·费罗:《电影和历史》,彭姝祎译,北京大学出版社,2008,第21—22页。

瑞《爱情公寓》，上影的《孙悟空奇遇记》，优其影业的《神秘世界历险记4》、华策影业《反贪风暴3》，爱奇艺《神探蒲松龄》，春秋时代《大闹西游》，博纳的《暹罗决：九神战甲》，三月谷雨的《巨齿鲨》，淘票票的《西虹市首富》等精彩影片参与。①

所谓"江南"的影像独异性，目前也还没有真正凸显出来。有研究者总结了江南的影像表达在二十世纪经历了"田园幻象""政治江南""怀旧江南"等变迁，到了二十一世纪则面临着新的表达困境："当代江南的工业化过程中，它并没有发展出地方化的空间，反之，是全面地放弃地方化的空间特色，迎合全球化风格。江南影像中呈现的空间与现实的脱节，在一定程度上，也是对这种发展方式的质疑。"②这一说法虽然有些极端，但确乎反映了一部分江南电影随着江南文化幕布的模糊化而变得表达艰

---

① 参见"搜狐网"：《中国首届"江南电影大会"揭开面纱》，https://www.sohu.com/a/237864829_135968，2018年6月26日。

② 赵建飞：《中国电影中的江南影像》，上海戏剧学院2011年博士学位论文，第170—171页。

难。正如前文所述，随着"江南电影"视野下的新作品不断涌现，一方面，研究者们保持着拥抱和乐观的心态，甚至以"新浪潮"为其命名；另一方面，它们也的确显示出"江南电影"面临着这样的时代变迁之后在艺术表达深度和回应现实复杂性上的当代困境。回到《春江水暖》，这部电影的背景是：富阳2014年撤市变区，2016年参与G20杭州峰会的承办、为2022年杭州亚运会的场馆进行城市改建。其中，"撤市变区"既是行政区划上的变化，也隐约指向文化主体可能的失落。而G20峰会和亚运会所表征的是全球化时代中国走向世界的战略信心，它和"撤市变区"都代表着新时代语境下地方与中心之间复杂的互动关系。而当代大陆地方叙事的"在地性"，不是早期台湾从日本殖民统治中脱离，早期香港从英国殖民统治中脱离（detachment）的悲情，而是一种主体性失位的"失落"（lost）。这种失落具有两重性，一重是城镇化、均值化的冲击；一重是江南区域内部的边缘化焦虑。或者说，此类小城的文化主体性普遍面临一个如何与全球化和大江南区建立一个对话关系的问题。

《春江水暖》内在的叙事矛盾，恰恰反映了这样一个问题：江南影像传统如何在城市的剧变中获得一种直面现实的勇气和相对独立的表达？而且，借用东亚影像（中国台湾和日本电影）中的"静态"诗意陈述技法，并将其植入到对一个过于躁动的对象的呈现之中，客观上就已然构成了一种时代错置意味的反讽感。正如我们已经意识到的，"当代江南也没有发展出独具地方特色的文化形态来，所以最能代表江南的，依然还是那些江南的自然空间和古典的建筑、文化空间"。[①] 以江浙沪中心城市为轴心的中小城市的发展，如何携带着珍贵的人文传统，完成新的创造性转化？整个长三角城市群正在修建着相似的居住社区和消费空间，居住在其中的人，拥有了便捷、高效的生活，丰富的物质条件，如何从本质上接纳和回归到当地文化的精神传统？

四、小结

如果我们像马克·费罗那样，将电影视作观察历史的窗口，《春江水暖》中影像和叙事之间的矛盾，恰恰从一个侧面反映了富阳作为江南小城在全球城市化浪潮中所面临的文化主体表达困境。在繁荣、发展的同时，其现代本

[①] 赵建飞：《中国电影中的江南影像》，上海戏剧学院2011年博士学位论文，第171页。

土性、独特性也渐渐走向模糊。在这样的时代境况中，电影创作者尤其要明确并坚守艺术主体性，重新理清现实，回应更为复杂的现代性话题。顾晓刚曾强调说，"台湾新浪潮电影的美学是从中国的文化文脉上生长出来的"[1]，而我们现在的地方表达是否只有通过嫁接融合日本现代电影、赓续传统审美的中国台湾电影艺术的方式来呈现"中国文脉"里生长出来的新型美学？如果不是，那么，属于我们自己的另一套新的更贴近现实的江南表现体系又该如何催生？从中国电影创作实践的视域看，将日趋安静、停滞和走向纪念碑化的江南小城市群文化与日常传统，妥帖植入一个对流畅性有着内在要求的当代城市视觉叙事文本，仍然是一个悬而未决的问题。

---

[1] 顾晓刚、苏七七：《〈春江水暖〉：浸润传统美学的"时代人像风物志"——顾晓刚访谈》，《电影艺术》2020年第5期。

《天云山传奇》的沉重意味

谢晋导演著名的"反思三部曲"——《天云山传奇》（1980）、《牧马人》（1982）、《芙蓉镇》（1987），都是在二十世纪八十年代拍摄的。也许是因为时间处在"一反一正"的节骨眼儿上，这三部电影在内容传达上有着神奇的气质。

三部作品里《天云山传奇》我最不熟，也看得最晚。我想再看这部电影的主要动机，大概因为它是父辈人的青春记忆。小时候，我经常看到家里的烟盒或某个抽屉里有废弃的纸张，上面空白的部分，父亲写了"天云山传奇"，而且是繁体的。我当时想，这应该是一部不错的武侠小说的名字。

有一天，我好像顿悟似的想，不对呀——外公额头的皱纹不是一直这样的，外婆的一生也肯定不都是"外婆"的样子，她应该也有过婴儿、少女、少妇的样子。父母也是。我甚至想起来小时候外婆家堂屋的墙上贴过很多的电影画报，其中有《被爱情遗忘的角落》（1981）里沈丹萍的剧照，还有别的电影画报，上面画着自行车、纱巾、喇叭裤、套头毛衣、卷烫的半长头发，每个人都浓眉大眼，大圆脸特写，看起来朝气蓬勃。原来这些我幼小时期看不懂的东西，正是我父母那一辈人青年时期的精神食粮。

后来，在学校读书无聊时喜欢刷电影，无意中看到了《天云山传奇》，恍然明白了父亲写的原来是个电影名。这一定给了他深刻的印象。十年前我看过一次，但毫无印象。这次看，却有新的感受。

电影根据当时安徽名作家鲁彦周的小说改编。那时候，作家和电影的关系还比较密切。（不像现在，电影也是流水线，工业生产，剧本往往也都是十几个人根据何处高潮何处迭起攒起来的）鲁彦周和导演谢晋商量好了合作拍这部电影，来反思"文革"以前的那段历史。电影放映之后，引起了很大的轰动。除了群众来信之外，当时在《文艺报》还展开了全国大讨论，种地的、车间工作的、教书的，纷纷踊跃参与讨论其中的政治路线、人物形象、信仰定性等等。那一阵,很多工厂、村子都在集体放映这个电影。我想,父亲和母亲那辈人正是通过这种方式了解这部电影的。

电影的故事现在看起来有点俗套。它讲的是,1978年十一届三中全会之前,在对知识分子进行海量的平反工作中,地委组织部副部长宋薇和部长丈夫正忙于处理这些冤假错案。从天云山回来的年轻调查员周瑜贞向宋薇汇报工作,谈到了一对夫妻仍然留守在山中,妻子教书,丈夫赶马车,颇令人敬佩,而且丈夫还每天坚持写作,完成了一部又一部思想著作。赶着平反大潮,他们写了好几次申诉材料,却没有任何下文。言谈中,宋薇得知,这个丈夫正是自己当年在天云山工作时候的恋人罗群,妻子则是自己当年的好朋友冯晴岚。和宋薇一样,罗群也是革命后代,从小在国外长大,因此性格比较张扬,虽然身为政委,但在和知识分子的相处中比较"卑微",大家都很喜欢他,而曾经的老政委,也就是宋薇现在的部长丈夫,看着很嫉妒,也很生气,就想尽办法拆散了他们,并成功地把罗群打为"右派"。冯晴岚得知后,主动找到下放到更艰苦地方的罗群,花了仅有的五元钱买了嫁妆嫁给了这个已然贫困潦倒的革命后代。宋薇得知这一切后,经过各种思想斗争,以及和丈夫的几次斗争,终于报请了上级,给罗群平反。而这时候，精神崇高的冯晴岚也已经在贫病中去世。

乍看起来，这个电影讲了两个男人和两个女人的故事。谢晋似乎有一种女性崇拜的思想，在《牧马人》里，被戴了"右派"帽子的"朱时茂"被"丛珊"拯救了。在这部《天云山传奇》里也是这样，被抛弃了的罗群，被冯晴岚"收留"了。

当然，和《牧马人》不同，除了冯晴岚之外，电影里还塑造了宋薇这样一个懦弱的女性形象。这个革命后代根正苗红，没有经历过什么大风浪，一直被组织关怀着，所以她也从来没有违抗或者产生异见的勇气。在领导、上级部门找她谈心的时候，她终于写下了和罗群划清界限的保证书。写完之后，她顺利地被提拔，终于成为陷害自己恋人的人的妻子。周瑜贞找她汇报的时候，她的生活场景被展示出来：小洋楼、佣人、锦衣玉食，她和部长丈夫的儿子已经开始听起从西方传过来的轻音乐。很显然，对一个懦弱的人来说，所有的良知都是用来修饰自己华丽形象的脆皮巧克力。直到被自己丈夫反复地暴力羞辱，她才终于觉醒。

电影中有两个很逼真的细节。一个是开会的场景。宋薇因为罗群的事情刚和丈夫吵完架。丈夫说，马上要开会，你也要来。她只好擦了眼泪过去,在会场上,她不说话。丈夫就告诉开会的下属说她身体不舒服,然后开始对大家语重心长地进行工作训话。丈夫低头喝水,很有眼力的下属立刻过去给他续杯。她终于忍无可忍,拿起皮包要起身,而丈夫也不紧不慢地趁势说,不舒服啊,你不舒服就回家休息吧!这个很细小的地方,可以看出渗透在他们两个人之间的,一边是政治权力,一边是性别权力,近乎双重的压制和虐待。而令人感到无力的是,类似的几次挣扎之后,她还得去求助更大的领导(权力),才使罗群、冯晴岚夫妇得以平反。

另外一个女性,冯晴岚,被很多人认为是"真正的女主角",她有单纯的信仰,认定罗群是个正直的人,她爱上罗群,但看到宋薇也喜欢他,就选择把爱埋在心里,直到罗群被抛弃之后,她才把对他的爱"捡"起来。她觉得他信仰坚定,心灵纯洁如水晶,就选择陪他住在山中。

像很多二十世纪八十年代初的电影一样,这个电影最打动人的是朴素与真诚。而历史也告诉我们,人世间真的存在过这样理想主义的人。我记得小的时候会对有这样单纯信仰的人坚信不疑,后来长大之后,会认为这是一种自我存在意识的贫乏,再后来,我就不再思考这种完全的"利他主义",大概因为我在现实中并没有碰到过电影中所提到的那样的人。

电影中,那些被认为没有信仰的人真诚地热爱生活,而那些有信仰的人,"死不改悔",这种不改悔,不像今天那样被称作蠢和傻,而是他们坚定,认得清自己。我注意到,这部电影的副导演有黄蜀芹,黄在女性刻画上很有自己的敏锐视角,她的《人·鬼·情》(1987)也是对"文革"的回望,很细腻。我记得在哪里看到,戴锦华说《人·鬼·情》是中国真正的女性主义电影的先声。而实际上,《天云山传奇》这部电影早于它好几年。说到黄蜀芹,想起曾经看到的一则独立电影访谈录,黄的儿子小时候跟着母亲下放,同住的还有白杨和赵丹。白杨每天早上在上工之前,一定要梳好头,抹好雪花膏。而赵丹经常挨批斗,在挨批斗之前,他一定会例行吃豆子,以等到组织批判他的时候,他可以通过放屁式的回答来"取悦"批判他的人。

这些惨痛的记忆,希望将来不会再有,无论是在知识分子身上,还是什么人身上。无论谁遭受这种耻辱,都应该是我们整个群体的耻辱。它应该加诸我们每个人身上,警告我们自己以及后人……

总之,谢晋二十世纪八十年代的写实电影在今天实在值得一看。据说他曾经无数次拉片式地观看一个二十世纪四五十年代改编自社会新闻的意大利片:《罗马十一时》。有这种严谨考据的精神,拍摄出来的影片自然不会差到哪里。但吊诡的是,当时电影主要垄断在一些人手里,普通人是没有用影像表达的奢侈权力的。当然,这些片子在现在看来有它的表演和技术上的历史局限性,但它的真诚和单纯是我们现在怎么折腾都难以换取的。我们的电影如今陷在了魔幻、动画、喜剧、爱情剧当中,很大程度上缺少了直击现实的勇气。用鲁迅的话说,久而久之,即便当我们再次获得这种机会的时候,也没有了表达它的能力。

其他

寻找劳伦斯：或与劳伦斯几乎无关的一天旅程

自动门缓缓开了。Ikuya 拿着电脑站在黑影里。他总是穿着一个已经变形的歪头皮鞋，袜子的边缘随意地包裹着脚踝的下方。一个纯色的 T 恤，一个刚好到膝盖的短裤，颜色偏油画系，浓烈又包裹着一层使之不那么显眼的朦胧，像抹了松节油。他走起路来有点吊儿郎当，如果仔细看，还有点儿内八。天凉的时候，他就会穿着一件衬衫，敞开，如果再热一点，就把衬衫扛在肩膀上，像一个路边的民工。他有着自己国家人的谦逊和温和，甚至还有过之。他说中文，总拖着慵懒的嗓子，自带幽默感。有一次，我们泛舟湖上，他指着水面上游走的一队野鸭，用汉语说："烤鸭——烤鸭——"引得同行的同事连忙解释。

我们在走廊的黑影里用英语说话。我说，对不起，我以为我们是在基督教堂门口。他说,对不起,让你久等了。我们去了三楼的公共空间。他问我,你查好路线了吗?我说,没有,我就是想去 Eastwood。他笑了笑,说,别担心。然后将电脑放在桌子上。地图显示从 Oxford 到 Eastwood 要换乘四次,他皱着眉说,换乘太麻烦了。然后问我,你知道去目的地最后一站是哪里吗?我说,不知道。他尴尬地笑了笑,查出最后一站是 Langley Mill,然后重新输入终点,电脑吃力地运转了下,显示仍然要换乘三次。他发出日本人特有的带有喜感的"哎——",我不合时宜地大笑起来。他皱了皱眉,说,你必须找个人和你一同去。我说,我问了一圈,大家都不感兴趣。去过的都说那儿什么也没有。他们更多是结伴去温莎、巴斯和剑桥。他点头说,太麻烦了,而且太远了,要不你下次找机会再去。我说,是你,你也会放弃对吗?他点了点头说,太麻烦了。我说,好吧,那算了。他低头摆弄了下地图,又问我,你为什么要去?我说,我喜欢的一个作家,D.H. 劳伦斯,在那里出生。他振作起来说,从伦敦出发试试看。继续查路线,伦敦出发果然方便多了——不需要多次换乘。我立刻把路线抄下来。

他如释重负,说,你去了记得拍照片给我。我给了他一个从北京带去的小东西表示感谢。他用汉语说,啊!礼——物——,仍旧是那种拖长的好笑的口音。结束。我找灯的开关,他说,这是智能的。我笑说,すごい(厉害)!他笑着重复,すごい!

枕着路线一口气睡到了天亮。凌晨依旧有醉鬼的喧闹声,还有快天亮时不间断的钟声和鸽子的叫声,会让人想起《巴黎圣母院》里的爱斯梅拉达和卡西莫多。

七点整。起床洗澡。劳伦斯的样子已经模糊。他的贫穷,他的自尊,他和母亲的关系,他对时代的警觉和批判,他的疾病和满世界游荡,他的绘画……

街道上没有什么人。原本热闹的 West Gate 门口仍然空荡荡的。空荡荡的商店、小酒馆、快餐店。一辆空荡荡的双层公交车斜穿过来,偶有汽车经过几条路的交叉口。一辆车缓缓驶来,它在等我,我在等它,女司机歪头朝我示意,让我先过。我弯腰致谢,点头过去。

天边玉石一般的云朵,已经伴着朝阳逐渐清晰。牛津和伦敦的天空永远是这样湿润铅白,总让我想起英国的油画、文学,深邃、唯美,带着点阴沉的渲染。来这里之后,我更加理解透纳的作品了。想想空气不好是一件挺吓人的事情,能见度变低,从房子里走出来,然后走进一个更大的无边际的房子，除了灰色的"天花板"，什么也看不见。古人所谓"绝地天通"，如今和神明无关，单"自然"这一项，就已经是绝对的阻隔……

路灯在微弱地闪烁。天已经亮得差不多了。我凭借记忆沿着一个又一个街区向前走。路口太多。有点迷惘。身后来了两个结伴的黄皮肤孩子。我等他们走近。然后问他们火车站怎么走。其中一个看看另一个，淡定地说，前面就是。然后跟在我后面。我问，你们去哪儿，"其中一个"继续说，去温莎城堡。我用汉语说，你们是中国人吗？他们慵懒地回答说，是。

到了车站，买了伦敦来回的票。这就意味着我今天必须赶回来。因为第二天认真负责的 Tom 老师还要点名。

我踏上月台。照例朝一个高大的老外问，这是去伦敦的车吗？他说是。

每一个细小的变化我都会问。也许就是为了好玩。

上车。心里盘算着要去 St Pancras International 坐火车。窗外依旧是没完没了的绿地，交叉老旧的火车道，就像到了云南或贵州某处的乡野。我仍然想努力辨清是什么样的庄稼，但是距离太过遥远，只能看到田野、大树、野灌木，收割的草团，以及黑白相间的羊群。那温馨沉稳的大树，应该是椴树，开白花，很香，在 Oxford 公园里看到过的。

这里的自然总带着点野气，哪怕在市中心。

我猜，那灌木一样齐整整的庄稼，是燕麦。车停靠一站。一个穿着花衬衫的男人，还有他的妻子上车。我问，到 St Pancras 还有多久？他说，得到伦敦。早着呢。耳机音乐播放着《千与千寻》的主题曲，它仿佛终于回到该回到的地方，呼吸吞吐，和谐天然。之前，我常感到阅读的文艺作品中的自然是封闭的，因为置身于一种强烈的高速的后现代之境，尤其是那些令人尴尬的唯美的东西。"花衬衫"提醒我下车。他精致的妻子在我下车后跟过来，指着不远处的蓝色标识，告诉我去 St Pancras 还需要坐地铁。

地铁站里人头攒动。我已经习惯了他们不是中国人。我只需要克服语言和规则的陌生，找到我想要去的地方。我看到每个售票机旁都有一个答疑的印度裔人。我等着一个同样来自异国的小女孩问完路，走上前告诉他我去哪里。然后我从口袋里掏出硬币包，拉开拉链，让他拿。他取钱，从机器里取出一张票。然后，没等我谢谢，就忙别的游客去了。我拿着票进了地铁口，跟着人流。发现好几个线路，于是假装不着急，随便跟着去了一个，发现两边都没有 St Pancras 一站。只好又爬上来，问一个印度裔的女服务人员。她有点不耐烦地告诉我:先从 Victoria line 出发，然后再换乘。我又下去，找 Victoria。找到了。但是分作南边和北边，都没有 S.P 这一站。我又逮着一个赶路的老太太问。老人说，你如果去 S.P 就走错了。然后又迟疑了下，看看地图，向我道歉说，你是对的。你需要从这里到 Oxford Circle，然后再换乘到 S.P。

地铁很破，像是一辆马车，左右摇晃，还有很大的噪音，仔细听也听不到马上到的是哪一站。我只好问旁人，Oxford C 到了么？一个印度裔的矮小的中年女人，带着女儿，告诉我还有两站。

我默默地数着。

下车。果然是 Oxford C。

换乘。登上另外一趟地铁。更加破旧。塑料的座椅改成了沙发式的。闷热的空气。许多拿着行李箱的人，想必也是去 S.P。一个秃了头顶的长发女人跷着二郎腿玩手机。我站在她旁边，看到她手机里显示着各种各样的合影。每张合影，她都用手指触屏放大，仔细看了看自己。和我们没有什么两样。

她的旁边，是一个少女，拿着 iPhone4，在看小说。

看起来蛮落后的。不过,据说人家早已过了发达阶段，我的朋友说,"我们是弯道超车"。是的,回来后,我的确在去大吃一顿的路上,赞叹了很久北京的地铁。

右手的五个手指都已经蜷完。也就是经过五站,到站了。我跟着人流出去。经过地铁的通道。看到两旁的广告和涂鸦,想起几年前在厦门大学经过的那个通向大海的洞穴。S.P被无数个朝向同一个方向的箭头指着,给人安全感。

出站口,我低头找地铁票。一个背着旅行包的老头停下来问我,你要去哪儿?我说,我去Nottingham。他说,坐火车?我说,是的。他说,你从哪里来?我说,中国。他说他也去火车站,然后指给我可能买票的地方。我已经放松,但还是谢谢他多余的热心。

卖票的黑人小姐姐问我是单程还是来回。我笃定地说,来回。然后问她哪里坐车。她说,别着急,我先把票给你结了。我说,对不起,好的。她说,66镑。我给她现金。然后抓着一堆找回的钱听她说路线。我往站台奔,记住小姐姐的话——先坐扶梯上去,然后右拐。

经过一个面包店的时候,我还迅疾地买了份早餐。

比预想的时间迟了一个小时。快十点了。

上电梯,右拐。果然是进站口。插票进站。

我边跑边看车厢。一个如鹤一样闲庭信步的高大小伙子被我甩到了后面。他连忙说，不要着急，还有五分钟。我照例问，这是去 Nottingham 的吗？他说，是的，不要着急，还有五分钟。我不好意思停下来和他一起，就拎着早餐继续跑。

斜对面是一个正在读书的中年男人。正对面有四个人一起聊天。很显然，他们也是刚凑成的一伙。我坐下吃早餐。窗外连绵的绿野。偶尔有白色的木屋在铁道附近。

驶向未知。来英国一周了。旅行才真正开始。

他们仍在闲聊。老女士粉色的皮肤，一头白发，抹着口红，戴着温润的米黄色的耳环，举手投足间一股贵妇范儿，她的话里频频出现的词是"my daughter"。一个黑人小伙子在和他谈自己在法国的旅行感受。对面另外两位印度裔中年人默默倾听。不一会儿，老女士挺直着身板拉着行李离开了。我从靠背的椅缝里问小伙子，什么时候到 Nottingham？

小伙子说，早着呢，几乎是终点站。我用手机看了看地图，是很远。我只是习惯了问。又到一个小站。人来人往。还有抱着吉他的小伙子，很帅——到处都是很帅的小伙子。阿弥陀佛！我的右前方不知道什么时候上来一个十分矮小的黄皮肤女孩，她背着一个白布包，包上写着"Nottingham

University"。斜对面阅读的中年男子下车了。我居然有点失落。我甚至没看他长什么样。

原本打算把在北京的作业带到长途火车上来做。但是，兴奋和孤独的感觉交杂，就像一只小鸟停在一条并不熟悉的线路上，只能孤寂地张望、犹疑。我只好戴着耳机望着窗外发愣。没有什么要想的问题。也不想解决任何问题。

地图显示快要到了。我去碰了碰 Nottingham University 的那个小女孩的肩膀。我告诉她我想去 Eastwood，想坐 Rainbow One。她说，你可以跟我下来。我带你去找公交车。我跟着下来。她比我还矮小些，化着干净的妆容，步伐很快又轻，说话也很轻。我要低头歪着脑袋才能听到她说话。她圆圆的脸蛋让我想到她应该是个韩国人。她说，直接去公交站很远，我应该再去坐出租车。然后她指给我出租车的方向就轻快地离开了。

又只剩下我一个人。几个车辆正在不远处停着。他们正在聊天。我问，如果我去 Rainbow One 公交站该如何去，贵不贵？他说，打车大概五六镑。我问，如果直接打到 Eastwood 呢？他说，那要二十多。我说，时间呢？他说，比坐公交车要快十分钟。我犹豫了一下，还是决定打车到公交站。在这样匆忙的情况下我居然还能这样斤斤计较。

出租车很宽敞，就像国内的专车或快车。司机师傅也是印度裔人。我下车，把钱给他。然后在站台等 Rainbow One。车站有个小伙子，还有几个黄种人，矮矮的，说话很轻，我猜他们是日本人。没有什么要问的了。我在那晃了很久。一个黑人小男孩在他妈妈怀里依偎着。看到站台的指示牌上显示还有三分钟。

Rainbow One 公交过来了，像是从劳伦斯的小说中驶过来的。我兴奋得异常平静。上车。我给司机师傅一把硬币。他取了一些。然后给我票。（至今我还没耐心区分那些大小不等的硬币。除了认识一镑）我找了个后排的座位坐下。前面有个穿白衬衫的读书的老人，还拿着铅笔做笔记。车上同时上来几个黑人，有的带着孩子，有的则是年轻的小伙子。在这里，我已经看不到高大的商厦。人也很少，车窗两边都是独栋住户，房子前面种满了漂亮的树木和花———一个小型的牛津镇。

我的发问又开始了。前面的老人转身，我才发现他手里拿着的是填字游戏书。他正在十分认真地用铅笔朝方格里填写字母。我问他到劳伦斯故居怎么走，他说，你跟着我，我下来的时候会告诉你，你只需要再往前走十多分钟。我说，跟着你就行，对吗？他点点头。然后低头继续填字。

我放心了。然后继续向外东张西望，车窗玻璃上还映着老人填字的身影。

车继续行驶，在不同的站台停下。我看到外面有住宅，有小学，还有上海 food，似曾相识又很陌生。

过了大概十几二十站，我终于跟着老人下车了。他带我穿过一条马路。然后走到一个下坡的地方，告诉我博物馆就在附近。他指着远处一个独栋房子，告诉我那就是劳伦斯博物馆。他在二十多年前来过。我说，你离这么近，居然这么久来过。他大笑说，是啊。

过另一条马路，没有红绿灯。他用胳膊挡住，示意我小心车辆。我如实向他说明来意——在牛津培训，顺便趁周日来看自己曾经的男神。

他恍然大悟地笑起来。

您喜欢他吗？我问。

一般吧，我对文学不太懂。他耸了耸肩。

您是做什么的？我问。

你来的时候，坐的飞机上的很多零件也许有我做的。他笑着说。

我们继续下坡，看到地上一个银色的标识，我叫起来，"Peacock Icon"。他说，啊，我从来没有注意。我说，劳伦斯一部小说的名字"The White Peacock"(《白孔雀》)。他低头仔细看了看说,"Ah-interesting!"!

博物馆大门关着。一串生锈的铁链连接着一个锁,显示这并不是一个热闹之地。他说,可能是因为周末没开门。我说,他的出生地应该不远吧?他说,刚刚我们就经过了,很抱歉。我说,是我的错,我刚才没有说要去。然后,他带我沿原路返回,拐弯,上坡,看到一个街道旁建筑,上面写着:劳伦斯出生的地方。一个红砖小房子。向前,远处就是大片一望无际的绿地,绿地之中隐约几处人家。

这个也没开门,很遗憾,他说。好像关门是他的疏忽导致的。

我说,不,谢谢你。我并不一定要进去。就是在这个地方转转。我用了"hang around",不知道这个词对不对。它还是我在一首颓废的歌曲"Lemon Tree"里学到的。地上有个指示牌,显示着"The White Peacock Coffee Shop"(白孔雀咖啡馆)是开门的。我们绕到后面,果然还有一条小路。两旁,一个是咖啡馆,一个是纪念品店。

可惜纪念品店也关门了,他说,照例为我伤感。

我说,不,没关系,我很开心。然后,我们推门进了咖啡馆。我很高兴。

逼仄的屋子里几乎坐满了。多半是老人,他们一边聊天吃饭,一边喝酒。也许我制造的声响太大,也许因为我是个外国人,他们齐刷刷地看着我。我放松地和他们打招呼,然后自我抒发地说,"I am so happy."。好像回到了自己熟悉的地方一样。老头儿似乎被我的情绪感染,好像这是他第一次来这,脸上洋溢着喜悦的笑容。我指着一个空桌子,对他"霸气"地说,"I will buy you a cup of coffee."。他很开心。老板一脸淡定地过来。我问,有菜单吗?他说,在厨房。我去拿菜单。出来,请老头儿点。他叫了一杯咖啡。我叫了一壶果茶。

旁边的几位老人仍然望着我,好奇地。我热情地回应她们,仍然是那句——"I am so happy."。她们似乎从老头儿那里知道了我的来意,给我出主意说,你可以问老板,这里有没有他想卖的东西,给你留一个纪念。纪念品店和博物馆都关门了。他们也像老头儿一样为我露出遗憾的神色。

不用担心,我照例安慰他们,我已经很满足了。

我还是听他们的指示去找老板。老板在局促的厨房转了两圈,拿出来几样东西。一个是有关劳伦斯的旅行杂志,一盒英国比较著名的播音员录的 *A Women in Love*(《恋爱中的女人》），九十年代的。我说，我家已经没有在使用播放这个casette的东西了。他说，什么casette？是tape。我说，哦，哦，是tape。我不知道怎么从哪里记起的这个艰深的词。他环顾了下咖啡馆，耸耸肩说，那就没什么东西了。

我回来喝着东西。老人拿起菜单上的果酱单。说，如果不限于文字，你可以带点果酱回去。我说，对啊。我又去厨房，老板的妻子在。2.5镑一瓶，我买了三瓶。这时老板从楼上下来，他手里拿着一个小小的纪念章，递给我，我接过来，上面有劳伦斯名字的首字母D.H.L，我从杰夫·戴尔那里知道：这是从劳伦斯的行李箱上的个人名牌上拷贝出来的。纪念章边缘还有一处破损的釉质，背面写着价格:2.5镑。我说,这是什么时候制造的？他耸耸肩。我把它买了。

老头儿已经喝完咖啡。我喝着果茶，掏出书包里的戴尔的书给他看。他看到封皮上仅有的一行英文"Out of Sheer Rage"，仔细辨认了下，不明所以地还给我，但仍然为我高兴。我说，我很感谢你。你以后一定要去中国。他笑了笑，轻声说，"Ah-maybe it's late."。我说，为什么？他仍然笑着说，我太老了，走不动了。然后又补充说，不过，我女儿倒是很喜欢满世界跑，她现在在法国。

我说，不，您看起来很好。说完觉得有点无力和伤感。

停了下，我又说，您能给我一个您的联系方式吗？也许将来我可以给您写信。他说，好啊。然后我从书包里掏出笔和小本子，递给他。他想一会儿，写了一会儿，然后抬头笑起来说，我都不记得我家里住在具体什么地方了，还有我家的邮政号码。我很少写信。我说，邮政编码不用担心。我可以在网上查。对了，您有邮箱吗？邮箱也行。他说，我也没有邮箱，我不上网。

他把地址递给我，那种每个字母都是大写的扁扁的几行。他念念有词，摸着脑袋，突然提醒我说，想起来了，邮编，是G——

我说，G？

他说，不对，是G——。

我说，是J？我写给他看。

他大笑说，是J。好像是笑自己的发音还不如我清楚。

我也跟着大笑。他的幽默我居然全懂。

我把地址放在书包里。空气安静下来。突然有点不好意思。托盘里还有小点心。我剥开吃了一口。薄荷味，很甜腻。他拿起自己小碟里的，递给我说，这个也送给你。我把它装进书包。

他说，我能给你拍一张照片吗？

我说，好呀。不过，等一等。

我用手指梳理了一下自己的头发。抹了抹额头的汗。理了理上衣。他笑起来，说，看起来很好的。然后他拿拍好的照片给我看。我拍照很少这样不紧张。

我也给您拍一张吧。我说。

他说，好呀。

然后，他也假装像我那样理自己鬓角和衣领。

我们大笑起来。

照片里老头儿笑得也是灿烂。然而，我才从他的笑容里看到他的苍老。一瞬间想起诗人老庞德有一张照片和他很像。

好像心照不宣，我们都站起来，离开了白孔雀。我想起戴尔当年开车来到这里，屋子里空荡荡没什么人，他点了一杯咖啡，和邻座的一个男人微笑致意，然后离开。而我在这里，得到了近乎家庭般的优待。这些浮泛着温情的老人们，让我想起我死去的外公外婆。

优雅而悠闲的老人们目送我们离开。仍然是那种好奇、探寻以及友好的神情。我把两瓶果酱送给老人，留下一瓶苹果蓝莓味儿的。他并没有像中国人走亲戚那样半推半就。

他打开自己的小背包，把果酱放了进去。我说，太重了，我帮您拿着吧。他说，没问题的。然后他重新背起鼓鼓囊囊的小背包。

我又想起他说，"It's late."。

街上依然是稀少的人，店面都关着。他指着一个中国餐馆说，快看！中国食物。我说，是的，那上面的图案，在中国叫"牡丹"，是我们传统意义上的国花。他说，"really? interesting！"！他说 interesting 的时候，让人想起 Tom。

相较于我们对他们的了解，他们对我们知之甚少。记得有一次在学校和普林斯顿的老师们喝酒聊天，我们说到英美的哲学和文学，总是相谈甚欢。但说到中国的作家，他们都不知道。同事抱来一套《鲁迅全集》，我借着酒劲儿同他们"安利"这位伟大的现代作家，一边心里又有点伤感：他们了解我们太少了。后来，我以此向一位朋友证明中国实际上是一个文化上谦逊开明的国家。他笑说，中国在这些发达国家眼里就是印度等第三世界。你告诉我，你知道印度多少？他问得我有点恍然。

我们经过一个服饰店，也是取名 White Peacock，我说，你看，又一个"劳伦斯"。他说，噢，真的，你不说，我都不知道它们的来源。也许，以后我会读读他的小说。我说，还有诗歌。我读的多是翻译过来的，很美，您读原作。

他带我去找出租车。他指着一个路边说，原来这里有个停靠出租车的地方。空荡荡的街道，一辆出租车也没有。我们在一个街道的拐角等着。他总说，真抱歉，还好咖啡馆还开着。我总说，没关系，我已经很满足了，而且还有时间返回。

他停了一会儿，说，也许我可以让我侄子开车送你回去。我说，不用不用。

一辆出租车经过，里面有人。一会儿，我误以为另一辆是出租车，拦住了。车停下来。一个女司机摇窗探出脑袋，露出疑问的神情。我说，对不起。心里想的是，也许让她带我。车走了。老人说，也许可以让刚才那辆车捎你。我笑起来说，是的。他似乎懂得我在想什么。

但可能不安全，他补充说。

我说，应该不会，我一路遇到的人都很友好。

也不是所有的人，他说。

他看了看手机。我安慰他，没关系，我还有足够的时间等。

没有出租车来。较少的车辆。零星的人。这是一个被上帝和英雄抛弃而得以自得其乐的小镇。

我很喜欢这里。我说。

为什么？

安静。不像伦敦。

是的。很安静。

待会儿您怎么回家？

没事，我等会儿要去买点东西。

很抱歉耽误你这么多时间。

不用担心，我家离这里也不远的。

一阵静默。

也许你仍然可以坐公交回去。他说。

这里有吗？

前面就是。

可以的。时间足够。

是同一趟车。

那太好了。

他带我走了一小段路。公交站台。没有人。他看了看指示牌说，还有三分钟。我们站在路边等。他掏出手机，让我将名字打到他的手机上。我输入了自己的名字。并告诉他，中国人的名字前面都是 Family Name。他说，我知道。

车来了。

我不知道该用什么方式跟你告别,他说。笑容里似乎夹杂着胜利、如释重负以及告别的伤感。

我拥抱他。然后,他说,记得司机那儿就可以买票。我说,好的,谢谢。我想说"放心",但是一时不知道怎么说。我上车。买了票。他还在车窗外站着。我找到座位。转身朝他挥手。我看到他已经戴上了墨镜,朝我挥手。

车开走了。我坐下来。心想,时间还足够。抬头,看见前面的老弱座位上正是在咖啡馆见到的那个胖胖的穿花褂子的老太太。她正在热情地看着我。我像呼叫朋友一样,指着旁边的座位,叫她和我坐在一起。她努力起身。我赶忙过去扶她。她拉着我的手坐下来,并没有松开,一直到她下车。

刚才那个老头是个好人,她说。

是的。我也是在公车上遇到的,是他把我送到"劳伦斯"那里。我说。

她迅速点了点头。好像知晓这一切。她的柔软硕大的身体包裹着我。皮肤凉凉的。很舒服。她有些吃力地喘气,全身散发着淡淡的香水味。

这是一个好地方,我说。

我来这里已经五十多年了,她说,我嫁到这里来的时候才二十多岁。

我说,真好。您有几个孩子?

她说,啊!我的儿子。

然后她说了一长串故事,我没太听懂。过了一会儿,她指着车窗外说,我曾经在那个工厂工作过。我说,好啊。您现在有种什么植物或鲜花吗?她仿佛被说中了特别喜欢的事情。说出了一长串的植物和庄稼的名字,可惜当时手头没有字典。她语速很快,轻盈而模糊,我只听到了berry 跳跃在其中。

"berry?"我打断她说。

"Yes! berry!"她说。然后继续快乐地说,berry 依然跳跃在其中。

然后她突然跟我说起劳伦斯,说劳伦斯是她们当地人的骄傲,她还听说过劳伦斯父亲的很多故事。然后是一闪而过,又是很多模糊而轻快的陌生词语。

她要到了。她吃力地站起来,和我告别。我说,祝您永远健康快乐!她笑起来说,你也是。车上的人都在看我。也许因为我太兴奋,更可能因为我和一个英国老太太这样毫无隔阂地闲扯。自从走进 Eastwood,我还没有看到一个中国人。也许只有我自己才在意我是哪里人。

车很快到了 Nottingham 公交站台。斜对面又是劳伦斯的 White Peacock 的什么店——这是一个尊重文学的地方。

接下来就好办了。拷贝来路。我照例去找出租车，花了 6 镑到了火车站。车站阶梯下有一个男人靠墙坐着喝啤酒。我说，车站怎么走？他指了指台阶。我跑上去。碰到一个臀部巨大的黑人妇女，她拉着一个厚重的箱子吃力地上台阶。我顺手帮她抬上最后几个台阶。她很高兴地说，啊，非常感谢，好孩子，你一定是个天使！这是我听过的最动人的夸赞。我问她，您知道去伦敦的火车在哪个站台等吗？她尴尬地笑着说，我也不知道，我也在找路。我笑起来，跟她告别。然后我飞奔在长长的站台通道。正好迎面走来一对英国青年。我说，去伦敦怎么走？他说，第 6 站台，尽头右转。我说，谢谢。回头，看到那个叫我天使的黑人妇女正在问那对年轻人，后者在耐心地解答。我找到自己的车次。还有近一个小时才开。已经是快下午四点钟了。我松了一口气，决定上个厕所先。从厕所出来，这才发现自己还没有吃午饭。我从旁边的售卖机里刷卡取出了一包薯片。很难吃，酸辣味的，干燥又硬，想吐。长椅上坐着一个小伙子好奇地看着我的狼狈相。行人纷纷上车。我也跟着上去了。

请问这是到伦敦的吗？我照例问。

也许吧。另外一个年轻的小伙子说。像是调侃。

我找到一个没有显示被别人预定的座位坐下来。把耳机戴上。一首法国歌曲响起，不知道什么意思，但一股莫名的感伤。我从书包里掏出那个薄荷巧克力。看了看。我从书包里掏出劳伦斯的徽章。看了看。想起老人老庞德般的脸。想起公交车上老太太凉爽柔软的身体。想起"老庞德"的"It's late."。想起我将来再也不会和他们见面。眼泪就莫名地下来。

正这样一边看着窗外的无垠绿色，一边被音乐包裹着感伤着，一个中国男孩走过来，朝我微笑，然后坐在和我同排的另外一个窗旁。然后我听到他不断地咳嗽，看到他把脑袋埋进臂膀里。他一定是发烧感冒，下午一般是最难受的时候。我想去陪他聊天，但是音乐和伤感，让我只想单独待着。

女服务员推车过来。全是饮料。我才发现自己很饿。想吃东西。等了一会儿，我站起来去找餐厅。经过一个个车厢的铰合口，窗外大片大片的绿色一闪而过。很美。果然有个小卖部，有人在排队买东西。还是那个扎着马尾辫嚼着口香糖的女服务生。终于轮到我。

"你要什么?"

"食物。"

"勺子?"

她拿出一个塑料勺子。

我不知道我是怎么说 food 让她误解成 spoon 的。

"不是,是吃的。"

她皱眉。

"有面包吗?"我换了个说法。

"什么是面包?"

她继续皱眉。

"面包。"

"哦。面包。没有。"

"那有什么,吃起来,不是那么,那么响的?"(我记得有一次在去伦敦的火车上,听旁边的乘客说,车上不允许吃太过 noisy 的东西。)她仍旧皱眉,好像不懂。

"巧克力呢?"

"巧克力。有。你要哪一种?"

"任何一种都可以。"

然后,她递给我一个巧克力粉包装的饼干。

"多少钱?"

"2.5镑。"

我给她3镑。

"我没钱找你,五分钟后给你送去。"看到钱,她态度似乎稍微有点缓和。

"好的,我就在这个车厢尾部。很好找。"

我找了一个临近的车厢拐角坐下。吃着奇怪的裹着巧克力酱的"脆脆鲨"一样的东西。突然觉得,那个女孩大概是因为我的黄皮肤和蹩脚的英语,故意误解。于是想起"老庞德"的话:"不是所有人"。

打开手机地图。看到火车正在英格兰的岛屿缓慢行驶,经过的不是命名为什么"坡",就是什么"牧场",什么"磨坊",什么"河流"。车站到了。女服务员并没有给我送来零钱。我迅速地奔向地铁,依旧是热和拥挤。又来到S.P,才看到大厅里每隔一小段路都有一架钢琴,供经过的旅客随意发挥。

从地铁赶到伦敦火车站,饿得慌,再也不想吃奇怪的西餐了,于是花了70分买了两根香蕉。去超市买了瓶水。坐在候车厅,我旁边有个蓬头垢面的老人,他正在用铅笔在报纸上玩填字游戏。

跟"老庞德"比,他逊多了,"老庞德"可是一本"书"呢。

等登上了去 Oxford 的火车，已经七点多了，我精疲力尽。

你的旅行怎么样？如果你今天出发了的话。Ikuya 突然发来微信。

我才想起要发照片给他，并表示很感谢。

他说，真为你高兴。我一直担心你迷路，你安全回来我就放心了。

我说，对不起。我该早告诉你的。

他说，你现在在哪里？

我说，在回去的路上。我截了个地图给他。

他说，好啊，快到了。

走出火车站，我拍了 Oxford 站台的照片给他。说，ただいま（我回来了）。

他回复说，お帰りなさい（欢迎回家）。

很温暖。是的，"不是所有人"，但几乎是所有人。

到旅馆刚好八点——我在路上跑了整整十二个小时。只有半个小时在劳伦斯那里。太疯狂了。洗了个澡，和从剑桥返回的同事约好去吃晚饭。

第二天，见到 Tom，他问我周末去哪儿玩了。我说，去劳伦斯老家了。他说，真巧，我昨天还和一个好朋友讨论查泰莱夫人,你是喜欢他的作品中的 life ambition 吗?我不懂 life ambition 是什么意思,以为是什么"野心勃勃"。又怕他像很多中国读者一样,认为劳伦斯只不过是一个"色情作家",一个"抢别人老婆的恶棍",一个同性恋"患者",一个肺痨⋯⋯就对他说,不,我喜欢的是他对自然野性的书写,对人心的精微刻画,对自己的极度诚实。

Tom 有点困惑地点了点头,像"老庞德"一样说"interesting"。

回了北京,我才知道,life ambition 有"生活的热情"的意思。阿弥陀佛,他说的和我的理解没什么区别。

后记

从2010年第一篇发表的有关列斯科夫的文章,到最近写完的电影文章,转眼之间,已经十二年。其中,有我从在校学生变成"社会人"的十年,虽年近不惑,却仍然是一个充满困惑的"老学生"。好在我的各种不解,似乎都能够从文学艺术中找到解释或慰藉,这也让我慢慢地成为一个文学评论者、文学研究者乃至偶尔的文学创作者。这里拉拉杂杂的二十来篇,多是应约而写,有些与其说是评论,不如说是我自己沉浸在文学艺术中的幸福或快意的一点可见的余波。然而,时间总是沉默的,它慢慢改变你的人生,正如《庄子·天运》一篇引老子之言"夫六经,先王之陈迹也,岂其所以迹哉",语言只是"迹象",真正过去的生活远比它要切实。

我感谢这十年整体处境困顿,然而精神仍有所栖居的时光。如今,我和学生偶尔会分享文学艺术,这时就像往日的时光被激活一样。想起有个傍晚,我在校园的路灯下朗读列斯科夫的作品。想起杰夫·戴尔,他对劳伦斯的阅读和书写方面的失败引发我的共鸣,使我兴冲冲跑到建国门外的老书虫去瞻仰他。汉德克《无欲的悲歌》让我安稳地沉浸在失去亲人的苦痛之中,同时它又将这种沉沦慢慢升腾起来,仿佛起到以毒攻毒的功效。想起和朋友坐着火车到天津大剧院看陆帕排的史铁生。想起改编鲁迅的《大先生》,我在其背后看到中国文艺界和思想界的某个侧面,这催促着我写了一篇有些刻薄的文章,当然,这"刻薄"中也有我对自己的不原谅。我还想起一个夜晚,我独自在租的房子里观看贝拉·塔尔的《撒旦探戈》,小女孩抱着娃娃,把金币种在地里,被许诺的美好希望在她即将陨灭的生命里生长。我还想起在人艺观看立陶宛版《海鸥》泪流满面的情形。想起达里奥·福的勇敢无畏的街头戏剧简直可以为今天一些虚假的"左派"提供良药。还有我因公职被封闭在西直门的几个月余暇沉浸于契诃夫的日子。我还记得自己在一个夏天苦住江西乡下,倾盆大雨中,突然就想起了一则和歌的神奇瞬间……感谢文学,将我从精神荒芜的现实，带入到了可以瓦解这种现实的神奇世界。

刚刚去世没几年的老乔治·斯坦纳认为，好的文学评论应该是另一种意义上的文学创作。评论也需回馈以激情和才华。可惜我没有这样的水平，且不资深，因此只能发抒一些最直接的理解。这些评论大部分是外国文学，有十九世纪俄国的老牌作家，也有当代英国、美国、奥地利，乃至古今日本的诗人、导演、作家。评论文章大多在《读书》《文艺报》《文学报》等刊物上发表过，关于电影的部分是我在教书之后写的，也列入集子中。还有几篇稍微严肃的论文样子的东西，也源于我对文学阅读的热情。这简直可以说是一个杂货铺子，议论的生涩和不足是显而易见的。何况我有一个偏见是，好的评论永远不及好的作品。但这里，我还是期待读者被骗取一点信任之后去读去看它们。

需要说明的是，当初文章写得较为匆忙，又多数发表在报刊上，因此，这里重新做了统一的校订。至于另外几篇论文样的东西，内核也是差不多的，考虑到严谨性，体例上就不强行作统一的修改了。

感谢格非老师，是他引领我们在课堂上阅读列斯科夫，当我写了人生中第一篇阅读笔记满是踌躇和不安地给他看时，他给予了极大的鼓励，并说了一句今天看来尤其充满激励色彩的话,"将来你出评论集……"。感谢王杨女士,是她不断同我约稿,催促我写出一篇又一篇怪东西,因此我也有幸接触了许多才华横溢的作家。感谢本书责编卢丽婷女士,她的认真和敬业精神令我十分敬佩。我还要感谢陪伴我走向戏剧兴趣之路的两位好友李建军、徐馨。

张芬

2022 年 4 月于北京